KLARTEXT

Niklaus Schmid, 1942 geboren, schloss sich nach einer Mechanikerlehre im Alter von 18 Jahren dem Zirkus *Althoff* an und zog mit ihm durch Frankreich und Schweden. Mit 30 stieg er aus seinem Job als technisch-kaufmännischer Leiter bei einer Wohnwagenfirma aus, reiste vier Jahre durch Indien, Afrika und Südamerika und begann zu schreiben: Reisetexten und journalistischen Arbeiten folgten ein Jugendroman, mehrere Reisebücher und Hörspiele, Kriminalromane und viele Kriminalgeschichten. Seit 1978 lebt Niklaus Schmid als freier Schriftsteller auf Formentera und in Duisburg. • www.niklaus-schmid.de

|g|r|a|f|i|t| Lizenzausgabe mit freundlicher Genehmigung des GRAFIT Verlags
Erstausgabe: Dortmund 2001
Druck und Bindung: GGP Media GmbH, Pößneck
© Klartext Verlag, Essen 2011
ISBN 978-3-8375-0570-2

www.klartext-verlag.de

Niklaus Schmid
Bienenfresser
Kriminalroman

KLARTEXT

1.

»Auf Ibiza scheint jetzt die Sonne. Wie wär's, Elmar, hättest du Lust?«, fragte sie.

»Nein, danke«, sagte ich mürrisch und legte auf.

Mir ging es nicht so gut. Meine finanzielle Lage war schlecht und das Wetter auch.

Es war einer dieser Tage, in denen es im Ruhrgebiet nicht richtig hell wird, weil sich die Morgendämmerung bis zum Sonnenuntergang hinzieht. An solchen Tagen genügen Kleinigkeiten, ein falscher Blick oder ein unvorsichtig ausgesprochenes Wort, um großes Unheil anzurichten.

Ich stand am Fenster meines Büros und ließ den Blick über den Duisburger Innenhafen schweifen, von den ausgedienten Kränen zu einem frisch verputzten Getreidespeicher, der nun ein Kunstmuseum beherbergte. Der neue Hafen sah recht einladend aus, aber die Menschen fehlten – die kamen nur, wenn die Sonne schien.

Es begann zu nieseln.

An einem grauen Tag wie heute half, um nicht von Depressionen aufgefressen zu werden, nur Arbeit – wenn man denn welche hatte. Als ich noch Polizist war, hatte es für mich dieses Problem nicht gegeben. Da türmten sich die Akten auf dem Schreibtisch, da konnte ich nach Herzenslust auf engstirnige Vorgesetzte und findige Ganoven schimpfen. Jetzt war ich ein Dienstleistungsunternehmen, ›Elmar Mogge – Personenschutz & private Ermittlungen‹, aber kein Mensch wollte meine Dienste.

Na ja, das stimmte nicht ganz. Die Anruferin eben am Telefon, das war meine geschiedene Frau Verena. Eine Freundin oder gute Bekannte von ihr, die sich auf Ibiza niedergelassen hatte, sei verschwunden. Dora Klugmann. Der Name der Freundin sagte mir nichts, Verena musste diese Dora nach unserer Zeit kennen gelernt haben. Ich solle mal nachschauen, hatte sie gesagt. Das klang nach Gefälligkeit.

Nicht nach Honorar. Und weil mein letzter Besuch auf Ibiza, oder genauer gesagt: auf der kleinen Nachbarinsel Formentera mir außer einem Sonnenbrand nur Ärger eingebracht hatte, war ich auf das Angebot nicht eingegangen.

Das tat mir jetzt, als ich so aus dem Fenster guckte, fast Leid.

Ich trank einen halben Liter warme Milch, lehnte mich im Sessel zurück und schloss die Augen.

Nach einer Weile hörte ich Zikaden zirpen, Wellen rauschen und Möwen schreien, dazwischen eine Stimme. Es ging ums Angeln, wahrscheinlich Hochseeangeln.

»Du hast also einen richtig dicken Fisch an Land gezogen«, sagte eine Frau. Jetzt sah ich sie auch. Sie war hübsch und hatte seegrüne Augen. »Zweihunderttausend Märker«, stellte sie fest und präzisierte ihre Aussage: »Zweihunderttausend, von der die Steuer nie etwas wissen wird, denn du hast sie einem Mörder abgeknöpft, der einmal dein Freund war.«

»Freund? Eher Schulkamerad«, wandte ich ein. »War auch keine große Sache.«

»Ach nein?«, entgegnete die Frau. »Dann schlag doch mal die Lokalzeitung auf; da steht, dass ein gewisser Elmar Mogge aus Duisburg den Fall des Jahres gelöst hat, mutig, klug, selbstlos. O je! Selbstlos«, kicherte sie. »Denn von den zweihunderttausend weiß der Lokalreporter natürlich nichts. Ahnst du eigentlich, was nun kommt, Elmar?«

»Interviews in der Heimat?«, riet ich, »Fotografen, die mein markantes Gesicht oder meine großen Füße aufnehmen wollen? Auftritte in Talkshows, in denen Moderatoren mich nach meinen sexuellen Neigungen befragen?«

»Äh-äh!«, sagte sie. »Noch fünfzehn Sekunden, Elmar, sonst sind die zweihunderttausend weg.«

Wieso weg?, dachte ich. Befand ich mich etwa in einer dieser Ratesendungen? Dann durfte ich nicht zögern, dann musste ich jetzt einfach drauflos raten: »Also gut, ich denke, ich werde mich vor Anrufern, die mich für neue, gut bezahlte Fälle anheuern wollen, nicht mehr retten können«, sagte ich.

»Falsch!« Sie schüttelte den Kopf so heftig, dass die Wassertropfen von ihren nassen Haaren sprangen. »Noch zehn Sekunden ... fünf ... drei ...«

Die Zikaden wurden immer lauter. Wie sollte ich das Getöse mit meiner richtigen Antwort durchdringen? Zikaden. Möwen. Wellenrauschen. Und dann ein höhnischer Chor, der sang: Schade, schade, schade ...

Ich wachte auf, wischte mir den Speichel aus dem Mundwinkel – das passiert mir schon mal bei der Siesta – und hörte den Sprecher von WDR 2 sagen, dass bei der Preisfrage des Tages irgendein Hörer die Chance vertan hatte, eine Kaffeetasse mit dem Aufdruck des Senders zu gewinnen.

Kaffeetasse! In meinem Traum war es immerhin um runde zweihunderttausend Mark gegangen. Und um meine Zukunft.

Das Telefon klingelte, es klang so ähnlich wie in meinem Traum das Zirpen der Zikaden. Heutzutage macht ja kein Gerät mehr die Geräusche, die man eigentlich erwarten könnte. Ich hob ab. »Ja?«

»Herr Elmar Mogge?«

»Hm.«

»Jürgen Kallmeyer hier. Wir hatten über den Fall gesprochen.«

»Geben Sie mal ein Stichwort, Herr Kallmeyer.«

»Toter Vogel.«

»Toter was bitte?«

»Vogel, so nennen wir die männlichen Tauben. Einem Mitglied unserer Reisevereinigung, René Laflör heißt der Mann, dem ist der beste Vogel abgeschossen worden; er meint, dass es jemand aus dem Verein war, konkret will er das unserem Kassenwart, Horst Bodach, anhängen. Sie erinnern sich an unser Gespräch vor ein paar Wochen?«

Klar, dass ich mich an den aufregenden Fall erinnerte. Ich unterdrückte ein Gähnen. »Und jetzt?«

»Zurzeit läuft wieder ein Rennen. Und wenn das vorbei ist, möchte ich mal zu dem Kollegen Laflör rausfahren und gucken, was sich da so tut bei dem am Schlag.«

»Tun Sie das, Herr Kallmeyer.«

»Ja, aber es sollte einer von außerhalb des Vereins mit dabei sein und da dachte ich, dass Sie ...«

So weit war es also mit mir gekommen. Zugegeben, komplizierte Fälle sind nicht mein Gebiet, die kann ich als Ein-Mann-Betrieb auch gar nicht bewältigen; ich lebe davon, Versicherungsschwindler zu jagen, Beweise für Scheidungen zu sammeln, Kleinkram also. Aber war ich schon so weit unten, mich mit einem Taubenmord befassen zu müssen, war ich das?

In diesem Moment hätte ich höflich auf mangelnde Zeit verweisen oder direkt einhängen sollen. Ich sagte: »Ich bin teuer.«

»Was nehmen Sie denn, Herr Mogge?«

Ich nannte meinen normalen Tagessatz.

»Einverstanden.« Er gab mir die Adresse. »Aber es eilt.«

»Wieso eilt es plötzlich so?«

»Die Tauben sind vor drei Stunden gestartet, die Sieger werden bald eintreffen. Ich habe schon ein paar Mal versucht, Sie zu erreichen. Aber Ihr Telefon ...«

»Ich mache mich auf den Weg.«

Der Taubenverein *Heimattreu* hatte seinen Sitz im Duisburger Norden, in Walsum. Ich nahm die Bundesstraße 8, kam bis Hamborn gut durch, musste dann aber wegen Straßenarbeiten einer Umleitung folgen. Zwei Minuten später und einen Block abseits der Hauptstraße befand ich mich in einem anderen Land. In den meisten Häusern wohnten Ausländer, einige standen völlig leer, vernagelte Fenster, Grünzeug wucherte, rostige Zäune. Schlanke Jugendliche lehnten an den Ecken und sprachen in Mobiltelefone. Einer winkte mir zu, als ginge es um sein Leben.

Ich drehte das Seitenfenster herunter. »Wo brennt es?«

»Suchste 'nen Abstellplatz für die Karre, Langer?«

Ich drehte das Fenster wieder hoch, ein Stück nur, sein Ellbogen war im Weg.

»Gebe funfehunnert, mitte Papiere und Schlüssel?«

Ich ließ den Motor aufheulen. Mein Passat Kombi war von außen tatsächlich Schrott, aber der Motor hatte es in sich, feines Maschinchen.

»Gebe sechsehunnert, Langer.«

Ich legte den Gang ein.

»Sechsehunnertfunfzig.«

Ich ließ die Kupplung schleifen.

Zwei weitere Jugendliche kamen herangeschlendert, ölige Haare, halbhohe Turnschuhe, aufknöpfbare Trainingshosen.

»Ich bin ein wenig in Eile, Kumpel.«

»Zeige, wie spät, Langer. Brauchse neue Uhr?« Er präsentierte mir seine Kollektion am entblößten Unterarm. »Willse wasse zu rauchen?«

»Gerade abgewöhnt.«

»Ficki-fick?« Er nickte zu einem Mädchen hin, das an der Hauswand lehnte. »Isse ganz jung und lieb und nix teuer.«

Bis jetzt waren das alles nur Angebote gewesen. Auch in Supermärkten wurde man ja ständig auf Sonderangebote hingewiesen. Es juckte mir in den Fäusten. Aussteigen und ihm eine runterhauen. So was wirkt ja manchmal Wunder. Aber vielleicht wollte er gerade das bezwecken, außerdem war nicht auszuschließen, dass er einem Kampfsportverein angehörte. Die jungen Türken trainierten in Kellern, um bei Angriffen von Glatzen, Russlanddeutschen oder Kosovo-Albanern ihr Revier verteidigen zu können.

Sein Handy summte. Musste etwas Wichtiges sein, denn nach einem Blickwechsel mit seinen Kumpanen sagte er zu mir: »Vielleicht ein andermal, ich bin immer hier zu finden.«

Von wegen ›Gebe funfehunnert‹! Auf einmal sprach er ganz normales Deutsch mit leichter Ruhrpottfärbung. Er legte mir einen Zettel auf den Beifahrersitz, grinste »Anruf genügt« und gab den Weg frei.

Die Umleitung und das etwas einseitige Verkaufsgespräch mit dem Straßenhändler hatten mich mehr als eine halbe Stunde gekostet. Kallmeyer wartete, aber im Gegensatz zu dem jungen Türken hatte ich kein Mobiltelefon dabei.

Der Vereinsvorsitzende Kallmeyer wohnte in einer ehemaligen Werkssiedlung, flache Backsteinbauten mit grünen Fensterläden und roten Geranien. Ich stieg aus meinem Kombi und sog tief die Luft ein. Das Werk hatte vor Jahren zugemacht, aber immer noch roch es nach Maloche.

Die dickliche Frau, die auf mein Klingeln hin öffnete, verströmte einen leichten Alkoholgeruch. Ich trat erst einmal einen Schritt zurück. Seitdem ich nicht mehr trinke, bin ich auf diesem Gebiet überempfindlich. Bevor ich außer meinem Namen noch etwas anderes sagen konnte, reichte sie mir einen Zettel.

»Mein Mann ist schon vorgefahren. Herr Bodach kommt auch.«

»Bodach?«

»Der Kassenwart vom Verein.«

»Ah ja.« Ich blickte auf den Zettel, der eine Adresse und eine Skizze enthielt. »Dieses Kreuz hier?«

»Da können Sie parken. Sie sollen nämlich nicht direkt vors Haus fahren, sondern nur von außen beobachten.« Sie nickte zu meinem Wagen. »Wenn Sie sich nicht beeilen, Herr Mogge, sind auch die lahmsten Tauben zurück im Schlag.«

Bis dahin hatte ich gedacht, dass Taubenzüchten ein eher geruhsames Steckenpferd sei. Jetzt wurde ich schon zum zweiten Mal aufgefordert, mich zu beeilen.

Laflörs Haus lag etwas außerhalb von Walsum, wo die Gegend schon wieder ländlich ist, mit Feldern, Bäumen und Büschen, mit Radfahrern, Kindern, Hunden und Schwänen. Ja, tatsächlich paddelte ein Schwanenpaar mit Jungen zwischen den Buhnen nahe der Fähre, die zwischen Walsum und Orsoy pendelt. Kamine ragten in den bleigrauen Himmel, Hochspannungsleitungen überwölbten Wiesen und Bäume.

In der Nähe der Anlegestelle der Rheinfähre gab es den *Walsumer Hof,* ein altes, sehr gutes Fischlokal mit eigener Räucherei, das von Leuten, die auf Brimborium verzichten konnten, gern besucht wurde. Ich ließ die Gaststätte links liegen, überquerte den Nordhafen Walsum in Richtung Naturschutzgebiet Rheinaue und gelangte zu dem Grundstück des Taubenfreundes.

Bei den Büschen, die auf der Skizze vermerkt waren, hielt ich meinen Kombi an, wenige Meter neben einem anderen Wagen, der Kallmeyer gehören musste.

Durch die Äste vor meiner Windschutzscheibe konnte ich das Haus sehen, einen Neubau mit Flachdach und frei stehendem Taubenhaus. In einem der Fenster des Wohnhauses bewegte sich die Gardine. Genaueres konnte ich nicht erkennen, die Entfernung war zu groß.

Ich nahm meine Kamera aus dem Handschuhfach, ließ den Bajonettverschluss des Großwildobjektivs einrasten und holte mir das Ziel heran. Da ich Kallmeyer verpasst hatte, war mir nicht ganz klar, wie ich mich verhalten sollte. Ein paar Aufnahmen konnten nie schaden; besonders dann nicht, wenn es später um den Nachweis ging, dass ich überhaupt zur Stelle gewesen war.

Das Haus hatte ich nun gut im Visier. Das Gesicht hinter der Gardine gehörte einer jungen, blonden Frau. Auch die Taube auf dem Dach kam schön ins Bild. Nur den Vorplatz des Hauses konnte ich nicht einsehen, eine Hecke versperrte die Sicht.

Meine Kamera klickte. Die Taube hob vom Dach ab und drehte eine Runde. Sonst tat sich nichts. Leises Rascheln in den Büschen, vom Rhein drang eine Schiffssirene an mein Ohr und das feine einschläfernde Rumpeln und Kollern der letzten noch verbliebenen Industrieanlagen. Niederrheinidylle.

Als ich meine Kamera auf den Beifahrersitz legte, hörte ich Stimmen. Nicht besonders laut, zwei Männer sprachen im Plauderton, wie Nachbarn sich so über den Gartenzaun hinweg unterhalten.

Dann krachte ein Schuss. Und irgendwo nicht weit von mir regneten Schrotkugeln ins Laub.

2.

Es war kein schöner Anblick. So viel war klar.

Eine Hälfte des Gesichts fehlte, die andere war ein Gemisch aus Schwarz und Rot. Die Beine zuckten, dann lag der Mann still.

In drei, vier Sätzen preschte ich die letzten Meter durch die Büsche und sprang über den Heckenzaun. Noch im Laufen machte ich mir ein Bild. Da waren drei Männer. Einer stand und hielt ein Gewehr in der Armbeuge, ein zweiter lag mit ausgestreckten Armen auf dem Boden und ein dritter kniete neben dem zweiten. Die Frau, die sich vorher hinter den Gardinen bewegt hatte und jetzt wie erstarrt im Hauseingang stand, nahm ich nur aus den Augenwinkeln wahr.

Als ich die Gruppe erreichte, erhob sich der kniende Mann. Er war mit geflecktem Tarnanzug und Wollmütze bekleidet, ein großer Kerl mit Händen wie Kohleschaufeln.

»Er hat ihn erschossen«, wimmerte er. »Einfach abgeknallt.«

Es war wie bei einem Stichwort im Theater. Plötzlich kam Bewegung in die Szene. Der Mann mit dem Gewehr ließ die Waffe sinken. Der große Kerl machte zwei sehr schnelle Schritte auf ihn zu, packte ihn am Hals und schrie: »Du Schwein!« Die Frau, die im Hauseingang gestanden hatte, kam auf uns zugerannt. Bevor sie uns erreichte, griff ich den großen Kerl an der Schulter. Aber er spürte es wahrscheinlich gar nicht. Der Mann, dem das Gewehr aus der Hand geglitten war, japste bereits nach Luft. Ich hieb dem großen Kerl meine Handkanten in die Rippen und endlich ließ er die Hände sinken.

»Machen Sie sich nicht unglücklich, Kallmeyer!«, sagte ich. Ich ging davon aus, dass er es war.

»Dann nehmen Sie ihn fest, bevor ich ihm wie einer verdammten Taube den verdammten Hals umdrehe!«

»Ich kann niemanden festnehmen. Was glauben Sie denn? Ich habe keinerlei Befugnisse.«

»Keine Befugnisse, aber zu spät kommen! Wären Sie früher hier gewesen, würde Horst vielleicht noch leben.«

Seine Wut richtete sich nun gegen mich. Ich behielt seine großen Hände im Auge und sagte: »Er war ein Freund?«

»Ja, mein bester.« Kallmeyers Blick verschleierte sich, plötzlich wirkte er nur noch wie ein großer Junge. »Und Laflör, dieses Schwein, hat ihn umgebracht.«

Laflör rieb sich den Hals und blickte schweigend auf den Toten. Sein Hände zitterten.

»Ein Arzt, wir brauchen einen Arzt«, flüsterte die Frau.

Ich gab ihr den Rat, die Polizei zu rufen.

»Könnten Sie denn nicht …?«, bat sie.

Ich schüttelte den Kopf. Es war besser, wenn ich in dieser Situation den Platz nicht verließ. Der Schuss war aus einer doppelläufigen Jagdflinte abgefeuert worden. Ich ging davon aus, dass eine Patrone noch im Lauf steckte, und da sollte sie auch bleiben.

3.

»Tauben!«, schnauzte Hauptkommissar Tepass vom Duisburger KK 11, zuständig für Tötungsdelikte und Erpressung. Zum wiederholten Male schaute er sich meine Visitenkarte an, die ich ihm gestern am Tatort gegeben hatte. »Sie waren dabei, als einem Mann das Gesicht weggeschossen wurde, und erzählen mir hier was von Taubenzucht.«

»Ja, aber …«

»Was aber, Herr Privatdetektiv Elmar Mogge?«

Dass es Beamte gab, die andere nie ausreden ließen, wusste ich noch aus alter Erfahrung; war ja selbst mal bei der Truppe gewesen. Jetzt aber saß ich auf der anderen Seite vom Schreibtisch und wurde vernommen, und deshalb ärgerte ich mich, sagte jedoch nur: »Ich schätze, das hängt alles zusammen, die Tauben, die Züchter und der Knatsch im Verein.«

»Schätzen! Ich will wissen, was Sie gesehen haben!«

»Gesehen: eine Taube auf dem Dach, eine Frau hinter einer Gardine, den Himmel, Büsche, Weißdorn oder Rotdorn, kann aber auch Holunder gewesen sein, auf keinen Fall Brombeersträucher.«

»Machen Sie nur weiter so, Herr Detektiv, ich freue mich immer, wenn Leute wie Sie witzig werden, dann kann ich mich manchmal gar nicht mehr halten vor Lachen. Ich werde schließlich dafür bezahlt, mir solche Späße anzuhören.« Seine Kiefer mahlten, er hatte rötliches Haar und einen rostbraunen Schnauzbart, der Mund darunter war ein Strich. Er sah mir ins Gesicht. »Jetzt gebe ich Ihnen gleich noch eine Gelegenheit für eine Scherzantwort. Ich frage Sie, warum Sie, nur ein paar Meter vom Tatort entfernt, nichts unternommen haben, wenn da ein Typ mit einer Schrotflinte aus dem Haus gestiefelt kommt, wie der Zeuge Kallmeyer aussagt. Sie wissen, worauf ich anspiele?«

»Unterlassene Hilfeleistung?«

»Zum Beispiel.«

»Ich habe kein Gewehr gesehen, aber der Zeuge Jürgen Kallmeyer und das Opfer Horst Bodach müssen damit gerechnet haben, dass der Täter schießen würde, allerdings auf eine Taube, die auf dem Dach saß.«

»Und warum müssen die beiden damit gerechnet haben?«

»Weil Laflör wohl schon einmal eine seiner eigenen Tauben abgeschossen hat, jedenfalls glaubten die Vereinskollegen das und sie wollten ihn dabei überführen.«

»Und Sie sollten dabei sein?«

»Sie sagen es, Herr Kommissar.«

»Ist das ein Ja, Herr Zeuge?« Tepass kniff die Augen zusammen.

Ich glaube, er wartete nur darauf, mir irgendetwas anhängen zu können. Es gab bei der Kripo Beamte, die über das gesunde Maß an Abneigung, das fast alle Polizisten gegenüber privaten Ermittlern hegen, einen regelrechten Hass entwickelten. Ein gewisses Ausloten der Kräfte war auch oft im Spiel, weil der normale Bürger bei Vernehmungen für die richtig scharfen Hunde wie Tepass einfach nicht genug Angriffsfläche bot; denn die meisten Bürger kannten ihre

Rechte nicht oder wollten einfach nur so schnell wie möglich wieder zu Hause sein, um Tagesschau und Abendessen nicht zu verpassen. Ich kannte meine Rechte. Aber übertreiben durfte ich das Spielchen nicht.

Als Tepass mich jetzt mit zusammengekniffenen Augen musterte, sagte ich schlicht: »Ja.«

»Kallmeyer hat Sie dorthin bestellt?«

»Ja.«

»Kallmeyer ist also Ihr Klient?«

»Nein. Er wollte mich beauftragen. Aber ich bin zu spät gekommen, und wer zu spät kommt, den ...«

»Sparen Sie sich das, Mogge.«

»Herr Mogge, bitte! Sie können aber auch Elmar sagen, wenn Sie mir Ihren Vornamen nennen, Herr Tepass. Mogge allein, das dürfen nur Freunde zu mir sagen.«

»Schön, Herr Mogge«, sagte er mit lauernder Freundlichkeit. »Sie haben also mit diesem Fall beruflich nichts zu tun?«

»Bis jetzt noch nicht.«

»Seien Sie froh, Herr Mogge.«

»Spezieller Grund?«

»Ich mag Sie nicht.«

Mit dem Gedanken, dass dies womöglich der Beginn einer gediegenen Feindschaft sein könnte, verließ ich Tepass' Dienstzimmer.

4.

Nieselwetter allein genügte nicht. Zum Regen kam, dass sich allem Anschein nach eine Erkältung ankündigte, Kratzen im Hals, kalte Füße. Und das im Sommer! Ich blickte in den Rasierspiegel und schnitt Grimassen. Jeden Tag ein paar Haare weniger. Das Einzige, was sich bei mir vermehrte, war die Anzahl der Leute, die mich nicht leiden konnten. Seit gestern gehörte Kommissar Tepass nun dazu.

Das Lämpchen an meinem Telefon blinkte. Das Duschwasser hatte den Anruf übertönt. Ich hörte das Band ab.

Frau Laflör wollte mich sprechen. Doch zunächst musste ich etwas mit Kallmeyer klären, persönlich, also fuhr ich zu ihm nach Walsum.

In der Werkssiedlung hielt ich an der Ecke Gottessegen und Sonnenschein. Harte Arbeit, karge Löhne, aber immerhin klangvolle Straßennamen. Die letzten Meter ging ich zu Fuß, vorbei an einer Trinkhalle, die sich mit dem Namen *Tropic Oase* schmückte, und an dem Eingang zu einem Knusperhäuschen, den die Bewohner mit drei Marmorstufen aufgewertet hatten. Dann war ich am Ziel.

Diesmal öffnete mir Kallmeyer selbst die Tür. Eine ausgebeulte Jogginghose spannte sich über seinem Bauch, das ärmellose Unterhemd gab den Blick auf eine Tätowierung an seinem Oberarm frei, Taube mit einem Eichenblatt im Schnabel, darunter der Schriftzug *Asta*. Bestimmt nicht der Name seiner Frau.

»Haben wir noch was zu besprechen?«, knurrte er mich an.

Ich hatte vorgehabt, ihn auf den Auftrag und auf die Spesen anzusprechen, unterließ es aber. Der Mann sah aus, als suche er nach einem Grund, nun mir anstelle von Laflör den Hals umzudrehen.

»Wollte mir mal Ihre Tauben ansehen, interessiert mich rein privat.«

Das war eine Lüge, aber sie stimmte Kallmeyer etwas milder. Sein Gesicht mit den Bartstoppeln hellte sich auf. Er bat mich ins Wohnzimmer. Imitierte Perserteppiche, nachempfundene Eichenmöbel – ich schätzte, der Picasso *Mädchen mit Taube* war auch nicht echt.

Zuerst zeigte Kallmeyer mir die Pokale, die seine Tauben bereits gewonnen hatten. Dann gingen wir zum Taubenstall. Zu dem strengen Duft, den Kallmeyers Unterhemd verströmte, gesellte sich jetzt der Geruch von Taubenmist. Wohl an die achtzig Tauben saßen in den gemauerten Nestschalen an der Wand, gurrten, flatterten, ruckten mit den Köpfen. Es war die blaugraue Sorte, in meinen Augen sahen sie alle gleich aus. Eine nahm Kallmeyer aus dem Nest.

»Das ist meine Asta, hat schon viele Rennen gewonnen.«
In seiner Stimme schwang plötzlich ein zärtlicher Ton.

»Ist sie das hier?« Ich deutete auf die Tätowierung auf seinem Oberarm. »Schöne Arbeit!«

»Finden Sie?« Zum ersten Mal bemerkte ich ein Lächeln auf seinen Lippen. »Laflör meint, es müsste eigentlich ein Olivenzweig sein.«

Ich hob die Hände. »Wieso?«

»Genau, ist schließlich mein Bier, was ich mir einritzen lasse. Außerdem gibt's hier ja keine Olivenbäume. Aber immer alles besser wissen, typisch Laflör! Oder René La Fleur, wie's auf seinen Visitenkarten steht; die kann er jetzt im Knast rumzeigen, dieser Stinkstiefel!«

Das Lächeln auf Kallmeyers Gesicht war verschwunden. Er redete sich in Wut. Um ihn abzulenken, fragte ich: »An dem Tag des Rennens, was war da los, bevor ich eintraf?«

»Wir haben geguckt, was sich bei Laflörs Haus tat. Eine Zeit lang gar nichts. Wir wollten uns schon wieder wegschleichen, als eine Taube über dem Schlag kreiste. Laflör, der im Schatten der Hausmauer gelauert hatte, ging mit der Taubenuhr zum Schlag, um seinen Vogel anzulocken.«

»Warum?«

»Er brauchte doch die Teilnehmernummer, die mit einem Gummiring am Fuß befestigt war, um den Zeitstempel draufzudrücken.«

»Und tat er das?«

»Ja, nee, die Taube hob wieder ab und drehte eine Runde. Nachdem sie sich schließlich aufs Hausdach gesetzt hatte, stürmte Laflör mit hochrotem Kopf ins Haus. Nach zwei, drei Minuten kam er wieder, mit dem Jagdgewehr in der Hand. Als er auf die Taube, die immer noch auf dem Hausdach saß, anlegte, traten wir aus dem Gebüsch. Junge, Junge, ist der Laflör zusammengefahren vor Schreck. Und geschämt hat er sich, das konnten wir sehen, als er sich zu uns umdrehte, mit dem Gewehr im Anschlag.«

»Geschämt?«, hakte ich ein.

»Na, jetzt war doch arschklar, dass er selber seine Tauben

abschoss. Wenn das nicht peinlich ist für einen Sportsfreund.«

»Ja, schon. Aber warum wollte Laflör den ersten Taubenmord Ihrem Freund Bodach anhängen?«

Kallmeyer wiegte den Kopf. »Na ja, bei einem Vereinsfest haben sich Bodach und Laflörs Frau mal ein bisschen zu lange in die Augen geschaut, vielleicht auch ein wenig miteinander geturtelt. Laflör hat das rausgekriegt, der war eifersüchtig. Und dann noch diese peinliche Situation. Als Bodach so auf ihn zuging und dabei auch ein wenig drohend grinste – da ist der Laflör eben durchgedreht. Bumm! Aber das haben Sie ja noch mitbekommen.«

»Und Laflörs Taube, die versagt hatte?«

»Wie meinen Sie das?« Kallmeyer kratzte sich am Bauch.

»Ich meine, wo war die Taube zu genau diesem Zeitpunkt?«

»Soll das ein Verhör sein, Kumpel?«

»Nö, interessiert mich nur, wie Tauben sich so verhalten, wenn ein Schuss kracht.«

»Ach so, ja, nee, die ist wohl aufgeflogen.«

»Tja, dann – danke, Herr Kallmeyer, ich habe eine Menge gelernt, über Tauben und über Ihren Verein. Kann ich denn mal zugucken, beim nächsten Rennen?«

»Da gibt's eigentlich nichts zu sehen. Die Tauben kommen in Kästen und ab geht's. Sonst noch was?« Er hakte die Daumen in den Hosenbund.

»Der Auftrag ...«

»Ist doch alles erledigt.« Kallmeyer blickte zur Decke. Alles, was nichts mit Tauben zu tun hatte, schien ihn zu langweilen.

»Ja, da wären dann noch meine Auslagen.«

»Auslagen?« Er hob die Stimme, nahm die Hände vom Bauch. »Mein Kumpel ist tot und da fragen Sie nach Auslagen. Menschenskind, Sie haben Nerven!«

Mit hängenden Armen stand er vor mir. Plötzlich schossen seine Hände nach vorn. Ohne Ansatz, ohne den Blick aufs Ziel zu richten, griff Kallmeyer nach zwei Tauben, die vor ihm auf einer Stange saßen; und mit einer Bewegung, die auf lange Übung schließen ließ, drehte er ihnen die Köpfe um.

»Auch Verlierer?«, fragte ich.

»Nee, Jungtiere, aber aus denen wäre nie was geworden.« Er schob das Kinn vor: »Da, können Sie mitnehmen.«

Kallmeyer wandte mir den Rücken zu, für ihn war der Fall erledigt.

Der Umstand erinnerte mich daran, dass der Verband der Detektive seinen Mitgliedern riet, mit den Klienten stets Verträge abzuschließen. Das sollte ich mir für die Zukunft merken. Im Moment jedoch sah es so aus: Kein Auftrag, keine Spesen, dafür fuhr ich mit zwei toten Tauben nach Hause.

In Marxloh schaltete ich die Scheibenwischer ein. Vor mir glitzerten die nassen Straßenbahnschienen. Passanten eilten an Häusern vorbei, die mal bessere Tage gesehen hatten, jetzt aber nur noch Billigläden beherbergten. Der braven Kneipe neben einem schrillbunten Matratzenparadies hatte der Wirt den Namen *Beverly Pub* verpasst. Und selbst der italienische Eissalon mit seinen Sonnenschirmen und weißen Stühlen wirkte grau und traurig.

Es gab eben Zeiten, da sollte man am besten gar nicht vor die Tür gehen.

Am alten Hamborner Rathaus überlegte ich kurz, ob mein Arbeitstag so enden durfte. Dann trat ich auf die Bremse und kehrte um.

5.

Die Klingel funktionierte nicht, deshalb klopfte ich an die Tür und nannte meinen Namen. Ein Hund schlug an. Es dauerte eine Weile, dann hörte ich zaghafte Schritte. Die blonde Frau öffnete die Tür und ich blickte in ein verweintes Gesicht, Augen und Nase waren gerötet. Über eine ausgewaschene Jeans hatte sie ein Männerhemd gestreift, an den

Füßen Holzschuhe mit blauen Lederkappen, wie sie vor Jahren mal Mode waren.

»Frau Laflör, Sie hatten heute Morgen auf meinen Anrufbeantworter gesprochen.«

»Kommen Sie doch bitte herein.« Sie schniefte in ein Taschentuch, das sie anschließend in den aufgekrempelten Ärmel steckte.

Ein alter Schaukelstuhl stand am Fenster, die übrigen wenigen Möbel waren neu, Umzugskisten standen in den Ecken. Aus einer teuren Musikanlage drang leise Musik. *Norwegian Wood.*

»Eines der schönsten Beatles-Stücke«, sagte ich.

»Ich glaube, es handelt von Glück und Verlust und dass beides recht unerwartet kommt. Es trifft meine Stimmung.«

Nachdem wir kurz über den tragischen Vorfall und die Festnahme ihres Mannes gesprochen hatten, kam Frau Laflör zum Punkt: Sie wollte meine Dienste in Anspruch nehmen.

Hier ging es um Totschlag, möglicherweise gar um Mord, zumindest jedoch um fahrlässige Tötung. Nicht unbedingt mein Gebiet.

»Der Kommissar hat mir gesagt, dass Sie privater Ermittler sind. Ihr Name steht im Telefonbuch, der einzige Mogge; es war einfach, Ihre Telefonnummer herauszufinden, und dann doch eine Überwindung, Sie anzurufen. Falls Kallmeyer nicht Ihr Klient ist, würden Sie …?«

Sie unterbrach sich, als sie merkte, dass ich mich nach einer Sitzgelegenheit umschaute. Während sie einen Stuhl von Kindersachen freiräumte, bat ich: »Könnten Sie mir zunächst erzählen, was Sie gesehen haben?«

»Nicht viel. Das habe ich auch schon der Polizei gesagt, die übrigens sehr nett und rücksichtsvoll war.«

Nun, wie ich Kommissar Tepass einschätzte, hatte der nicht aus Rücksichtsnahme auf unangenehme Fragen verzichtet, sondern weil der Fall für ihn bereits klar war.

Ich war mir nicht so sicher, erkundigte mich nach Kleinigkeiten, die Frau Laflör womöglich unbeachtet gelassen hatte, ermunterte sie durch Nicken und sagte schließlich: »Wie kann ich Ihnen helfen, Frau Laflör?«

»Nicht mir, meinem Mann.«

»Schon richtig. Aber wie? Ich habe nichts gesehen. Kallmeyer hingegen stand keine drei Meter entfernt, als der Schuss losging. Und er hat ausgesagt, dass Ihr Mann ganz bewusst das Gewehr auf Bodach gerichtet habe. Es sieht nicht gut aus.«

»Aber Rainer hatte gar kein Motiv.«

»Rainer?«

»René. Ich nenne ihn immer Rainer und eigentlich heißt er ja auch so. Irgendwann hat er sich René genannt, weil's, wie er meint, mehr hermacht.«

Mir fiel ein, dass es bei Rainer Maria Rilke, zunächst René Maria, genau andersherum gewesen war.

»René La Fleur macht mehr her als Rainer Laflör ...«, wiederholte ich, »... bei den Frauen?«

Sie zuckte zusammen und es sah aus, als wolle sie empört reagieren. Doch dann fasste sie einen anderen Entschluss. »Ja, die Frauen, er kann es nicht lassen, ist hinter allen her.«

»Auch hinter den Ehefrauen der Vereinskollegen?«

Sie legte die Fingerspitzen an die Stirn. »Ja, auch.«

»Ich kenne nur die Frau des Vereinsvorsitzenden, aber ich schätze mal, dass hier in Walsum nicht gerade jeden Tag ein Schönheitswettbewerb ausgetragen wird.«

»Er ist nicht wählerisch, sagt immer, auch die älteren und die dickeren Frauen hätten ein Recht auf Beachtung.«

»Ist ein Standpunkt. Teilen Sie ihn?«

»Ich habe mich damit abgefunden. Männer ändern sich nicht, sind wohl wie Kater, wenn's einmal drin ist, geben sie's nie mehr auf.«

Ein hilfloses Lächeln trat in ihre Augen, die trotz der Tränen ausgesprochen schön waren, seegrün und grau, wo sie nicht vom Weinen rot geädert waren.

»Und weil das so ist, haben Sie sich revanchiert und mit Horst Bodach geflirtet?«

»Wie kommen Sie darauf?«

»Sagt Kallmeyer. Und das sei auch das Motiv, warum Ihr Mann auf Bodach geschossen habe. Eifersucht!«

Wieder erschien dieser Ausdruck der Empörung in ihrem Gesicht, doch einen Augenblick nur. »Bodach?«, sagte sie abfällig. »Sie wissen, wie er aussah?«

»Nur nachdem der Schuss sein Gesicht weggerissen hat«, erwiderte ich bewusst hart.

»Man soll über Tote nicht schlecht sprechen, aber er war nun mal alles andere als attraktiv. Nein, nein, da war nichts; aber wenn ich's darauf angelegt hätte, hätte ich wohl jeden im Verein haben können.«

Das glaubte ich ihr aufs Wort. Ich richtete meinen Blick auf ihre Nasenwurzel: »Kein Anlass zur Eifersucht, welches Motiv hätte Ihr Mann denn sonst haben können?«

Sie zuckte die Achseln. »Das, dachte ich mir, könnten Sie womöglich herausfinden.« Sie zog die Nase hoch. »Wenn überhaupt, aber wahrscheinlich ist da gar nichts.«

Wenn und aber, ich musste da mal zwischengehen, sonst hatte ich im Handumdrehen meine Zeit verplaudert. »Ihr Mann betrügt Sie nach Strich und Faden. Sie aber glauben an ihn. Liebe?«

»Liebe?«, wiederholte sie mit einem wehmütigen Klang in der Stimme. »Man muss doch zueinander halten, auch wenn's mit der Liebe zu Ende geht.«

»Auch wenn der Mann ein Mörder ist?«

Sie blickte mir ins Gesicht. »Auch dann – aber es war kein Mord.«

»Das wird gegen die Aussage von Kallmeyer schwer zu beweisen sein.«

»Versuchen Sie es, bitte!«

Ich stand auf, machte ein paar Schritte durch den Raum und blieb am Fenster stehen. Hier hatte sie gestanden, als das passierte, was von einer Sekunde zur anderen wohl ihr ganzes Leben verändert hatte. Mir lag auf der Zunge, mein Mitgefühl auszudrücken, ich sagte jedoch: »Erzählen Sie, was Sie so machen und womit Ihr Mann seinen Lebensunterhalt verdient.«

Es stellte sich heraus, dass Laflör im Immobiliengeschäft tätig war und dass sie einen dieser neuen Computerberufe ausübte.

»Was genau machen Sie?«, fragte ich.

»Ich gestalte Internetseiten.«

»Wird so etwas gut bezahlt?«

»Ich stehe auf eigenen Füßen, wenn es das ist, was Sie meinen, Herr Mogge. Ihr Honorar, denke ich, kann ich aufbringen.«

Sie ging in den Nebenraum und kam mit einem Briefbogen wieder, den sie mir reichte.

»Marie Laflör – klingt gut«, nickte ich, während ein gefleckter Hund, der durch die Tür gewischt war, meine Hosenbeine beschnupperte.

»Telefon und Fax stehen drauf.« Sie blickte auf die Uhr. »Ich muss jetzt meinen Sohn Sebastian vom Kindergarten abholen. Wenn Sie mitfahren, kann ich unterwegs die Fragen beantworten, die Sie sicher noch haben.«

»Einverstanden.«

6.

Wir fuhren ins Zentrum von Walsum. Ein paar Verwaltungsbauten überragten die alten zwei- und dreistöckigen Wohnhäuser. Blumenkübel schmückten die Fußgängerzone; Rennwagen und Raketen, die mit Münzen zum Aufheulen gebracht werden konnten, sollten die Kinder zu den Geschäften und die Eltern zu den Kaufregalen locken.

Marie Laflör lenkte den Wagen, ich saß auf dem Beifahrersitz und hatte den Atem eines Foxterriers im Nacken, der jeden anderen Hund im Straßenbild ankläffte.

»Sie machen besser das Seitenfenster zu, sonst springt Mecki während der Fahrt noch raus.«

Ich zog meinen Ellbogen zurück und gehorchte. Ich kam mir vor wie ein Familienvater, eine Rolle, die mir nicht besonders gut liegt.

Wir hielten vor dem Kindergarten, den man als solchen sofort an den bemalten Fenstern erkannte.

Aus einer Kindergruppe löste sich ein etwa vierjähriger Junge. Sebastian gab seiner Mutter einen flüchtigen Kuss und begrüßte ausgiebig den Hund, mich beachtete er nicht. Ein hübsches Kind, blondes Haar wie seine Mutter, braune Augen. Schweigend fuhren wir zum Haus zurück. Dass wir jetzt, vor dem Jungen, nicht über den Vorfall sprachen, lag auf der Hand. Doch auch auf der Hinfahrt zum Kindergarten hatte Marie Laflör auf meine Fragen nur recht einsilbig geantwortet; und ich überlegte, ob es ihr nicht nur darum gegangen war, mir ihren Sohn zu zeigen. Das Kind sollte mich dazu bewegen, den Auftrag anzunehmen, den Vater aus der Untersuchungshaft zu holen.

»Weiß er, was vorgefallen ist?«, fragte ich, nachdem der Junge zusammen mit dem Hund den Wagen verlassen hatte.

»Nein. Aber ich denke, er spürt, dass etwas Schreckliches passiert ist.« Sie gab mir die Hand. »Sebastian braucht seinen Vater.« Als ob das nicht deutlich genug gewesen wäre, fügte sie hinzu: »Er braucht ihn zu Hause und nicht im Gefängnis. Für wie lange könnte ... würde er, wenn ...?«

»Kommt drauf an«, entgegnete ich ausweichend.

»Und wenn jemand aussagen würde, dass Bodach meinen Mann provoziert oder gar bedroht hat?«

Wer das denn machen könne, wollte ich wissen. Erhielt aber keine Antwort. Und so stieg ich aus. Neben meinem Kombi drehte ich mich noch einmal um. Marie Laflör saß noch immer in ihrem Auto, in derselben Stellung, die Hände am Lenkrad, als wollte sie am liebsten wegfahren. Mit dem Handrücken wischte sie sich über die Wangen. Ich machte ein paar Schritte zurück, aber die richtigen Worte, um sie zu trösten, fielen mir nicht ein.

Also startete ich den Motor.

7.

Das Alter einer Taube ist am leichtesten erkennbar am Schnabel. Jungtiere haben einen rosaroten weichen Wulst, der bei alten Tieren weißlich und verhärtet ist.

Ganz eindeutig hatte Kallmeyer mir zwei junge Täubchen gegeben.
Ich las weiter:

Nach dem Rupfen wird das Tier an offener Flamme gesengt, damit alle Federreste verschwinden; die Stoppeln werden mit scharfem Messer entfernt. Das Ausnehmen beginnt beim Hals. Man macht einen scharfen Schnitt und holt die Futterreste aus dem Kropf. Dann schneidet man den Afterring ab und macht von da aus einen Einschnitt in die Bauchhaut, entfernt vorsichtig den Magen und zieht mit diesem die Eingeweide ...

Wie gut, dass ich noch Großmutters Kochbuch besaß; in neuen Ausgaben gehen die Autoren von vorgefertigtem Fleisch aus, als wüchse das auf Bäumen, das Tier dahinter bleibt unsichtbar; Federn, Schnabel, Afterring – all das hat es scheinbar nie gehabt.
Ganz anders hier:

Der Magen wird an der weißen Haut aufgeschnitten und die inwendige harte Haut abgezogen. Nun löst man vom Darm die Leber und entfernt von dieser vorsichtig die Galle ...

Das Telefon meldete sich. Nicht jetzt, nicht mit blutigen Fingern!

Der ausgenommenen Taube wird der Hals nach hinten

gelegt. Die Flügel biegt man auf den Rücken, sodass der eine den Hals hält. Den Bauch schneidet man nicht lang, sondern quer ein und steckt beide Beine in den Einschnitt ...

Omas Kochbuch las sich wie eine Anleitung für Jack the Ripper.

Der Anrufbeantworter sprang an, Verenas Stimme erklang: »Wollte nur mal hören, wie es dir so geht, Elmar. Ich melde mich später noch mal. Bis dann, tschühüs.«

So honigsüß hatte ich sie gar nicht in Erinnerung. Zwar hatten wir uns vor der Scheidung nicht direkt verkracht und auch hinterher war der Ton zwischen uns zivil geblieben. Ganz ohne Streitigkeiten war es allerdings nicht abgegangen; vielleicht musste das so sein, um die Trennung erträglicher zu machen. Und wie bei anderen Paaren war es auch bei uns ums Geld gegangen. Hatte meine Frau sich früher über meine unregelmäßige Dienstzeit beschwert, war sie später, als ich mich selbstständig gemacht hatte und wir schon in Trennung lebten, mit meinen unregelmäßigen Einkünften unzufrieden gewesen.

Als sie nach der Scheidung merkte, dass bei mir in Richtung Unterhalt nichts zu holen war, hatte sie bald einen neuen Lebenspartner gefunden und ihn vor kurzem auch geheiratet. Nachdem Verena wieder mit Haushaltsgeld rechnen konnte – mein Nachfolger hieß Harro Bongarts und war Abgeordneter im Landtag – und nachdem sie allem Anschein nach auch im Bett zufrieden gestellt wurde, hatte sich unser Verhältnis normalisiert; mit etwas gutem Willen konnte man es eine Art Freundschaft nennen. Aber so reizend, wie eben am Telefon, hatte ihre Stimme nur selten geklungen.

Verena wollte etwas von mir. Doch was auch immer das war, es hatte Zeit.

Zurück zu meiner Taube:

Man legt Magen, Herz und Leber mit einem Stück Butter in den Bauch, kann sie aber auch feinhacken, mit einge-

weichtem Weißbrot, Ei, Salz, Muskat und Petersilie vermengen und als Füllung verwenden.

Wenn schon, dann mit Füllung. Also:

Fett in einer Schmorpfanne erhitzen und Tauben bei geringer Hitze darin braun braten. Man rechnet 1 Taube für die Person.

Ich hatte zwei Tauben und überlegte gerade, wen ich einladen könnte, als es an meiner Tür klingelte. Ich zog die Küchentür ins Schloss und linste durch den Spion meiner Bürotür.

Der Mann draußen war Ende zwanzig, hatte einen Ziegenbart und trug eine Baseballkappe. Die bunten Träger, die über sein Hemd liefen, mussten zu einem Rucksack gehören. Er sah aus wie der Angestellte eines Pizzadienstes, konnte aber auch ein Fahrradkurier sein.

Für beides sprach sein professionelles Grinsen, als ich ihm die Tür öffnete.

»Herr Elmar Mogge?«

»Ja. Post für mich, muss ich was unterschreiben?«

»Äh, nein, darf ich wohl hereinkommen?« Er schob sich an mir vorbei. »Rico Skasa, Finanzamt Duisburg-Süd.« Er zeigte mir einen Ausweis.

»Soll das ein Witz sein?« Mein Blick schweifte von den fingerlosen Handschuhen aus durchbrochenem Leder, wie sie Radprofis tragen, zu der Baseballkappe, die er jetzt abnahm.

»Ungeheuer praktisch, gegen Sonne, gegen Regen«, kommentierte der Mann seine Bekleidung. »Sie vermissen den grauen Polyester-Anzug, die abgegriffene Aktentasche?«

»Ein wenig schon, Herr Skasa.«

»Aber gerade Sie dürfte doch nichts verwundern.«

»Warum gerade mich?«

»Nun, Sie werden in meinen internen Unterlagen unter dem Kürzel PPS geführt: Puppenspieler, Privatdetektive, Schauspieler ...«

»Schädlingsbekämpfer.«

»Nein, nein, die fallen in die Gastronomieabteilung. Sie ahnen, warum ich Sie besuche?«

»Eine Rückzahlung?«

»Ah, das ist gut. Sie nehmen es mit Humor. Übrigens, es riecht appetitlich bei Ihnen. Schauen Sie ruhig am Herd nach, es kann länger dauern.«

Ich ging zu meinen schmorenden Tauben, goss Wasser nach und drehte sie um. Sie waren schon goldbraun.

Mein Besucher stand am Fenster. »Schöne Aussicht haben Sie, Herr Mogge, es sieht bei Ihnen gar nicht so aus, wie man sich das Büro eines Privatdetektivs vorstellt.«

»Vermissen Sie die Knarre Modell .38 Smith & Wesson, die halb volle Whiskyflasche?«

»Eigentlich schon.« Sein Lächeln wurde knapper. »Also, es geht um Ihre letzte Steuererklärung.«

»Habe ich ordnungsgemäß abgegeben.«

»Richtig. Aber in der Aufstellung fehlt eine Einnahme über zweihunderttausend Mark.«

»Wollen Sie mich veralbern? Das muss ein Irrtum sein.«

Den Kopf halb wiegend, halb schüttelnd öffnete Skasa seinen schicken Rucksack, entnahm ihm einen Schnellhefter, blätterte darin und sagte: »Salm, Friedhelm Salm, war Ihr Klient, und von ihm haben Sie zweihunderttausend Mark erhalten.«

»Wo haben Sie denn das her? Ein anonymer Anruf? Jemand, der mich denunzieren will?«

»Beruhigen Sie sich, Herr Mogge.«

Das war mein Part. Ich war dafür da, anderen den Rat zu geben, sich zu beruhigen. Dafür wurde ich bezahlt, das war mein Job. Mit meiner Ruhe war es wirklich vorbei.

»Das haben wir aus sicherer Quelle, Herr Mogge. Aus der sichersten Quelle, die es gibt, das haben wir von Salm selber, der hat das gegenüber der Polizei ausgesagt. Sie erinnern sich an den Fall?«

Und ob ich mich erinnerte. Ein ehemaliger Schulkamerad, Fitti Salm, hatte mich angeheuert, ihn zu beschützen. Dieser

Salm war dann aber, wie ich später herausfand, in zwei Mordanschläge verwickelt und hatte obendrein seine eigene Firma um eine runde Million betrogen. Als ich ihn auf der Flucht zwischen Formentera und Ibiza stellte, hatte er mich mit der Hälfte der unterschlagenen Million bestechen wollen, ich aber hatte nur ein paar große Scheine genommen, als Honorar, und ihm dann einen Vorsprung gelassen, aus alter Kameradschaft.

War wohl alles in allem keine gute Idee gewesen. Ich wischte mir über die Stirn.

»Tja, Herr Mogge, wie Sie vielleicht wissen, ist Friedhelm Salm geschnappt worden, nicht zuletzt dank Ihrer Hilfe. Lobenswert! Wäre da nicht dieses unversteuerte Honorar.« Er rümpfte die Nase. »Ich glaube, Sie müssen mal wieder nach Ihrem Braten schauen.«

»Wollen Sie unterdessen in meinem Büro herumschnüffeln, Herr Rico Skasa?«

»Wir schnüffeln nicht, Herr Mogge, wir fahnden. Aber noch sind wir nicht so weit, ich denke, noch können wir uns einigen.«

Das wurde ja immer verrückter. Ich ging in die Küche, warf einen Blick in die Pfanne, brachte Teller und Besteck mit. Dann holte ich die Tauben und zuletzt Gläser und Mineralwasser.

»Es gibt Dinge, die man nicht aufschieben sollte, gebratene Tauben zum Beispiel. Greifen Sie zu, Herr Skasa.«

»Ein Beinchen vielleicht, nur zum Probieren.«

Ich legte ihm eine Taube auf den Teller und fragte: »Einigen, und wie?«

»Zeigen Sie uns Ihren guten Willen. Eine Anzahlung in Höhe von, sagen wir mal, zehn Prozent der Schuldensumme. Hmm, lecker!«

»Sehen Sie, Herr Skasa, was vor uns auf dem Teller liegt? Das ist das Honorar aus meinem letzten Auftrag, zwei Tauben, und einen neuen Auftrag habe ich nicht in Aussicht. Ich glaube, Sie haben falsche Vorstellungen davon, was Leute wie ich verdienen. Es gibt Monate, da tut sich rein gar nichts.«

»Und dann machen Sie zweihunderttausend Mäuse auf einen Schlag.«

»Die zweihunderttausend Mäuse, von denen Salm, wie Sie sagen, gegenüber der Polizei gesprochen hat –, also dieses Geld wurde mir noch in derselben Nacht gestohlen, und wollen Sie wissen, von wem?« Jetzt war mir alles egal, wahrscheinlich wusste Skasa sowieso schon, wie die Sache ausgegangen war. Flucht nach vorn.

»Die Brust ist wirklich am besten«, lobte mein Gast. Mümmelnd fragte er: »Gestohlen, wer war es?«

»Eine junge Frau, deren Namen ich nicht ...«

Mein ebenso freundlicher wie eifriger Steuerbeamter warf einen Blick in seine Unterlagen. »Hieß sie Judith, Judith Holtei?«

Das war wie ein Schlag in den Magen.

»Herr Mogge, was ist? Sie schauen ziemlich bedröppelt, wie man hier so sagt. Den Namen Judith Holtei kennen wir von unserer sicheren Quelle, aber dass diese junge Frau Ihnen das Geld gestohlen haben soll – ich weiß nicht, ich weiß nicht.«

»Was wissen Sie nicht?«

»Ob wir damit durchkommen. Da wäre es ja schon glaubhafter zu behaupten, Sie hätten das Geld im Kasino verspielt; obwohl Sie ja auch dann Ihre Steuerschuld begleichen müssten.«

»Glaubhafter, mag sein, aber es wäre nicht die Wahrheit.«

In welche Diskussionen der Typ mich zog! Fehlte nur noch, dass wir auf Sex und Politik zu sprechen kamen. Meine Schuld, warum hatte ich Skasa nicht so behandelt wie diesen Kommissar Tepass? Ich gab mir selbst die Antwort: Weil die Typen von der Steuer mehr Befugnisse hatten und allem Anschein nach auch gerissener waren, dieser an meinem Tisch ganz besonders.

Das Telefon schnarrte, einmal, zweimal, dann sprang der Anrufbeantworter an: »Elmar, es geht um diese Ibiza-Sache. Es ist wichtig. Ruf doch bitte zurück!«

Die Ohren meines Gastes schienen zu wachsen.

»Meine Exfrau«, erklärte ich. »Wahrscheinlich mit neuen Forderungen.«

»Hörte sich aber gar nicht so an, als ob die Anruferin etwas fordern ...«

Er hatte den Satz noch nicht zu Ende gesprochen, als das verflixte Telefon sich schon wieder meldete. Ich hätte den Lautsprecher des Anrufbeantworters ausschalten sollen. Zu spät!

»Gehen Sie ruhig ran«, ermunterte mich Skasa.

»Ach, man soll sich beim Essen nicht stören lassen.«

Marie Laflörs Stimme erklang, sehr angenehm, nur zum falschen Zeitpunkt. Sie sagte: »Haben Sie es sich überlegt, Herr Mogge? Werden Sie mir helfen? Ich warte auf Ihren Rückruf.«

Skasa nickte viel sagend. »Sie sind ja richtig begehrt. Alle Achtung! Dann wird's ja wohl auch bald mit der Zahlung klappen. Ich meine, die erste Rate.« Er schloss die Augen, schien zu rechnen: »Sagen wir mal, hm, hm, achttausend übern Daumen gepeilt.«

»Und wenn ich nicht zahlen kann? Oder nicht will?«

»Kontrollmitteilungen, Aufforderungen, Überprüfungen der Einnahmen aus der Zeit Ihrer gesamten selbstständigen Tätigkeit, Staatsanwaltschaft – das nimmt so seinen Lauf. Am Ende steht eine Geldstrafe oder«, er hob die Arme, als ob es ihm schon jetzt Leid täte, »oder gar Freiheitsentzug bis zu fünf Jahren. Nein, nein, Herr Mogge, noch ist es nicht so weit. Lassen Sie sich die Sache durch den Kopf gehen. Rufen Sie mich an, in den nächsten Tagen, am besten schon morgen.«

Er sprach so nett, so kumpelig; die angemessene Reaktion von meiner Seite wäre jetzt ein Tritt in den Hintern gewesen, und zwar mit spitzen Schuhen. Stattdessen fragte ich: »Kaffee? Kakao? Alkoholisches habe ich nicht im Haus.«

»Nein, danke, Herr Mogge, ich muss jetzt los.«

Skasa legte seine Visitenkarte auf den Tisch neben den benutzten Teller, streifte den Rucksack über und wandte sich zur Tür.

Der Kerl hatte einen guten Job gemacht – im Gegensatz zu mir. Ärgerlich!

8.

Gut sah sie aus, meine Exfrau, und sie wusste es, zum eleganten Hosenanzug trug sie eine im gleichen Ton gehaltene Bluse und dezenten Schmuck. Wenn es nach mir gegangen wäre, hätten wir uns lieber auf neutralem Boden getroffen, doch sie hatte auf einem Besuch bei mir bestanden. Nun saß sie da in meinem Besuchersessel, schlug ihre langen Beine übereinander, lächelte und wartete auf eine Antwort.

»Warum fährst du nicht selbst hin, Verena?«, wollte ich wissen. »Gehst zu Doras letzter Adresse, hörst dich in der Nachbarschaft um. Wenn du sie gefunden hast, macht ihr euch ein paar schöne Tage auf Ibiza; findest du sie nicht, legst du dich allein an den Strand, gehst abends lecker essen und anschließend in die Disko.«

»Hört sich gut an, aber im Augenblick kann ich schlecht weg. Ein, zwei Lesungen, über die ich schreiben soll, und eine Theaterpremiere; lasse ich die Termine sausen, bin ich schnell raus, so geht das nun mal bei uns Freien. Außerdem glaube ich, dass du für solch eine Aufgabe besser geeignet bist, Elmar. Hast mehr Durchsetzungsvermögen.«

Hoppla!, dachte ich. Als Polizist hatte ich mich damit abgefunden, bei vielen Mitmenschen auf Ablehnung zu stoßen; Anfeindungen beinhalten ja auch immer einen gewissen Respekt. An die Freundlichkeit, so sie mir bei meinen privaten Ermittlungen begegnete, musste ich mich erst noch gewöhnen. Verenas nette Worte und ihr süffisantes Lächeln sagten doch nichts anderes als: Elmar, du armer Sack, kriegst allein nichts mehr auf die Reihe, brauchst meine Hilfe. Siehst ziemlich alt und krankhaft bleich aus, wird Zeit, dass du in die Sonne kommst.

Das Schlimme war, es stimmte. Zum Teil jedenfalls, doch es galt, die Würde zu wahren. Also sagte ich so ruppig und gleichgültig wie möglich: »Machen wir es kurz. Fünftausend und ich fahre nach Ibiza und schaue mich dort um. Fünftausend, darunter ist nichts.«

Ihr Lächeln fror ein wenig ein. Und ich legte nach: »Plus Flug und Hotel und einen Mietwagen. Die fünftausend vorab.«

Das war wichtig, denn ich wollte dem Finanzamt noch vor meiner Abreise mit einer Teilzahlung den guten Willen zeigen. Was Rabauken, Kommissare und irgendwelche LKA-Beamte so schnell bei mir nicht schafften: Skasa hatte mich beeindruckt. Wenn es hart auf hart mit dem Finanzamt ging, war es gut, ein paar Tausender auf dem Konto zu haben. Die von der Abteilung Steuerfahndung fackelten nicht lange. Kamen in aller Frühe, zu zweit, zu dritt, verteilten sich über die Räume, blockierten das Telefon, packten alles in Kartons, was für die Ermittlung von Nutzen sein konnte, ob Computer, Karteikarten oder Notizbücher. Ohne meine Unterlagen aber, ohne Adressen und Telefonnummern, wäre ich aufgeschmissen und könnte gleich zum Sozialamt gehen.

Verena stand von meinem Besuchersessel auf, durchmaß den Raum, blieb vor meiner Koch-und-Spül-Kombination stehen, legte den Kopf schräg, als handele es sich um das Werk eines Popartisten, und hob eine Augenbraue. So, ganz überlegen, hatte ich sie damals kennen gelernt, auf einer Ausstellungseröffnung, wo ein Künstler seine Machwerke an die Wand gehängt und mit dem Titel *East meets West* als große Kunst verkauft hatte.

»Ich könnte Ihnen was wirklich Großartiges zeigen«, hatte ich die hoch gewachsene Frau in dem beigefarbenen Designerkostüm angesprochen, die einen Ringblock in der Hand hielt und gelangweilt Notizen machte.

»Ach ja? Doch wohl nicht Ihren – Schwanz?«, hatte sie lächelnd und wohl artikuliert und mit einer Kunstpause an der richtigen Stelle gesagt.

Das dunkle, glänzende Haar hatte sie straff zurückgekämmt, ihr Gesicht wirkte kühl, glatt und beherrscht – eine Frau, die selbst im Sommer glaubhaft Pelzmäntel vorführen könnte, hatte ich überlegt und mir auch sonst so einiges vorgestellt. Wir waren zu dem stillgelegten Hüttenwerk in Meiderich gefahren und die vielen eisernen Stufen bis zur Spitze des Hochofens gestiegen. Ganz Gentleman hatte ich sie vorangehen lassen, um sie im Falle eines Fehltritts auffangen zu können; und die ganze Zeit hatte ich vor meinen Augen ihren hochmütig wackelnden Hintern, auf den ich während des langen Aufstiegs regelrecht geprägt wurde; so wie ein Graugänseküken auf das erste große Lebewesen geprägt wird, das sich nach der Nestflucht vor seinen Augen bewegt. Mit jedem Absatz wurden die Ausblicke auf die Industrielichter schöner; mehr und mehr kamen wir außer Atem, zuletzt keuchten wir vor Anstrengung und Erregung. Dann waren wir oben in luftiger Höhe und ich wusste, dass mir nur noch wenige Minuten blieben, denn unter uns geisterten bereits die Taschenlampen weiterer Besucher über die Stahlbleche, Räder, Seile und Konstruktionen aus Winkeleisen.

Als Verena sich, die Aussicht bewundernd, über das Geländer beugte, sagte irgendetwas in mir, wenn du es jetzt nicht schaffst, diese vornehme Schickse zu bumsen, dann schaffst du es niemals mehr. Also stellte ich mich hinter sie, schob das Jil-Sander-Kostüm hoch – und legte los. Bis die Schritte der anderen Besucher schon ganz in unserer Nähe polterten und die Lichtkegel der Taschenlampen unsere Schuhe streiften. Mit dem letzten Stoß dankte ich den Arbeitern, die den Hochofen erbaut und über Jahre bedient hatten, den Jungs, die von Kunst nicht übermäßig viel verstanden, die aber wussten, was Maloche ist. Danke, Kumpels, danke! Und ich schwitzte genau wie sie.

Vielleicht war der Dank damals verfrüht gewesen.

Drei Wochen später waren wir verheiratet und weitere drei Jahre danach geschieden. Auch das war nun schon wieder einige Jahre her. Aber Verena, die ehemalige Stewardess, die damals wie heute Artikel verfasste, sah nach wie vor aufregend gut aus, eine Nacht würde mich vielleicht immer noch reizen, doch frühstücken wollte ich nicht mehr mit ihr zusammen.

»Du grinst so, Elmar. Ist fünftausend dein letztes Wort?«
»Ja, und bei Erfolg das Gleiche noch einmal.«
»Einverstanden.«
»Dann gib mir mal die Einzelheiten.«
Verena erzählte mir von ihrer Freundschaft mit Dora Klugmann, die ein recht verrücktes Huhn sein musste, ebenfalls als Stewardess gearbeitet, aber auch mal Mode vorgeführt hatte und zudem das große Talent besaß, reiche Männer kennen zu lernen. Eines Tages hatte sie ihre Wohnung in Düsseldorf aufgegeben und war nach Ibiza gezogen. Verena hatte sie dort das eine oder andere Mal besucht und in der Zwischenzeit mit ihr Kontakt gehalten durch Briefe und recht regelmäßige Telefongespräche. Bis Doras Antwortbriefe dann ausgeblieben waren und sich am Telefon nur noch die spanische Telefongesellschaft meldete, und zwar mit den Worten, dass der Teilnehmer zurzeit nicht erreichbar sei.

»Hast du es bei der örtlichen Polizei versucht?«

»Ja, aber die haben mich ans Konsulat verwiesen und dort wusste man auch nichts. Abgemeldet hat sie sich jedenfalls nicht.«

»Vielleicht hat das verrückte Huhn ja einen reichen Hahn gefunden und vergnügt sich jetzt in den Vereinigten Arabischen Emiraten.«

»Das hätte sie mir erzählt.«

So, jetzt hatte ich genug Bedenken vorgetragen, schließlich brauchte ich den Auftrag. Damit das nicht zu deutlich wurde, fragte ich noch: »Du hast mir früher nie etwas von ihr erzählt.«

»Ich habe sie ja auch erst nach unserer Trennung kennen gelernt.«

Das hatte ich mir schon gedacht, wollte es aber bestätigt wissen. »Und wo?«

»Auf einem Flug nach Ibiza.«

»Eine Urlaubsbekanntschaft?«

»Nicht direkt. Ich habe Harro auf einer Dienstreise begleitet.«

»Und sie, Dora, das verrückte Huhn?«

»War Stewardess, also Flugbegleiterin, sagt man jetzt ja, bei einer privaten Chartergesellschaft.«

Zu den Tagträumen vieler Männer, die in Urlaub fahren, gehört die Vorstellung, eine Stewardess kennen zu lernen. Zecher prahlen schon mal mit schnellen Flugnummern, was aber in den Bereich der Thekenfolklore gehört. Denn die Flugbegleiterinnen wurden, wie ich von Verena wusste, ausgiebig geschult, alle Annäherungsversuche der Männer höflich, aber bestimmt im Keim zu ersticken. Unter Frauen war das vielleicht eine andere Sache. Wahrscheinlich hatte Verena dieser Dora von ihrer früheren Tätigkeit erzählt, und so waren sie ins Gespräch gekommen. Ja, meine kühle Exfrau konnte sehr charmant sein, wenn sie es darauf anlegte. Das wusste ich noch.

»Hast du ein Foto von ihr?«

»Steckt hier drin.« Sie reichte mir einen Umschlag. »Dazu ihre Postadresse und sonst noch ein paar Angaben.«

Ich zog das Foto, eine schwarz-weiße Porträtaufnahme, aus dem Kuvert. »Jung, strahlendes Lächeln, eine hübsche Frau.«

»Ja. Ich hoffe, du findest sie bald.«

9.

»Nur eine Frage? Oder doch ein Gespräch? Dann musst du mit mir einkaufen gehen«, hatte Kurt Heisterkamp am Telefon gesagt.

Bekannt war ich mit ihm schon seit meiner Polizistenzeit, aber angefreundet hatten wir uns erst, nachdem ich meine Uniform ausgezogen hatte. Kurt war Hauptkommissar bei der Duisburger Kripo, verheiratet, zwei Kinder, solide und zuverlässig. Ein bisschen steif, doch das machte nichts, locker und flott waren ja alle anderen, oder zumindest taten sie so.

Jetzt standen wir im Kaufhof vor den Stapeln mit Oberhemden, und die Verkäuferin wurde langsam ungeduldig, weil Kurt sich nicht entscheiden konnte.

»City-Kragen, Freizeit-Look«, knurrte er. »Wann habe ich denn schon mal Freizeit? Ja, Elmar, du hast gut lachen, ein Privatschnüffler kann tragen, was er will.«

»Du aber bist Respektsperson, repräsentierst den Staat.«

»Läster nur! Wie findest du das hier?«

»Sehr staatstragend und passend für dich, Kurt.«

Er kaufte gleich vier Stück von den Hemden, weil er Einkaufen hasste, und wir schlenderten über die Kreuzung zum Lehmbruckmuseum und dann durch den Kantpark.

Im Museumscafé zündete Kurt eine Pfeife an, ein Tabakkrümel fiel auf sein Hemd und brannte sich dort fest. »Verdammt, schon wieder ein Loch. Also, was wolltest du?«

»Nur wissen, was aus Fitti Salm geworden ist, du hast den Fall doch damals bearbeitet.«

»Nun, die spanische Polizei hat ihn ausgeliefert. Er wurde von uns vernommen, aber die Anstiftung zum Mord konnten wir ihm nicht nachweisen. Ansonsten war er sehr kooperativ, hat die Schiebereien am Bau mit Billigarbeitern zugegeben und die unterschlagene Million abgeliefert. Demnächst hat der Richter das Wort. Ich schätze, Salm erhält eine Haftstrafe knapp unter zwei Jahren, die zur Bewährung ausgesetzt wird.«

»Bundesverdienstkreuz womöglich?«

»Jetzt werd nicht komisch, Elmar. Immerhin konnten die Löhne an die Arbeiter ausbezahlt werden, ist doch auch schon was. Bist doch sonst nicht so auf Rache aus.«

Sonst nicht. Jetzt aber hatte ich die Steuerbehörde am Hals, und zwar wegen Salms Aussage gegenüber der Polizei. Doch jemand anders musste mich beim Finanzamt verpfiffen haben. Und wer das war, genau das wollte ich herausfinden: »Ich erinnere mich, dass die Kripo und das Finanzamt zwei Behörden sind.«

»Was willst du damit andeuten?«

»Datenaustausch, Hinweise?« Ich sprach die beiden Wörter so in die Sommerluft.

Er wiegte den Kopf. »Normalerweise nicht, aber wenn jemand an hoher Stelle am richtigen Rädchen dreht ... Wieso?«

»Och, ein Klient von mir hat Schwierigkeiten mit dem Finanzamt.«

»Wer hat die nicht?«

»Eben. Und sonst? Wie läuft es bei dir?«

Die Bedienung kam, sie brachte für Kurt ein alkoholfreies Bier und für mich ein Milchmischgetränk.

»Mein Sohn sitzt stundenlang am Computer, meine Tochter ist verliebt und meine Frau will unbedingt eine Kulturreise zu den Schlössern an der Loire machen. Ich weiß nicht, was von alledem am schlimmsten ist. Und du?«

»Ich reise demnächst nach Ibiza.«

»Mensch, hast du es gut. Keine Sorgen, nix.« Verträumt schaute Heisterkamp den Tabakwölkchen nach. Es gab Ortsnamen, die die Fantasie beflügelten, und zwar in eine bestimmte Richtung, Ibiza gehörte ganz sicher dazu. Heiße Diskonächte, Balzrituale am Strand, wilde Gartenpartys, bei denen Prominente mit einem Glas Sekt in der Hand in den Pool sprangen. Klischees, die fast jeder im Kopf hatte, Kurt sicher auch.

Umso überraschter war ich, als Kurt ziemlich übergangslos fragte: »Von dem so genannten Taubenmörder hast du gehört, Elmar?«

»Stand ja in der Zeitung.«

»Kollege Wim Tepass bearbeitet den Fall.«

»Wie ist der so?«, wollte ich wissen.

»Knallhart. Politisch steht er rechts von Attila. Der hat Augenzeugen, so habe ich gehört, schon mit Beugehaft gedroht, wenn sie nicht aussagen wollten.« Er trank sein Glas aus, drehte es in der Hand. »Warum interessiert dich das?«

»Informationen kann man immer gebrauchen.«

10.

Tom Becker war ein guter Journalist. Er hatte Ahnung von Fußball, Film und Musik, eine Mischung, die man selten findet, zuverlässig und verbindlich war er auch. Genug gelobt, ich wollte etwas von ihm.

Ich wählte die Nummer der WAZ-Redaktion. Natürlich war Becker in Zeitdruck, seine Seiten füllten sich ja nicht von alleine. Zudem musste er dauernd ans Telefon gehen, denn außer mir behelligte ihn noch eine Menge anderer Leute.

Da gab es den Künstler, der vor der Eröffnung seiner Ausstellung einen Bericht in der Zeitung haben wollte, dreispaltig mit Foto und Lebenslauf. Und die Schriftstellerin, die die Besprechung ihres neuesten Werkes schon selbst formuliert hatte. Oder die Kleintierzüchter, die mit der Kündigung des Abos drohten, wenn nicht über ihr Vereinsleben berichtet wurde.

Tom Becker kam mit Nervensägen dieses Schlages gut zurecht. Ich wäre bei solchen Klienten längst ausgerastet und hätte dann wochenlang keinen Auftrag gehabt. Im Augenblick aber hatte ich ja sogar zwei. Dora auf Ibiza suchen, das war eine fest umrissene Aufgabe und klang nach leicht verdientem Honorar. Wie ich meiner zweiten Klientin, Marie Laflör, helfen konnte, war mir noch nicht klar.

Marie Laflör hatte mir gesagt, ich brauchte mir um das Honorar keine Sorgen zu machen. Nein, sorgen musste ich mich nicht, recherchieren musste ich, und das hieß nichts anderes, als herumzuschnüffeln und Verbindungen spielen zu lassen. Mit Letzterem war ich gerade beschäftigt, per Telefon.

Ich fragte Tom Becker nach dem Taubenzüchterverein *Heimattreu* in Walsum.

Ich hörte ihn etwas in den Computer tippen, Sekunden später sagte er: »Wir haben mal über eine Werkssiedlung in Walsum berichtet, die abgerissen werden sollte, und da spielte der Verein eine Rolle.«

»Welche?«

»Na ja.«

Ich merkte ihm an, dass er nicht unhöflich werden wollte, und deshalb warf ich schnell ein, wie es mit einem Treffen am Abend aussähe. Auch nicht so doll, meinte er. Becker war begeisterter Jogger. Um ihn auf sein Lieblingsthema zu bringen, fragte ich: »Vorbereitung auf den nächsten Marathon?«

»Ja, New York, Anfang November«, erwiderte er im Stenogrammstil, fand dann aber doch noch Zeit zu schwärmen: »Einmal zusammen mit Zehntausenden durch die Straßen, einmal das Vibrieren der Verrazano-Bridge spüren, eine der längsten Brücken der Welt, Staten Island, Brooklyn, die Bronx, der Central Park in Manhattan, meine angestrebte Zeit: vier Stunden.«

»Das heißt, es ist eine längere Trainingsrunde angesagt. Wann, wo?«

Wir verabredeten uns am Wedau-Stadion.

Als ich auf den Parkplatz des China-Restaurants einbog, gleich neben der Regattabahn, wartete Becker schon auf mich, ungeduldig trat er auf der Stelle.

»Kommen Sie, laufen Sie eine Runde mit!«

Ich zeigte auf meine Füße.

»Ziehen Sie die Stiefel aus!«, grinste er und setzte sich in Trab. Mir blieb nichts anderes übrig als mitzumachen.

Zur Einstimmung wechselten wir ein paar Worte über den MSV Duisburg, der mal wieder in einer Krise steckte; die teuren Einkäufe am Ende der Spielzeit hatten nichts gebracht. Dann fragte ich, ob es unter den Anrufern neue Anwärter auf den Titel ›Spinner der Woche‹ gebe.

»Ja, da gibt es einen Nörgler, der sich bislang über irgendwelche Verkehrsschilder oder die Figur von Niki de Saint Phalle aufregt hatte, weil die zu poppig bunt sei. Vor einiger Zeit hat er plötzlich das Thema gewechselt. Nun löchert er die Redaktion mit Anrufen, wir sollten einen bestimmten Leserbrief von ihm abdrucken.«

»Worum geht es denn da?«

»Um einen Flugzwischenfall, in den Politiker aus Nordrhein-Westfalen verwickelt sein sollen.«

»Und – ist da was dran?«

»Keine Ahnung, Andeutungen, sonst nichts. Der Kerl hat immer was. Morgen kommt er bestimmt mit einer neuen Beschwerde, verlangt dann vielleicht eine Bürgerwehr gegen Kanalratten. Dieser Typ jedenfalls hält Platz Nummer eins auf der Liste ›Spinner der Woche‹.«

»Und der Künstler, den Sie groß herausbringen sollen?«

Becker machte eine Geste der Resignation. Wir waren am Ende der Regattabahn, er zog das Tempo an. »Ich habe eben noch die letzten Nachrichten und den Polizeibericht abgehört«, begann er. »Wäre irgendwo Gift in den Rhein geflossen oder ein Minister zurückgetreten, hätte ich dafür Platz schaffen müssen und den Künstler mit gutem Gewissen rausschmeißen können. Aber so.« Er zuckte die Schultern.

Schweigend näherten wir uns der Sechs-Seen-Platte. Angler, Hunde, Spaziergänger, erste Seitenstiche, Keuchen – bevor mein Leiden schlimmer wurde, fragte ich Becker schnell nach den Taubenzüchtern in Walsum.

»Der Verein *Heimattreu*«, begann er, »war damals, als es um den Abriss der Siedlung ging, sozusagen das Zentrum des Widerstands. Dort wurden Flugzettel kopiert und aus Bettlaken Transparente gemacht, eben eine Anlaufstelle. Ich selbst war ein paar Mal da und habe mit den Leuten gesprochen.«

»Ein gewisser Kallmeyer, Jürgen Kallmeyer.«

»Nein, La Fleur hieß der Mann, René La Fleur, schnieker Typ, passte nicht dahin, konnte aber wirklich reden. Griffige Sätze, die er uns – es waren ja auch die Kollegen der anderen Blätter da – in den Block sprach.«

»Horst Bodach, war der auch mal dabei?«

Becker dachte einen Augenblick nach, schüttelte dann den Kopf. »Ein Sänger stand noch im Mittelpunkt, spielte Gitarre, alte Dylan-Stücke mit selbst verfassten Texten. ›Die Zeiten ändern sich im Pott‹ mit der Melodie von ›The Times They Are A-Changin'‹, dies und Ähnliches.«

Becker summte ein paar Takte. Ich hatte allein schon mit dem Zuhören Schwierigkeiten, mir pochte das Blut in den Adern, mein Atem ging stoßweise, die Füße brannten wie Feuer. Als er am Wolfssee als nächstes Teilziel den Entenfang ins Auge fasste, hob ich die Hand. Nicht einen Schritt weiter. Ich war dem Zusammenbruch nahe. Tom Becker sah noch so frisch aus wie zu Beginn unserer Runde.

Er hatte eben die besseren Laufschuhe.

11.

»Stimmt«, nickte Jürgen Kallmeyer und betrachtete die Finger seiner großen Hände. Blaue Narben waren da zu sehen, wie sie Bergleute haben, wenn sich Kohlenstaub in frischen Verletzungen abgesetzt hatte. »René La Fleur, so schrieben sie in den Zeitungen seinen Namen. Er stammt ja nicht von hier.«

»Wie die Schimanskis und Kuczeras.«

»Und die Türken. Ist ja nicht so, dass wir was gegen Fremde hätten. Überhaupt nicht! Wir sind offen für alle, auch für die Leute von außerhalb. Und von denen kamen damals eine Menge in unseren Verein, als wir gegen den Abriss der Siedlung protestierten, mit Hungerstreik und Mahnwachen. Das heißt, als sich der Erfolg abzeichnete, da kamen sie: Rocksänger, Politiker und Promis – alle wollten plötzlich Kumpel sein. Unter ihnen auch René Laflör – von mir aus kann ich auch René La Flööhr sagen«, in übertriebener Geste spitzte er seinen Mund mit den wulstigen Lippen.

»Was wollte Laflör?«

»Er hielt einen Vortrag: ›Taubenzucht, die Identität einer Region‹. Ja, Identität, das war sein Wort. Einige Zeitungen druckten das. Die Reporter sprachen mehr mit ihm als mit mir, Horst Bodach oder den anderen Mitgliedern unseres Vereins. Na ja, nach einer Weile war unsere Siedlung für die Presse kein Thema mehr. Der Kampf war vorbei, friedliche Zeiten bringen keine Schlagzeilen, stimmt's?«

Ich nickte.

»In einige der modernisierten Häuser sind dann Künstler, Lehrer und Werbeleute eingezogen, weil viele der Alteingesessenen die erhöhten Mieten nicht zahlen konnten. Aber auch das war für die Presse kein Thema mehr.«

»Und Laflör?«

»Der blieb im Verein. Dass er von Tauben keine Ahnung hatte, störte uns nicht. Der glaubte am Anfang, man könne Tauben irgendwo hinschicken. Menschenskind, haben wir gesagt, Tauben fliegen immer nur zum Stall zurück. Aus, fertig! Das ist nicht viel, aber genug, um Wettflüge zu veranstalten. Kauf dir ein Zuchtpaar, sperr es ein, bis es die ersten Jungen hat. Denn dann bleibt es und danach kannst du bei uns mitmachen.«

Kallmeyer öffnete die Bierflasche, indem er den Kronkorken mit einem Schraubenzieher aufhebelte. »Prösterchen!«

»Ich bin auf Diät«, sagte ich zur Entschuldigung.

Es machte ihm nichts aus, allein zu trinken. Nach einem guten Zug fuhr er fort: »Laflör kaufte sich ein Pärchen, aber keins von unserer blaugrauen einheimischen Sorte; nein, kommt eines Tages mit zwei so Rotgehämmerten an. Hatte er in Spanien erstanden. Weil unsere Brieftauben, wie er erklärte, von den Felsentauben dort unten abstammen. Das wusste er aus einem Züchterbuch. Bücher! Was wir im Verein über Tauben wissen, haben wir als kleine Jungen unseren Vätern abgeguckt.«

»Und?«

»Zugegeben, die Rotgehämmerten waren nicht schlecht, belegten Platz zwei und drei beim ersten Rennen. Danach waren sie allerdings weg. Streunende Katzen, Gift, weiß man's? Vielleicht sind sie auch zurück nach Spanien. Jedenfalls hat Laflör die nächsten Zuchttiere dann bei uns gekauft.«

»Ah ja!«

Er musste meine Bemerkung, mit der ich das Gespräch in Gang halten wollte, falsch gedeutet haben, denn er wehrte ab: »Nee, nee, aufgedrängt hat ihm die keiner. Wir sind, wie gesagt, ein toleranter Verein. Dass Laflör zu den Treffen in Anzug und Krawatte auftauchte – seine Sache. Woher er das Geld für das Haus hatte, das er etwas außerhalb baute? Uns egal! Dass er nicht regelmäßig arbeitete – na ja, das hat einige hier schon gewurmt. Vor allem diejenigen, die selbst auf Schicht mussten. Denn Laflör steht in Verdacht, mit den Frauen nachbarschaftlichen Umgang zu pflegen; nennen wir's mal so.«

»Verstehe ich nicht ganz, Herr Kallmeyer ...«

»Na, poppen, aber so auf nett. Sieht ja nicht schlecht aus, kann reden, piekfeine Klamotten, die Frauen bei uns im Verein machten schon Augen. Besonders dann, wenn bei denen zu Hause nicht mehr viel lief. Bergmannsnummer, verstehen Sie, Pimmel innen Schacht hängen und einschlafen.« Ein schiefes Grinsen offenbarte seine Art von Humor und eine Zahnlücke. »Kennen Sie den Unterschied zwischen 'nem Dachdecker und einem ...«

»Sie hatten am Anfang was von dieser toten Taube erzählt«, versuchte ich seinen Redestrom wieder in geordnete Bahnen zu lenken, ehe es zu spät war, denn schon wieder griff Kallmeyer nach einer Flasche.

»Ich bin ein wenig abgeschweift. Zurück zu dem Abend, wo der Ärger anfing. Es war der Tag nach dem Wettflug und Laflör kam verspätet zum Vereinstreffen, hielt uns eine tote Taube unter die Nase und fragte, ob wir wüssten, was das sei. Blöde Frage und ganz besonders blöd, sie in einem Verein zu stellen, der sich mit nichts anderem als Brieftauben beschäftigt, allerdings lebendigen. Horst Bodach, unser Kassenwart, legte seinen Bleistift zur Seite, runzelte die Stirn und sagte: ›Hm, für 'n Känguru ist es zu klein. Was meint ihr, Leute?‹ – ›Ja, zu klein‹, ging ich auf Bodachs Spiel ein. ›Außerdem hat es Federn. Ein Vogel, ich tippe, es ist ein Vogel.‹ – ›Sieht ein bisschen müde aus‹, gab Ulli Leske seinen Senf noch dazu.«

»Ihr habt ihn also ganz schön hochgenommen?«

»Stimmt. ›So, das reicht‹, rief Laflör dann auch. ›Ich will euch mal was sagen‹, blähte er sich auf. ›Das ist, genauer gesagt das war mein bester Vogel. Und der ist nicht an Altersschwäche gestorben, o nein, der ist gestern abgeschossen worden, und zwar ganz nahe vorm Ziel; der hätte das Rennen gewonnen. Das ist‹, rief er und holte tief Luft, ›das ist Taubenmord!‹«

»Hört sich dramatisch an.«

»Nun, die Vögel sind nicht gerade billig, eine Spitzentaube kann bis zu fünfzehntausend Mark, ein Jungtier einen Tausender kosten, und allein für ein Ei von einem Spitzenpärchen aus der belgischen Janssen-Zucht muss man fünfhundert löhnen. Aber das ist ja nicht alles. Wenn man ein Tier verliert, auf das man große Hoffnungen gesetzt hat, ist das schon traurig. Deshalb versuchte ich als Vereinsvorsitzender, Laflör zu beruhigen. Ich sagte, er solle sich doch erst mal setzen und dann könnten wir über die Sache reden. Doch er wollte sich nicht setzen; nicht an einen Tisch, an dem, wie er es ausdrückte, ein Taubenmörder saß. Ziemlich hartes Wort. Aber noch härter war, dass er unseren Kassenwart dabei anguckte, mit Augen voller Hass. Wenn da mal nicht was passiert, dachte ich mir, und deshalb habe ich Sie damals angerufen.«

Ich erinnerte mich an den Anruf, aber auch daran, dass ich die Sache als läppisch abgetan hatte. Jetzt nickte ich und fragte, wie es denn an dem Abend weitergegangen sei.

»Na ja, es wurde ganz still bei uns im Klubraum. Draußen wehte ein laues Lüftchen, aber die Stimmung im Verein war eisig. Nachdem Laflör die Tür hinter sich zugeknallt hatte, fragte ich Bodach, ob da was wäre zwischen ihm und Laflör. Was da sein soll, hat er die Achseln gezuckt und hinzugefügt: ›Laflör ist sauer auf mich, weil er zwar viel Geld für seine Tauben ausgibt, meine aber schneller sind. Jetzt will er mir was anhängen. Der kann nicht verlieren, das ist alles.‹«

»Und die Sache mit Laflörs Frau?«, hakte ich ein.

»Ach so, ja, das hat er dann auch noch erwähnt, dass Laflör verdammt eifersüchtig sei.«

Ich dachte mir meinen Teil, ließ ihn aber weiterreden.

»Wir haben an dem Abend noch überlegt, ob wir Laflör

aus dem Verein ausschließen sollen. Doch die Satzung gab nichts her; außerdem sind wir nicht nachtragend. Ein paar Wochen blieb Laflör weg, dann erschien er wieder bei den Treffen, zahlte seinen Beitrag und brachte für jeden von uns ein Funktelefon mit. War eine deutliche Versöhnungsgeste, die wir nicht ausschlagen konnten, und so durfte er dann beim nächsten Rennen wieder mitmachen. Am Wochenende fuhr ein Fahrer mit dem Taubenwagen zu allen Teilnehmern, lud die Tiere ein und brachte die Fuhre nach Norddeutschland. Wie üblich meldete er sich am Ziel und gab die Startzeit durch. Für die etwa dreihundert Kilometer rechneten wir mit knapp vier Stunden Flugzeit. Natürlich stand jeder von uns schon viel früher mit der Taubenuhr in der Hand am Schlag. Geht ja manchmal um Minuten.«

Mit tapsigen Bewegungen ging Kallmeyer zum Wandschrank und entnahm ihm einen Kasten, der einer alten Kaffeemühle nicht unähnlich war. Auf dem Rückweg stieß er gegen die Tischkante.

»Hier«, sagte er. »Sobald die Taube in den Schlag einfliegt, nimmt der Besitzer ihr die Teilnehmernummer, die mit einem Gummiring befestigt ist, vom Fuß und steckt sie in so eine Taubenuhr. Klingeling – sind Datum und Uhrzeit auf dem Papier als Abschlag zu sehen; mit den elektronischen Taubenuhren konnten wir uns noch nicht anfreunden. Wer hinterher den frühesten Aufdruck vorweisen kann, kriegt das Preisgeld.«

»Wer hatte denn an dem Tag gewonnen?«

»Horst, also Bodach, seine Jassu kam als Erste in den Stall. Er machte sofort einen Rundruf. Feine Sache mit dem Handy! Mich fragte er dann noch, ob ich nicht Lust hätte, mit ihm zu Laflörs Haus zu fahren. Das Rennen war entschieden, warum also nicht? Bevor wir losfuhren, habe ich Sie dann angerufen und endlich auch an die Strippe bekommen – den Rest kennen Sie ja: Laflör hat meinen Kumpel erschossen.«

»Nicht den ganzen Rest kenne ich. Was ist passiert, bevor ich da eintraf?«

»Haben Sie das nicht schon mal gefragt?«

»Gute Geschichten kann man auch zweimal hören, manche werden dann immer besser.«

»Ist eine traurige Geschichte – aber was soll's.« Kallmeyer kratzte sich zwischen den Beinen. »Wir haben den Wagen so abgestellt, dass man uns vom Haus aus nicht sehen konnte, und geguckt, was sich an Laflörs Taubenstall tat. Nicht viel. Als nach einer halben Stunde eine Taube über dem Dach kreiste, rief Bodach: ›Das ist seine Soffi!‹ Dass er Laflörs Taube im Flug erkannte, war schon erstaunlich, aber dann hat Bodach mir das erklärt: ›Mensch, Jürgen‹, sagte er, ›die hat der doch als Jungtier von mir gekauft. Laflör wollte von meinem Spitzenweibchen unbedingt Nachwuchs und den hat er gekriegt. Verstehste?‹ Bodach rieb Daumen und Zeigefinger aneinander und grinste viel sagend. – ›Klar, dass er dafür reichlich was hinlegen musste‹, hab ich gesagt. ›Aber hör mal, Horst, warum kommt dein teurer Siegernachwuchs denn so spät bei ihm zu Hause an?‹ – ›Weil ich‹, hat er betont, ›mal zu früh nach Hause gekommen bin. Konnte gerade noch sehen, wie ein bestimmter Vereinskamerad bei mir überm Gartenzaun verschwand.‹ Das war Bodachs Antwort und die ging mir noch so durch den Kopf, während wir beobachteten, wie Laflör mit der Taubenuhr in der Hand am Schlag stand und lockte. Doch die Taube hob wieder ab und drehte eine Runde. Nachdem sie sich schließlich aufs Dach gesetzt hatte, stiefelte Laflör mit hochrotem Kopf ins Haus. Nach zwei, drei Minuten kam er wieder, mit der Flinte in der Hand. Als er auf die Taube, die immer noch auf dem Dach saß, anlegte, traten wir aus dem Gebüsch.

›He, Laflör!‹, hat Bodach gerufen. ›Wenn du meinst, dass Verlierer sterben müssen, dann schieß ruhig. Ist ja deine Taube. Aber komm hinterher nicht in den Verein, um anderen einen Taubenmord anzuhängen.‹ So, Herr Meisterdetektiv, das war der Rest. Jetzt wissen Sie's.«

Der Bericht deckte sich fast wortwörtlich mit dem, was Kallmeyer mir beim ersten Mal erzählt hatte; normalerweise ein Zeichen, dass die Aussage stimmte.

Ich fragte Kallmeyer, was Laflör geantwortet habe.

»Stocksauer war der. ›Die Krücke von einer Taube hast du mir doch angedreht für gutes Geld‹, hat Laflör gezischt. Mensch, war der giftig. Bodach sagte nichts, grinste nur. Immer breiter und zufriedener, wie einer, der endlich eine alte Rechnung beglichen hat. Und das ist auch der Anblick, den ich von meinem Freund Horst Bodach im Gedächtnis behalten will. Denn kurz darauf krachte der Schuss. Und mit dem Knall verschwand das Grinsen aus seinem Gesicht. Aber nicht nur das Grinsen. Die Schrotladung hat ihn, wie Sie wissen, voll am Kopf erwischt.«

Kallmeyer schluckte, sein mächtiger Körper bebte. Nachdem er sich mit dem Handrücken über die Augenwinkel gewischt hatte, sagte er stockend: »So ist es abgelaufen. Horst war auf der Stelle tot. Sie haben es ja selbst gesehen.«

Kallmeyer tat mir Leid. Aber ich konnte ihm weitere Schmerzen nicht ersparen. »Ja, so war es wohl. Aber etwas fehlt noch«, sagte ich.

12.

Ich fasste in meine Jackentasche, zog einen Umschlag hervor und legte ihn vor mir auf den Tisch. Keiner von uns sagte ein Wort, eine Minute, zwei Minuten. Ob es die ungewohnte Stille war, keine Ahnung, jedenfalls steckte Kallmeyers Frau den Kopf zur Tür herein, das Essen sei fertig. Er gab ihr einen Wink.

»Ihre Frau kann ruhig dabei sein«, sagte ich. »Vor ein paar Tagen habe ich mich nämlich bereits mit ihr unterhalten.«

Kallmeyer runzelte die Stirn, auch wenn da nicht viel zu runzeln war. Der Alkohol und die über den toten Kumpel vergossenen Tränen hatten seine Augen gerötet, aber da war noch etwas in seinem Blick. Ich musste auf der Hut sein.

»Freundchen, Sie riskieren eine Menge«, sagte er, jetzt wieder in der gewohnten bedächtigen Art. Seine Erzähllaune war verflogen.

»Wenn man die Wahrheit herausfinden will, muss man etwas riskieren«, sagte ich. Etwas, dachte ich, aber eben nicht zu viel. Der Kerl vor mir glich einem Hochdruckkessel kurz vor dem Explodieren. Ich erzählte ihm, was ich bei meinen Recherchen in der Siedlung herausgefunden hatte: »Herr Kallmeyer, Laflör hatte auch mit Ihrer Frau ein Techtelmechtel angefangen.«

Sein Gesicht lief rot an. »Lore!«, brüllte er in Richtung der Tür.

»Nein, Ihre Frau hat mir nichts verraten. Ich weiß es von Nachbarn, die von der Sache etwas mitgekriegt haben.«

»Von was für einer Sache?«

»Dass Sie eine Latte vom Gartenzaun gebrochen haben und Laflör hinterhergerannt sind. Das war an dem Tag, als Sie sich auf der Arbeitsstelle verletzt und der Werksarzt Sie nach Hause geschickt hatte. Ja, die Beinverletzung, und deshalb haben Sie Laflör zwar mit Ihrer Frau erwischt, Sie haben ihn aber nicht verfolgen können. Jedenfalls nicht schnell genug. Zu Laflörs, aber auch Ihrem eigenen Glück. Denn womöglich hätten Sie ihn in Ihrer Wut erschlagen, so aber haben Sie sich nur geschworen, dass Laflör eines Tages dafür büßen sollte. Und die Gelegenheit zur Rache kam dann ja auch.«

Ich holte die Fotos aus der Hülle, die ich am Tatort geschossen hatte. Sie zeigten Laflörs Haus mit dem frei stehenden Taubenhaus. Auf dem ersten Bild waren in einem Fenster ein Gesicht und auf dem Dach eine Taube zu erkennen. Beim zweiten Foto fehlte die Taube.

»Wohin ist sie geflogen?«, fragte ich Kallmeyer.

Er hob die Schultern.

»Ich will es Ihnen sagen: Die Taube ist zu ihrem Besitzer geflogen und hat sich auf den Gewehrlauf gesetzt. Muss ein komisches Bild gewesen sein. Jedenfalls haben Sie und Bodach lauthals gelacht, hören konnte man es nicht, aber Frau Laflör, die am Fenster stand, hat sie beide lachen gesehen und sie hat auch gesehen, wie ihr Mann, weil er sich lächerlich vorkam, versucht hat, die Taube durch ruckartige Bewegungen abzuschütteln. Und bei diesem Schütteln mit dem

Gewehrlauf hat sich der Schuss gelöst.« Ich sah Kallmeyer in die Augen. »So war es, genau so. Ein Unfall! Und das hätten Sie auch bei der Polizei ausgesagt, bei jedem anderen, aber nicht bei Laflör. Denn sicher ist Ihnen in diesem Moment durch den Kopf gegangen, dass Sie mal zu früh von der Schicht nach Hause gekommen sind und Laflör mit Ihrer Frau überrascht haben. Und deshalb haben Sie bei Ihrer Aussage den Umstand, dass die Taube den Schuss ausgelöst hat, einfach weggelassen.«

Es war eine Mischung aus Recherche und Mutmaßung, aber ich brachte sie mit Überzeugung vor. Ich hob meine Stimme: »Widerrufen Sie Ihre Aussage, es geht um die Gerechtigkeit.«

»Gerechtigkeit!«, brüllte Kallmeyer. »Der hat doch hier abgesahnt bei der Sanierung, hatte überall seine Finger dazwischen; kassiert hat er von der Wohnungsgesellschaft, von der Baufirma, von den neuen Mietern und von uns Alteingesessenen. Von was hat der wohl sein pompöses Haus bezahlt? Gearbeitet hat der jedenfalls nie. Mit den Frauen hat er rumgemacht und bei dem Geschmuse hat er rausgekriegt, wie die Lage war, wo einem Kumpel das Wasser bis zum Hals stand. Ein Frauenversteher, ein Tröster ist er. Reden schwingen, das kann er – Identität einer Region, ha! Und Beziehungen hat er«, Kallmeyers großer Daumen wies an die Decke, »Beziehungen bis nach ganz oben.«

»Wahrscheinlich ist er ganz normal als Makler tätig.«

»Weiß ich doch nicht, Sie sind doch der Schnüffler. Und jetzt mach die Fliege, Freundchen, ehe ich richtig wütend werde. Der Herr La Flööhr soll schmoren, fertig. Meine Aussage steht, der hat meinen Kumpel umgebracht. Nix Unfall!«

»Wenn schon nicht um der Gerechtigkeit willen, vielleicht könnte ja eine kleine Entschädigung Sie dazu bringen, Ihre Aussage nochmals zu überdenken.«

Kallmeyer legte eine Hand hinters Ohr. »Ich höre, sag eine Zahl!«

»Zwanzig.«

Er schien zu überlegen, was er alles dringend brauchte, ein neues Auto, eine Stereoanlage, ein Superspitzentaubenpärchen aus Belgien. »Zwanzig Mille.« Er sprach gedehnt, knetete die dicken Hände und nickte abschließend. »Zwanzig Mille.«

»Mille? Zwanzig habe ich gesagt, und das meine ich auch.« Aufreizend betont fügte ich hinzu: »Zwanzig Mark! Das reicht doch für einen Kasten Bier. Denn die Aussage der Augenzeugin hinter dem Fenster plus der Beweismittel, die ich hier habe, das allein müsste schon genügen.«

Als ich nach den Fotos griff, holte er aus zu einem gewaltigen Schwinger, der einen Ochsen gefällt hätte, wenn er ins Ziel gekommen wäre.

Wenn. Viel zu lange avisiert, viel zu weit ausgeholt, ich duckte mich und Kallmeyers Faust krachte in die Vitrine. Die Pokale purzelten heraus. Einen davon schnappte ich mir, den nächstbesten, es war vielleicht nicht der wertvollste in seiner Sammlung, aber sicher einer der schwersten. Ich hieb ihm das Ding ins Kreuz. Der Vorsitzende des Taubenzüchtervereins versuchte noch ein paar Schläge, doch der Alkohol hatte ihn langsam gemacht.

Es lohnte sich, nüchtern zu bleiben, wenn ein anderer trinkt. Andernfalls wäre ich meinem Gegner wohl kaum gewachsen gewesen. Da lag er nun im Sessel und ließ die Flügel hängen wie eine kranke Taube. Eigentlich kein schlechter Kerl, zeigte Gefühl für seinen toten Freund, geradlinig war er und mit ein paar Bierchen intus sogar ein guter Erzähler. Seine Wahrheitsliebe war nicht besonders ausgeprägt und Humor schien auch nicht seine Stärke zu sein, aber sonst …

Ich wandte mich zur Tür, legte die Hand auf die Klinke, drehte mich noch einmal um und sagte: »War ein Scherz, mit den zwanzig Mark für 'n Kasten Bier. Zehn Mille oder so, mal sehn, was sich machen lässt.«

13.

Die Sonne blinzelte durch die Wolken, ich drehte die Scheiben herunter und hielt einen Arm in den Fahrtwind. Wenn man einem Klienten eine gute Nachricht überbringen kann, fühlt man sich großartig. Das Geld für Kallmeyer, so würde ich es darstellen, war keine Bestechung, sondern eine Art Wiedergutmachung für Laflörs Eskapaden in der Nachbarschaft; zumal Laflör ja, wie ich erfahren hatte, durchaus von seinen Beziehungen zum Verein und zu den Frauen der Vereinsmitglieder profitiert hatte. Zehn oder zwanzig Mille schienen mir als Ausgleich angemessen.

Ich parkte meinen Kombi vor dem Haus.

Marie Laflör arbeitete im Garten. Als ich ausstieg, kam sie mir entgegen, in einem grünen Pulli, der zu ihren Augen passte. Weil an ihren Finger Erde klebte, streckte sie mir zur Begrüßung den Ellbogen entgegen: »Macht richtig Spaß, in der Erde zu wühlen, wenn nur die Sonne ein wenig scheint. Kaffee?«

»Tee wäre mir lieber.«

Wir gingen ins Haus. Ihr eigener Geruch und der nach Blumenerde bildeten eine betörende Mischung.

Sie ging in die Küche, ich hörte Wasser laufen und Geschirr klappern. Als sie wiederkam, hatte Seifenduft den Geruch nach Erde verdrängt.

Nach dem ersten Schluck Tee erzählte ich ihr von meinem Besuch bei Kallmeyer.

»Wenn er seine Aussage, dass Ihr Mann gezielt geschossen hat, widerruft und alles auf einen Unfall hinausläuft, kann Ihr Mann schon bald wieder hier am Tisch sitzen. Und erst dann sollte Kallmeyer das Geld kriegen. Sprechen Sie mit dem Kerl. Und danach wenden Sie sich an einen Rechtsanwalt, der nach den neuen Erkenntnissen die Aufhebung der Haft beantragen kann.« Ich stellte die Tasse ab. »Tja, ich glaube, was ich tun konnte, ist getan.«

»Schön.«

Ich hatte nicht erwartet, dass sie Purzelbäume schlagen würde, aber ein bisschen mehr Begeisterung wäre doch angebracht gewesen.

»Wie soll ich's sagen?«, fing sie umständlich an. »Ich hatte mich schon an die Situation gewöhnt, ich meine, allein mit meinem Sohn zu sein. Zum ersten Mal seit langer Zeit bin ich zum Nachdenken gekommen. Mit Rainer geht es immer recht hektisch zu, dauernd lädt er Leute ein, für die ich dann die Hausfrau spielen muss.«

»Geschäftsfreunde?«

»Nicht nur. Rainer ist seit einiger Zeit auch politisch tätig, erst nur auf kommunaler Ebene, zuletzt auch in der Landespolitik. Die Tauben und der Verein sind für ihn im gewissen Sinne Mittel zum Zweck. Es gibt hunderttausend und mehr Brieftauben im Revier, hat er mir mal gesagt, viele hundert Züchter, ein paar Dutzend Vereine.«

»Verstehe, man macht auf Taubenvatter und hört, wie so die Stimmung unter den Wählern ist und was die Leute bewegt. Und nebenbei erfährt man vielleicht so dieses und jenes, was man dann auch geschäftlich nutzen kann.«

»Wie meinen Sie das?«

»Bei Immobilien etwa.«

Sie sagte nichts, es ging mich ja eigentlich auch nichts an, auf welche Art und Weise Laflör sein Geld verdiente. Und so wechselte ich das Thema: »Ich glaube, ich konnte den Augenzeugen Kallmeyer davon überzeugen, dass Sie die Taube auf dem Gewehrlauf gesehen haben. Wie die Polizei Ihre Aussage als Aussage der Ehefrau bewerten wird, kann ich nicht einschätzen. Übrigens, Sie wissen, dass Sie nicht aussagen müssen, wenn Sie Ihren Mann dadurch belasten würden?«

Sie nickte, rührte in ihrer Teetasse.

»Aber wenn Sie aussagen, muss es der Wahrheit entsprechen, sonst kann man Sie belangen, wie jeden anderen Bürger auch.«

Wieder nickte sie.

»Also, danke für den Tee.« Ich erhob mich.

»Ihre Arbeit ist demnach abgeschlossen«, sagte sie. War da ein Bedauern in ihrer Stimme? Sie strich sich mit dem Daumennagel über die Oberlippe. »Wenn mein Mann wieder zu Hause ist, mache ich für uns ein Festessen.«

Sie gab mir die Hand. Womöglich bildete ich es mir nur ein, aber mir war, als ob ihre Finger, die von der Gartenarbeit etwas rau waren, meinen Händedruck eine Spur intensiver als nötig erwiderten.

»Mit dem Haftprüfungstermin, das kann dauern«, sagte ich. »Da muss ein Richter vom Amtsgericht als Haftrichter eingeteilt werden, also vier Wochen ...«

»Und deshalb meinen Sie, wir sollten vorher schon mal ...«

»Ja, vorher schon mal essen, meine ich.«

»Worauf haben Sie denn Hunger?«

»Himmel und Erde«, sagte ich spontan. Seit meiner Kindheit hatte ich das Gericht nicht mehr gegessen, seltsam, dass es mir jetzt eingefallen war.

Auf dem Weg zu meinem Büro hielt ich beim *Hähnchen King* in Duissern. Die gebratenen Hähnchen waren in diesem Imbiss wirklich gut und auch die Currywurst, die hier nicht in einer Häckselmaschine zerschnippelt, sondern mit einer Schere geschnitten wurde. Es kam eben auf die Kleinigkeiten an. Und die wurden von Duisburgs Feinschmeckern durchaus gewürdigt. Kurz vor Beginn des Abendprogramms im Fernsehen standen die Leute beim *Hähnchen King* Schlange, jetzt war ich der einzige Kunde.

»Currywurst, extrascharf, mit Pommes.«

»Für zum hier Essen?«

»Ja, bitte.«

Pommes frites, selbst die besten, schmeckten fade, wenn sie erst mal eingepackt waren. Ich trug den Porzellanteller, den man beim ›hier Essen‹ bekam, zu dem kleinen Tresen am Fenster, blickte an den Kakteen vorbei auf die Straße und ließ mir ein paar Dinge durch den Kopf gehen.

Ist die Currywurst nun ein Erzeugnis des Ruhrgebiets oder eine Berliner Erfindung? Wo waren der kleine Junge

Sebastian und der Hund Mecki heute gewesen? Und schließlich fragte ich mich noch: Warum erhielten andere Ermittler die dicken Aufträge, während man mich mit toten Tauben und einem Arme-Leute-Essen aus Kartoffeln, Äpfeln und Blutwurst abspeiste?

14.

Irgendetwas konnte mit meiner Gesundheit nicht stimmen. Vor ein paar Tagen, als Finanzsachbearbeiter Rico Skasa den Namen Judith Holtei erwähnte, hatte ich Stiche in der Brust gespürt, jetzt klopfte mein Herz ziemlich laut und ich wusste nicht warum.

Mein letzter Arztbesuch lag schon eine Weile zurück. Ich hatte ihn nicht in guter Erinnerung. Blut und Urin waren untersucht worden, Leber und Nieren abgetastet, in ein Röhrchen musste ich pusten, das Übliche. ›Sie sollten mit dem Trinken aufhören, Herr Mogge.‹ – ›Was, kein Wasser mehr, Herr Doktor?‹ – ›Haha, Alkohol meine ich, Herr Mogge.‹ – ›Aber seit vielen Monaten schon nicht mehr, Herr Doktor, nicht einmal Pralinen von Mon Chéri mit der in Weinbrand gebadeten Piemontkirsche, die ich früher gern gegessen habe, nicht einmal alkoholfreies Bier, weil das noch bis zu 0,5 % Restalkohol enthält. Null!‹ – Dann wären es eben Altlasten, meinte der Arzt, maß meinen Blutdruck, schickte mich auf das EKG-Fahrrad und sagte zum Schluss, mein Herz sei völlig in Ordnung.

Komisch, warum dann diese Stiche?

Ich stellte mich vor den Spiegel, betrachtete die Geheimratsecken, die sich mit rasender Geschwindigkeit dem Hinterkopf näherten, und die Nase, die mir heute noch länger vorkam; ich rieb mir das stoppelige Kinn und fühlte mich ziemlich hässlich. Es war einer dieser Momente, wo mir ein Hund fehlte, der mir seine Freundschaft zuwedelte.

Womöglich würden auch ein paar Tage Sonne helfen.

Ich wählte die Nummer eines Reisebüros und buchte einen Flug nach Ibiza. Dann rief ich meine Ex an und erfuhr, meiner Stimme fehle die Dynamik.

Mein nächster Anruf galt Tom Becker.

»Ich wollte Sie gerade anrufen«, sagte er. »Unser spezieller Nörgler hat sich mit einem neuen Leserbrief gemeldet, in dem er fragt, was eigentlich aus dem Polizisten Elmar Mogge geworden ist, der mit seiner Dienstwaffe einen harmlosen Bürger erschossen hat. Ja, Herr Mogge, was war denn da?« Er stieß ein kollerndes Lachen aus.

»Darüber sprechen wir ein andermal«, sagte ich und hängte ein.

Die Lust am Telefonieren war mir gründlich vergangen. Ich war überzeugt, dass selbst meine Mutter, sonst immer mit mir als Sohn zufrieden, das Gespräch heute mit der Bemerkung eröffnen würde, dass ich ihr bei der Geburt mutwillig Schmerzen bereitet hätte.

Ich schaltete den Fernseher ein. Im ersten Kanal sorgte sich ein junger Mann in Samtweste um die Rente, im zweiten machte ein Pfarrer Werbung für ein von ihm verfasstes Buch, im dritten beklagte sich ein Mann, dass er trotz pinkfarbener Perücke in der Straßenbahn kein Aufsehen mehr erregte. Probleme, wo man nur hinschaute.

Ich wählte ein Sportprogramm, um endlich mal von Herzen lachende, zufriedene Menschen zu sehen, und hörte: »Ja, nee, ich sag es mal so, als mein Sohn geboren wurde, da hab ich mich schon gefreut, aber dieses Tor eben, so aus spitzem Winkel und in der letzten Minute, ich denk mal, das war echt total geil, denn der Gegner wollte ja auch gewinnen, machte auch Druck, aber wir haben dagegen gehalten und selbst Druck gemacht ...«

Das Telefon läutete, doch fasziniert von der Sportschau und der Wiederkehr des Ewiggleichen, hob ich nicht ab. Zu müde, zu abgespannt, ich wäre auch nicht zur Tür gegangen, wenn jemand geklingelt hätte.

Aber es gab ja auch Leute, die nicht klingelten, sondern die offene Haustür der ehemaligen Zigarrenfabrik, in der mein Wohnbüro lag, als Einladung betrachteten, einfach die

Treppe ins obere Stockwerk hochzumarschieren und meine Bürotür zu öffnen.

Die Tür knarrte ein wenig, ich drehte mich um.

»Hallo«, sagte sie, sonst nichts.

15.

Ganz unverhohlen neugierig inspizierte sie mein Büro, das mir auch als Wohnraum und Schlafzimmer diente, abgetrennt waren lediglich Küche und Bad. Marie Laflör trug ein anthrazitfarbenes Wollkleid, das ihre Figur betonte, und ein Nickituch, wie es jetzt wieder modern war. Mit verschränkten Armen stellte sie sich vor die Regalwand mit den Büchern und betrachtete die Buchrücken: »Ein Detektiv, der Gedichte liest?«

»Meine Frau, meine geschiedene Frau hat sie hier gelassen.«

Sie griff sich einen Band heraus, blätterte darin und las halblaut:

»Sie hatten sich beide so herzlich lieb,
Spitzbübin war sie, er war ein Dieb.
Wenn er die Schelmenstreiche machte,
Sie warf sich aufs Bett und lachte.«

Meine Besucherin sah mich über den Rand des Buches an. »Gibt es hier nichts zu trinken?«

Es hörte sich etwas aufgesetzt keck an und ich teilte ihr mit, dass ich ein wenig in Zeitdruck sei. »Ich muss morgen sehr früh aus dem Bett, ich meine aus dem Haus, ich fliege für ein paar Tage nach Ibiza.«

»Mörder jagen?« Sie lachte; es war ein offenes, etwas spöttisches Lachen und ich konnte ihre schönen Zähne bewundern.

»Ausspannen.«

Ihr Gesicht bekam einen wehmütigen Ausdruck. »Manchmal möchte ich am liebsten alles hinwerfen, in den Süden

fahren, am Strand entlanglaufen, schauen, wie die Sonne untergeht, frühstücken in einem Straßencafé.«
»Hört sich an wie ein Werbespot.«
»Und?«
»Sie haben die Nacht vergessen, wie würden Sie die Nacht verbringen?«
»Schlafen, nur schlafen.«
»Flirten wir jetzt?«, fragte ich; es klang unbeholfen und sie ging auch nicht darauf ein.
»Ich bin gekommen, um Ihr Honorar zu zahlen.«
»Ach, viel habe ich ja nicht getan und ganz abgeschlossen ist die Arbeit ja eigentlich auch nicht.«
»Trotzdem.«
»Da müsste ich erst eine Rechnung schreiben.«
»Die brauche ich nicht.«
Ich dachte an meinen Ärger mit dem Finanzamt und spannte einen Briefbogen in die Schreibmaschine.

Ich bin schon an guten Tagen nicht besonders flink im Tippen; als sie mir jetzt dabei zuschaute und ich ihr Parfüm roch, wollte es gar nicht klappen. Plötzlich wusste ich auch nicht mehr, wie die einfachsten Wörter geschrieben wurden. Erst schrieb ich Spesen wie Speesen, als hätte das etwas mit dem Grafen Spee zu tun, dann stand da Speisen auf dem Papier, weil ich ans Essen dachte. Ich dachte auch noch an etwas anderes, aber das Wort hatte in meiner Abrechnung nun wirklich nichts zu suchen.

Während der ganzen Zeit stand sie nur da, und ich nahm mir vor, bei einer eventuellen Reinkarnation darauf zu bestehen, als Frau wieder geboren zu werden. Nur dastehen und sich ganz der Wirkung bewusst zu sein. Traumhaft!
»Können Sie auch mit nur einer Hand schreiben?«
Ich konnte. Aber ich wollte nicht. Ich rief mir ins Gedächtnis, dass sie meine Klientin war, dass ihr Mann in Untersuchungshaft saß, dass sie einen kleinen Sohn hatte, dass es so etwas wie Ethik auch in meinem Beruf gab und die besagte: Lass die Finger von einer Frau, die dich beauftragt hat, die dich bezahlt und die dir vertraut, und zwar so ver-

traut, wie die Patientin dem Arzt, wie die Studentin dem Professor, wie die Praktikantin ihrem Präsidenten ...
All das rief ich mir ins Gedächtnis.
Doch während meine linke Hand noch die freudsche Fehlleistung »Betrug dankend erhalten« aufs Papier brachte, hatte sich meine rechte schon von der Schreibmaschinentastatur entfernt, war wie absichtslos abgerutscht, hatte ein wenig in der Luft herumgewedelt, um sich schließlich auf ihrer Hüfte niederzulassen.
»O je, ›mit freundlichen Grüzsen‹ – ist das die neue Rechtschreibung?«, fragte sie.

16.

Irgendwann war ich dann wieder allein in meinem Büro, saß auf demselben Platz, auf dem ich die Rechnung für sie geschrieben hatte, und pendelte auf dem Drehstuhl von einer Seite zur anderen, als lauschte ich zwei Gesprächspartnern. Nur war es so, dass sich die beiden nicht vor mir, sondern in meinem Kopf niedergelassen hatten.
Elmar, Elmar, sagte der Erste, um ein Haar hättest du es mit ihr getrieben, hier an diesem Schreibtisch, hier auf diesem Stuhl.
Und wenn schon, sagte der Zweite, bist doch sowieso nur ein kleiner Schnüffler mit ziemlich ruiniertem Ruf. Schade, dass es nicht passiert ist, wie hieß es doch früher in der Schule: Eins, zwei, drei – Chance vorbei!
Sei froh, sagte der Erste, du hättest im Hinblick auf die Berufsehre deine Unschuld verloren und deiner Besucherin hätte es hinterher ganz sicher Leid getan.
Quatsch! Sie wollte es doch, hatte es ja förmlich darauf angelegt. Sie war in der richtigen Stimmung, hast du das nicht an ihrer flirrigen Stimme gemerkt, an ihren Bewegungen? Es wäre ein krönender Abschluss gewesen.
Nein, es hätte alles verdorben.
Was denn zum Beispiel?

Was? Na, sie mag dich, du blöder, brünstiger, mit Blindheit geschlagener Bock!

Ach wo! Allenfalls will sie deine Dienste; sie ist berechnend.

Nein, sie liebt dich.

Noch schlimmer.

Schluss. Hört auf, beide! Alles Spekulationen. Jetzt sah ich ganz klar, wie es wirklich abgelaufen war.

Ebenso zart wie bestimmt hatte Marie Laflör meine Hand, die auf ihrer Hüfte ruhte, wieder zurück zur Schreibmaschine geführt. Ich hatte die Rechnung zu Ende geschrieben und sie war zur Tür gegangen. Als ich sie zum Abschied auf die Wange küsste, hatte sie hörbar Luft geholt. Eine übertriebene und, wie ich glaubte, ironisch gemeinte Reaktion, bis ich dann in ihren Augen sah, dass es ihr ernst war.

»Also, bis dann«, hatte sie gesagt. »Gute Reise!«

»Danke.«

Wie lange war das her? Keine Ahnung. Es war spät und ich hatte Hunger.

Ich trank eine halbe Flasche Milch und guckte nach, ob es im Kühlschrank noch etwas zu essen gab. Ein Glas mit Rollmöpsen, dazu aufgewärmtes Brot und dick Butter drauf, das musste genügen.

Morgen würde ich in einem Strandrestaurant auf Ibiza speisen, ›borrida de rajada‹, Rochenragout mit Mandelsoße, sollte eine ibizenkische Spezialität sein.

17.

Ich nahm den LTU-Flug 152.

Die Leute in der Warteschlange vor dem Abfertigungsschalter mit der Laufschrift *Ibiza 7.20 Uhr* sahen etwas anders aus als jene vor dem Mallorca-Schalter. Klamotten, die der neuesten Mode entsprachen, Basttasche vom letzten Aufenthalt, Bräune, die tatsächlich von der Mittelmeersonne stammen konnte und nicht aus einem Bräunungsstudio.

Ein Mann sprach mich an, während er auf mein schmales Gepäck deutete: »Ich möchte Sie um einen Gefallen bitten. Könnten Sie meinen zweiten Koffer einchecken? Sonst müsste ich Übergewicht zahlen.«

Ich sah mir den Mann genauer an. Er selbst schleppte schon eine Menge Übergewicht mit sich herum, ich schätzte ihn auf knapp hundert Kilo, rosiges Gesicht und dünne gelblich weiße Haare, die er sich von einem Ohr zum anderen über die Platte gezirkelt hatte.

»Sprengstoff oder Drogen?«, fragte ich.

Er verzog, nur wenig amüsiert, den Mund. »Dinkelbrot und Harzer Roller, Bratheringe und Heringsstipp.«

»Eine neue Sommer-Diät?«

Sein Lächeln wurde breiter. »Ich selber steh mehr auf 'n anständigen Braten. Nee, nee, das ist für meine Nachbarn, Residenten, die den Sommer über die Insel nicht verlassen.«

Ich schnappte mir seinen Koffer, setzte ihn vor meinen Füßen ab und schob ihn in den nächsten Minuten beim Vorrücken weiter. Dabei erfuhr ich, dass der schwergewichtige Mann Bodo Quast hieß, pensionierter Chemiker war und nun für vier Wochen im Haus eines Bekannten wohnen würde. »Außer den Fressalien sind auch noch Chemikalien in dem Koffer«, gestand er mir, als unser Gepäck bereits abgefertigt war. »Für den Swimmingpool von Don Jaime, das ist der Hausherr; die Reinigungschemikalien sind in Spanien schweineteuer und ich kriege sie fast umsonst aus alten Quellen.«

Alte Quellen sind immer gut, dachte ich, neue oft auch ergiebig. Ich fragte den Dicken, der dann in der Maschine neben mir saß, wie gut er die Insel kannte. Nun hoben sich seine Mundwinkel vollends in die Höhe und dort blieben sie für die nächste halbe Stunde. Ich glaube, mit nichts anderem, außer vielleicht Dinkelbrot und Heringsstipp, kann man Ibiza-Kennern so viel Freude machen als mit der Frage nach ihren früheren Erfahrungen.

»Das erste Mal kam ich Ende der Sechziger. Die Insel war voller Hippies, meist Amerikaner. Verrückte Typen darunter, Maler, Kriegsdienstverweigerer, die nicht nach Vietnam wollten, Söhne reicher Eltern, die ihre monatlichen Überweisungen erhielten, damit sie sich nur ja nicht zu Hause blicken ließen. Abenteurer, Scharlatane, Tunichtgute, Tagediebe, aber auch Typen mit Ideen. Clifford Irving war einer davon. Den Namen schon mal gehört?«

»Musiker?«

»Schriftsteller, der die Memoiren des schrulligen Milliardärs Howard Hughes fälschte und einen Riesenvorschuss kassierte.«

Vorschuss kassieren, das klang gut in meinen Ohren. »Interessant«, sagte ich.

»Ja, so interessant, dass die Sache verfilmt wurde.« Quast erzählte mir den Inhalt des Films und weitere Anekdoten aus der guten, alten Hippiezeit. Meine neue Quelle sprudelte, bis wir die Reisehöhe erreicht hatten, und sie versiegte erst, als das Bordessen serviert wurde.

Zwischen zwei Bissen fragte Quast: »Und Sie?«

»Ganz normaler Urlauber.«

»Kommen Sie doch mal bei mir vorbei.« Nachdem die Stewardess das Tablett abgeräumt hatte, gab er mir seine Adresse plus einer Wegbeschreibung.

»Can Parra, Cala d'Hort?«, murmelte ich.

»Ja, ein Haus im Südwesten der Insel, bei San José. Ich würde mich freuen.«

In der Ankunftshalle bedankte er sich für meine Hilfe mit dem Koffer. Er lenkte seine Schritte zum Gepäckband, während ich mit dem Handgepäck dem Ausgang zustrebte. Als ich mich dort noch einmal umschaute, beobachtete ich, wie sich der Dicke recht lebhaft mit einem Beamten in grüner Uniform unterhielt.

Vielleicht war die Guardia Civil ja scharf auf Dinkelbrot und Bratheringe.

18.

Den besten Eindruck macht Ibiza-Stadt, wenn man sich ihr vom Meer her nähert, wie das die Fremden seit Jahrtausenden taten, Phönizier, Römer und Wandalen, Franken, Mauren und Festlandspanier. Aber auch jene Besucher, die in den dreißiger Jahren gekommen waren, unter ihnen Walter Benjamin und Raoul Hausmann, werden wohl als Erstes den unverwechselbaren Stadthügel gesehen haben, mit seinen verschachtelten Häusern, weiß und ockerfarben, mit der mächtigen Festungsmauer auf halber Höhe und der Kathedrale als Krone; im Hintergrund der blaue Himmel, im Vordergrund das nicht ganz so blaue Hafenwasser, dazu Fischerboote, Ausflugsschiffe und Jachten – eine ausgesprochen malerische Stadtansicht …

Ungefähr so hatte es in einem Reiseführer gestanden.

Wer sich jedoch, wie die allermeisten Touristen, der Stadt von der Landseite her nähert, der bekommt zunächst einen ganz anderen Eindruck. Die Zufahrtsstraße vom Flughafen führt durch ein Gewerbegebiet mit vielen hässlichen Zweckbauten, mit Werkstätten, Getränkegroßhändlern und lieblos hingeknallten Wohnblöcken. Die gerodeten Felder zwischen den Betonkästen, die wenigen verbliebenen Mandelgärten, einzelne Olivenbäume sowie die Reste von Fincas mildern die Enttäuschung des Besuchers nicht, im Gegenteil, sie verdeutlichen den ernüchternden Eindruck. Denn die Überbleibsel lassen ahnen, wie schön es hier früher einmal gewesen sein muss. Schon bei meinem allerersten Besuch hatte ich gedacht, dass die Stadt schneller gewachsen war, als es ihrem Gesicht gut tat. Damals hatte es geregnet. Doch jetzt, rund ein Jahr später und bei strahlendem Sonnenschein, fühlte ich mich bestätigt.

Der Taxifahrer fuhr mich zum *Hotel Montesol*, kassierte den Fahrpreis und wünschte mir, sobald er das Trinkgeld in der Handfläche spürte, auf Englisch einen schönen Urlaub.

Ich brachte meine Reisetasche auf das Zimmer im dritten Stock, duschte mich und ging wieder hinab.

Auf der Hotelterrasse saßen Touristen in kurzen Hosen, die heimliche Blicke zu exotisch gekleideten Langzeiturlaubern warfen und wohl auch das eine oder andere häufig in der Klatschpresse abgelichtete Gesicht erkannten. Dazwischen junge spanische Geschäftsleute, die sich völlig auf den kleinen schwarzen Kaffee und ihr Mobiltelefon konzentrierten. Weder die Gäste links und rechts von ihnen noch die schönen Bürgerhäuser auf der gegenüberliegenden Seite waren ihnen einen Blick wert. War das Überheblichkeit oder Selbstzufriedenheit? Oder sahen sie darin die einzige Möglichkeit, sich von den Fremden abzugrenzen? Irgendwie angestrengt wirkten sie alle. Und das auf einer Ferieninsel!

Den normalsten Eindruck machten die korrekt gekleideten Kellner, die ihr gemischtes Publikum ordentlich, also mit gleichmäßig verteilter Aufmerksamkeit, bedienten.

Auch das *Hotel Montesol,* mit seiner weißen Fassade und den farblich abgesetzten Säulen und Balkonen, hatte Stil und Charme und machte dadurch fehlenden Komfort wett. Entscheidend aber war für mich, dass es dort stand, wo Ibizas Herz schlug, am Paseo de Vara de Rey. Dass über die Flanierstraße auch Mofas knatterten, störte wahrscheinlich nur Leute, die sich wirklich erholen wollten. Ich aber war ja hier, um Informationen zu sammeln.

Ich zahlte meinen Milchkaffee und die luftig leichte, ›ensaimada‹ genannte Hefeschnecke, die mir den Inselgeschmack auf die Zunge hatte bringen sollen.

Im Hotelzimmer ging ich die Notizen durch, die ich mir über Dora Klugmann gemacht hatte, nachdem Verena mein Büro verlassen hatte. In ihrem Beisein hatte ich mir nur den Nachnamen und ein paar biografische Daten von Dora aufgeschrieben. So mache ich das immer, auch bei Klienten, die ich nicht kenne. Längere Notizen stören nur den Redefluss.

Verena hatte dann doch noch einigermaßen ausführlich erzählt, hatte berichtet, dass Dora Klugmann eine Neigung zu Esoterik hatte – Pendel, Pyramiden, Tarot –, dass sie in keiner festen Verbindung lebte und sich stattdessen, häufig und oft wahllos, einen Mann fürs Bett suchte. Das würde auch mir eine Chance geben, hatte Verena lachend gesagt; natürlich war das ironisch gemeint gewesen, aber ich hatte noch einen Unterton in ihrer Stimme bemerkt. Perücken sollte Dora auch gern tragen und überhaupt zu Verkleidungen neigen, was meine Arbeit nicht erleichtern würde, zumal auf einer Insel, wo sich selbst die Pauschalurlauber verkleideten, wo sich Männer in Fummeltrinen verwandelten und Hausfrauen für eine Nacht die Lederlesbe herauskehrten.

Wenn man den Reiseberichten Glauben schenken konnte, die gern den herrlich schlechten Ruf der Insel vermarkten, musste Ibiza ein einziges Sündenbabel sein. Mal sehen, ich würde mir einen eigenen Eindruck verschaffen. Später.

Jetzt war Mittagszeit. Ich sperrte die Sonne aus, indem ich die Vorhänge zuzog, und legte mich aufs Bett. Marie Laflör kam mir in den Sinn, gern hätte ich sie jetzt bei mir gehabt. Mein Wunsch war so groß, meine Fantasie so lebhaft, dass ich sie zu hören glaubte. Seltsamerweise sprach sie spanisch, dazu noch mit einer Männerstimme: »... nunca in mi vida ... bueno, sí, muy bueno ... así, así, nunca in mi vida ...!«

Keuchen. Stöhnen. Weitere Männerstimmen: »Aiii ... aiii!«

Es klang wie Eselsgeschrei. Und es kam aus dem Nebenzimmer. Wie hatten sie es fertig gebracht, einen Esel ins dritte Stockwerk zu schaffen? Oder wurde da gequält, gefoltert? Ein Verbrechen?

Dann hörte ich durch die Zimmerwand, wie ein Bett knarrte, und mir wurde klar, dass dort jemand mit Nachdruck verwöhnt wurde, von mindestens zwei Typen. ›Nunca in mi vida!‹ Hieß das nicht so viel wie ›Noch nie in meinem Leben‹? Welch lebensfrohe Stadt! Und das zur heiligen Siesta, während die korrekt gekleideten Kellner Tabletts mit eisgekühlten Getränken schleppen mussten, hin zu gelangweilten Residenten, sonnengebräunten Touristen und bleichen telefonierenden Angebern.

Ich schaute auf die Uhr. Halb fünf. Die Geschäfte öffneten wieder. Zeit zum Aufstehen.

19.

Als ich den Schlüssel abzog, öffnete sich die Tür des Nachbarzimmers. Die Frau, die auf den Flur hinaustrat, hatte in etwa meine Größe und trug ein mit Pailletten besetztes Oberteil, das eine Schulter zur Schau stellte, und zwar von einer Breite, wie man sie bei den Weltmeisterschaften im Lager der chinesischen Schwimmerinnen bewundern konnte. Ihre Augen leuchteten unter Wimpern von der Größe solider Nagelbürsten.

»Hola!«, sagte sie mit der Stimme eines Synchronsprechers für Westernhelden, gab ihrer gepolsterten Hüfte einen Schwung und stöckelte vor mir zum Aufzug, wo sie einen ihrer roten Pumps in die Lichtschranke hielt und so die Tür für mich blockierte.

»Gracias!«

»De nada!«, sagte die Dame mit der tiefen Stimme.

Ich ließ das Inselleben an mir vorbeirauschen. Auf der so genannten Rennmeile zwischen dem *Hotel Montesol* und dem Molenkopf am östlichen Ende der Altstadt reihte sich Bar an Bar, dazwischen Restaurants und Boutiquen, und aus allen Eingängen dröhnte Musik. Ein bunt gemischtes Völkchen machte hier die Nacht zum Tage. Später verschob sich die Szene zu den stadtnahen Tanztempeln *Pacha* oder *El Divino,* wo sich neuerdings die Prominenten sehen ließen. Diese Art von Informationen erhielt man schnell.

»Hingehen darfst du aber erst ab drei oder vier Uhr morgens«, hatte mir die Dame mit der tiefen Stimme geraten, »sonst triffst du dort nur Touristen und jene Aasgeier, die angeschickerte Lehrmädchen abschleppen.« Das *Space* an der Playa d'en Bossa, auch als ›Rolex-Beach‹ bekannt, öffnete erst um acht Uhr früh, hatte sie mir noch verraten und war dann in eine der kleinen Gassen unterhalb der Stadtmauer eingebogen.

Links und rechts der Tür, in der sie verschwunden war,

saßen zwei aufgedonnerte Paradiesvögel, die mich mit angewidertem Grinsen taxierten, von der Hose bis zum sandfarbenen Hemd; am meisten aber störte sie, das war deutlich zu sehen, mein ungeschminktes Gesicht.

Durch einen Torbogen und über mehrere Treppchen erreichte ich wieder das Hafenviertel. Mal ließ ich den nicht enden wollenden Urlauberstrom an mir vorbeiziehen, mal stemmte ich mich dagegen, warf einen Blick auf die Klapptische der Hippienachfolger, von denen einige selbst gefertigte Dinge anboten, doch die meisten verhökerten Ramsch aus asiatischen Fabriken. Schnell merkte ich, dass ich bei den Straßenhändlern mit meinen Fragen nach Dora Klugmann nicht weiterkam.

Also ging ich in Tätowier-Studios und in Höhlen, die mittels Tarotkarten und Pendel einen Blick in die Zukunft versprachen. Überall legte ich das Foto der Gesuchten vor. Doch die Gestalten in den Fantasiekostümen verstummten, sobald sie merkten, dass sie mit mir kein Geschäft machen konnten. Weder stand mir der Sinn nach einer tätowierten Rose noch sollte man mir einen Ring in die Augenbraue stechen und auf keinen Fall wollte ich etwas über meine Zukunft wissen. Also versuchte ich es weiter in Kneipen und Boutiquen. Ohne Erfolg.

In Gedanken ging ich noch einmal das Gespräch mit meiner Auftraggeberin durch. Neben diesem Anhaltspunkt in Richtung Esoterik hatte Verena von einem Mann gesprochen, mit dem Dora bekannt war. Ich hatte sie nach dem Namen gefragt und sie hatte gesagt, Kappes oder so, ein Maler, mehr aber wisse sie auch nicht.

Immerhin etwas.

Ich fragte in kleinen Ateliers und Kunstläden nach diesem Namen und man verwies mich an eine Galerie innerhalb der Stadtmauern, die einen deutsch oder holländisch klingenden Namen hatte. Zum Glück hatten die Geschäfte in Ibiza bis in die Nacht hinein geöffnet, so auch diese Kunstgalerie.

Die Bilder dort hingen an unverputzten Wänden, dafür hatte die Galeristin umso mehr Tünche aufgelegt – Puder,

Mascara, Lippenstift, Lidschatten, die ganze Palette. Mit Abstand war die Frau der auffallendste Farbfleck in Raum. Aus Angst, dass ihre Gesichtsmaske zerbröseln könnte, stand sie völlig reglos neben einem Pult aus Naturstein.

Ich ging auf sie zu. »Es gibt da einen deutschen Maler, der auf Ibiza lebt, Kappes oder so ähnlich, mit K oder C, dessen Werk mich außerordentlich ...«

»Coudragen«, sagte sie und deutete auf ein zweigeteiltes Gemälde mit weiß geleimten Fadenstrukturen, »von Eduard Micus, deutscher Maler, Schüler von Willi Baumeister.«

»Micus«, ich schüttelte den Kopf, »K oder C müssten am Anfang stehen.«

Sie führte mich zu einer Bilderserie ganz in Schwarz-Grau-Weiß. »Formalabläufe von Erwin Bechtold, kommt aus Deutschland, Köln, Schüler von Fernand Léger, Paris.« Ihrem Akzent nach war sie eine Schülerin von Rudi Carrell.

Nun, bei Bechtold war das C schon ziemlich weit vorn, aber auch nicht exakt am Anfang. Meine Nachforschungen bei dieser Kunstschnecke gestalteten sich reichlich zäh. Ich fragte sie, ob es noch andere Bilder von deutschen Malern gebe, die auf der Insel lebten, die doch so sonnenüberflutet sei. »Vielleicht ein Werk, das etwas, ehm, farbenfroher ...?«

»Windmühle im Abendlicht?«, sagte sie mit spitzem Mund und blickte auf ihre Armbanduhr.

»Ja, genau«, strahlte ich sie an. »Mit Don Quijote.«

Sie betätigte den Lichtschalter der Wandstrahler und warf mich aus den heiligen Hallen hinaus. »Touristenkunst finden Sie auf der Straße.«

Guter Ratschlag!

In Ibizas Altstadt gab es so einige Maler, die Windmühlen mit und ohne Don Quijote im Programm hatten. Doch alle signierten mit wohlklingenden spanischen Namen und keiner kannte Dora Klugmann.

Schließlich blieb ich bei einem Porträtmaler stehen, einem Mann mit grauem Zottelbart, Nickelbrille und buntem Strickkäppchen. Seine Kundin konzentrierte sich darauf, hübsch auszusehen, während der Künstler völlig entspannt den Kohlestift über das Papier gleiten ließ; geschickt gab er seiner Kundin eine Schönheit, die weit von der Wirklichkeit entfernt war, das wahre Gesicht aber noch erkennen ließ. Zum Schluss setzte er seinen Namen darunter.

Nachdem das Mädchen gezahlt hatte, reichte ich dem Maler das Foto von Dora Klugmann.

»Ich überlege gerade, ob Sie auch nach so einer Vorlage arbeiten können.«

»Hombre, que sí!«

Er konnte und es ging sehr schnell. Gesichtsschnitt, Mund und Haare strichelte er fast aus dem Gedächtnis. Nur als es um die Augen ging, blickte er wiederholt zu dem Foto, das er an die Malunterlage geklemmt hatte. Als Letztes tupfte er das kleine Muttermal neben den rechten Nasenflügel.

»Ya esta! Tres mil quinientos, señor«, brummelte der Maler, ohne mich anzusehen. »Three thousand five hundred. Dreitausendfünfhundert Peseten.«

»Meine Frau wird sich freuen.«

Er sah mich an, und während er sich über den Bart strich, sagte er auf Deutsch in Berliner Mundart: »Donata Ihre Frau, ach nee, det wüsste ick aba.«

20.

Er arbeite tagsüber auf den verschiedenen Hippiemärkten der Insel – mehr hatte ich aus dem Maler nicht herausholen können. Nichts über Dora, die er als Donata kannte, nichts weiter über ihn selbst. Weder seinen richtigen Namen, die Bilder signierte er mit ›Kapuste‹, noch wo er wohnte. Er müsse Geld verdienen, hatte er gesagt und sich einer Frau zugewandt, deren Rastalocken wie die Fangarme eines Tintenfisches vom Kopf abstanden.

Geld verdienen, das musste ich auch.

Dem Dicken aus dem Flugzeug hatte ich den Normalurlauber vorgetäuscht. Nun versuchte ich, mich auch so zu verhalten. Ich schlenderte durch die Straßen und guckte die

Leute an, wie es alle taten. Nach Mitternacht betrat ich das Hotel und warf mich aufs Bett. Einschlafen konnte ich nicht. Im Zimmer war es zu heiß, draußen zu laut. Statt der empfohlenen Schäfchen zählte ich die Mopeds, die mit abgesägtem Auspuff durch die Straßen knatterten.

Gegen Morgen, ich musste dann doch eingeschlafen sein, wurde ich durch aufgeregtes Schnattern aus dem Nebenzimmer aufgeschreckt, dem nach einer Weile das mir schon bekannte Eselsgeschrei folgte. Ich fragte mich, ob die Dame mit den großen roten Schuhen wieder mitmischte, und wenn ja, ob sie dann den aktiven oder den mehr passiven Part spielte.

Und ich fragte mich, wo Dora Klugmann war.

Fragen über Fragen.

Nach dem Frühstück betrat ich das Touristenbüro nahe dem Denkmal für General Joaquín Vara de Rey, einem ibizenkischen Kriegshelden, der, wie ich gelesen hatte, mit nur einer Hand voll Männern Kuba, Spaniens letzte Kolonie auf amerikanischem Boden, tapfer, aber erfolglos verteidigt hatte.

Ich fragte nach den Hippiemärkten der Insel und bekam einen Prospekt in die Hand gedrückt. Mittwochs in Es Canar, samstags in San Carlos.

Da es Mittwoch war, fuhr ich mit einem gemieteten Motorrad in Richtung Es Canar, das gemäß meiner Inselkarte etwas nördlich von Santa Eulalia lag.

Kaum hatte ich den Randbezirk von Ibiza-Stadt mit seinen einfallslosen Apartmenthäusern verlassen, wurde die Landschaft richtig schön. Grüne Hügel, Orangenbäume und leuchtend weiße, würfelförmige Bauernhäuser inmitten von Äckern mit roter Erde.

Ich war so begeistert von der Landschaft und dem Licht, dass ich die Abfahrt hinter Santa Eulalia verpasste. Umdrehen wollte ich nicht und so fuhr ich weiter, durch eine Gegend mit vielen Mandelbäumen, zwei erdfarbenen Wehrtürmen und Windmühlen, die ihre Flügel hängen ließen, als hätten sie gerade eben einen Kampf gegen Don Quijote verloren. So erreichte ich San Carlos oder Sant Carles de Peralta, wie es katalanisch korrekt auf den Dorfschildern stand.

Ich stellte die Yamaha nahe der weiß getünchten Kirche ab und betrat das Lokal gegenüber. Es war eine der üblichen Dorfschenken, die Kneipe und Kramladen und oft auch noch Poststelle waren. Jedenfalls war *Anitas Bar,* so der Name aus der Hippiezeit, Doras letzte bekannte Adresse gewesen.

Die Blumenkinder waren längst verschwunden, doch das Lokal hatte sich allem Anschein nach seit damals nicht verändert. Der Garten mit einfachen Tischen und Stühlen im Schatten eines großen Baums, die alte Holztheke im Schankraum, die Wand mit den vielen Briefkästen und den angepinnten Zetteln – all das verströmte einen Hauch von Woodstock. Nostalgisch auch der Tante-Emma-Laden, wo es vom Reis bis zur Rattenfalle alles gab, was man auf dem Land braucht. Ich kaufte eine Ansichtskarte, etwas Ziegenkäse und ein Messer mit Holzgriff, das gut in der Hand lag. Die alte Dame in schwarzer Alltagstracht beobachtete, wie ich mit dem Werkzeug umging, und murmelte »muy rápido«, was, glaube ich, ›sehr schnell‹ hieß.

Na ja, es ging so, meine Zeit beim Zirkus lag Jahre zurück, aber ich versuchte in Übung zu bleiben.

Ich zeigte der Dame, die über ihrem bauschigen Rock eine graue Weste trug und ihre Haare zu einem mageren Zopf geflochten hatte, das Foto von Dora Klugmann. Sie nickte lebhaft. Doch genau so entschieden schüttelte sie den Kopf, als ich sie radebrechend fragte, ob sie diese Frau in letzter Zeit mal gesehen habe. Ich erkundigte mich nach dem Postfach der ›Alemana‹ und sie malte die Zahl 26 auf ein Stück Einpackpapier.

Ich trank einen frisch gepressten Orangensaft, probierte den Ziegenkäse, aß ein Stück Mandelkuchen und zahlte. Beim Hinausgehen blieb ich vor den Postfächern stehen. Die Ansichtskarte mit meiner Hoteladresse fiel, dem Geräusch nach zu urteilen, bis zum Boden. Für mich ein Hinweis, dass irgendjemand diesen Briefkasten leerte, sonst hätten zumindest jene Briefe darin liegen müssen, die meine Exfrau und jetzige Klientin in letzter Zeit an Dora geschickt hatte.

Im Garten saß ein Pärchen in grellbunter Radlerkleidung, deren identisch tomatenrote Gesichter den Partnerlook vervollständigten. Ganz anders nahm sich der schlicht gekleidete Mann aus, der am Nebentisch eine spanische Zeitung las.

Als ich mich auf mein Motorrad setzte, ließ er die Zeitung sinken und erhob sich. Die Zeiten, da man jemandem heimlich folgte, waren offensichtlich vorbei.

21.

Der Hippiemarkt von Es Canar entpuppte sich als ein Riesenrummel. Hunderte von Ständen mit Schmuck, Lederwaren, Tüchern und Tand. Meist stand hinter den Klapptischen ein ergrauter Typ, der sich noch einmal in die Afghanenweste gezwängt hatte, oder eine Frau mit hennarotem Haar und Knopf im Nasenflügel.

Es roch nach Staub, Tortilla und indischen Gewürzen. Das Gedröhn von Bongotrommeln vermischte sich mit Kinderplärren und Hundebellen. Überhaupt schien das Trommeln auf der Insel eine Manie zu sein, ob in den Altstadtgassen, an den Stränden oder hier auf dem Markt, überall saß so ein Zappelphilipp und verleitete Frauen reiferen Alters vom Typ Lehrerin zu eckigen Bewegungen.

Es gab auch Stände mit Bildern, meist war es Gekleckse in Öl oder Acryl, das den Betrachter in psychedelischen Rausch versetzen und seine Brieftasche öffnen sollte.

Ich hielt nach Kapuste Ausschau, fand ihn aber nicht. Dafür glaubte ich hin und wieder jenen Kerl zu sehen, der mit der Zeitung in *Anitas Bar* gesessen hatte. Nach einer Stunde reichte es mir, der Staub, die Hitze, die vielen Menschen, ich fuhr in Richtung Ibiza-Stadt und freute mich auf das Hotelbett. Schließlich befand ich mich ja im Land der Mittagsruhe.

Als ich an der Rezeption meine Schlüssel verlangte, überreichte mir der Mann hinter dem Tresen einen Briefumschlag.

In meinem Zimmer riss ich das Kuvert auf. Zum Vorschein kam ein Zeitungsausschnitt mit der Schlagzeile *Flamingo im Tiefflug*.

Mit dem Schrecken und leichten Blessuren sind die Passagiere einer deutschen Chartermaschine davongekommen. Das Flugzeug der privaten Gesellschaft ›Flamingo-Jet-Charter‹ befand sich im Anflug auf den Inselflughafen, als es aus bisher ungeklärten Gründen in Schwierigkeiten geriet. Bei der, gemäß den Worten des Piloten, »harten Landung« verletzte sich eine der Stewardessen. Die 26-jährige Dora K. wurde ins Krankenhaus eingeliefert. Von den Reisenden – unter ihnen Politiker und Geschäftsleute auf dem Weg zu einem Treffen mit Repräsentanten der Inselwirtschaft – wurde zwar der Staatssekretär A. S. leicht verletzt, brauchte jedoch nur ambulant behandelt zu werden. Die Fluggesellschaft ›Flamingo-Jet-Charter‹ bedauert den Zwischenfall ...

Der Artikel stammte aus der deutschen Beilage einer spanischen Tageszeitung; jemand hatte ihn ausgeschnitten und anschließend kopiert. Der Bericht – dem Datum nach lag der Vorfall etwa ein Jahr zurück – war mit dem Kürzel G. K. gezeichnet.

Kein Name auf dem Kuvert, kein Begleitbrief, nichts deutete darauf hin, wem ich die Meldung zu verdanken hatte. Stattdessen ein unübersehbarer Hinweis darauf, dass sich der Absender Sorge um mein Sexualleben machte. Denn der Umschlag enthielt einen jener Handzettel, einen so genannten Flyer, wie sie ständig in der Stadt verteilt wurden. Der Text lautete:

<u>El Club Tanit – Table dance – Erotic Show</u>
*heiße Maedschen tanzen fuer sie auf Tish –
taeglick ab 12 Uhr nachts.*

Bis dahin blieb noch eine Menge Zeit.

Es war kurz nach zwei und mit der Absicht, lediglich etwas nachzudenken, legte ich mich aufs Bett, schlief dann aber prompt ein.

Lag es an dem Hinweis auf die ›heißen Maedschen‹? Oder hatte der erfrischende Mittagsschlaf dies bewirkt? Jedenfalls erwachte ich mit sehnsuchtsvollen, ja lüsternen Gedanken und die flogen in Richtung Norden, überquerten die Alpen, den Main, die Ruhr, um sich punktgenau in Duisburg-Walsum niederzulassen.

Ich griff zum Telefon und wählte die Nummer von Marie Laflör. Als ich ihre Stimme hörte, verließ mich der Mut.

Ich legte auf.

22.

Der *Club Tanit* öffnete um Mitternacht. Jetzt war es halb zwölf. Mir schwirrte der Kopf. Das hektische Treiben in den Gassen von Sa Penya und La Marina hielt den ganzen Abend an. Ruhige Ecken gab es in der unteren Altstadt nicht, eine ungesunde, aufgeheizte Erwartung lag in der Luft. Es wimmelte nur so von erlebnishungrigen Touristinnen, von Kerlen, die sich Mut antranken, und Paaren, die sich offensichtlich schon gefunden hatten.

Im *Café Mar y Sol* gegenüber dem *Hotel Montesol* wurde ein Tisch frei, ich setzte mich. Sofort bauten zwei Afrikaner, behängt wie Christbäume mit bunten Perlenketten und Trödel, vor mir ihre Schnitzereien auf. Rastajünglinge, die auf Rollschuhen die Tische der Straßencafés umkurvten, drückten mir Flugblätter in die Hand. Ich schob die Zettel, die zu Misswahlen und Vampirnächten in die Diskotheken einluden, unter mein Glas mit Mineralwasser und machte mich auf den Weg.

Der *Club Tanit* lag im neuen Teil der Stadt unterhalb des Mühlenhügels, der, so hatte ich gelesen, durchlöchert wie ein Schweizer Käse war und dreitausend phönizische Grabkammern enthielt. Ich betrat das Nachtlokal, das aber keineswegs in einer Grotte oder Gruft untergebracht war, nicht einmal in einem vorgetäuschten punischen Tempel, sondern in einem halbhohen Haus in der Calle Ramón Muntaner.

Der Eintritt kostete einen Hunderter, dafür erhielt ich dreißig Tanit-Dollar, die wie Monopoly-Geld aussahen und eine Art Zwangsumtausch wie zu DDR-Zeiten darstellten – man musste sie verprassen.

Ich stellte mich an die Theke, ließ mir ein Bier bringen, das ich nicht anrührte, und sah mich um. Die Tische um die kleine, hell erleuchtete Bühne waren voll besetzt; Männer mittleren Alters, Spanier und Touristen, ein paar Frauen saßen auch unter den Zuschauern.

Die Show hatte schon begonnen.

Eine Krankenschwester schüttelte ihren Kittel ab, wand sich schlangenartig und etwas berufsfremd um eine blank polierte Stahlstange, wie sie von Feuerwehrleuten benutzt wird, dann streifte sie ihren BH ab. Nur noch mit Strümpfen, Strapsen und Stöckelschuhen bekleidet näherte sie sich den Tischen, bückte sich, gab hier was zu betrachten und dort was zu beschnuppern. Der BH flog durch die Luft, die Strümpfe folgten, sie reckte sich, sie streckte sich, doch den allerletzten Einblick verwehrte die Feuerwehrstange.

Musik. Nächste Nummer.

Eine Folkloreeinlage. Die Tänzerin trat in ibizenkischer Tracht auf. Kopftuch, hochgeschnürte Bluse, bauschige Röcke. Die Musik dazu klang nordafrikanisch, die Bewegungen sollten bewusst bäuerisch wirken, hier ein tapsiger Schritt, dort ein tapsiger Schritt, Röcke lüpfen, den ersten, den zweiten, den dritten – altmodische Unterwäsche wurde sichtbar. Ländlich forsch, weg damit! Sie stieg auf die Tische der Zuschauer, ging in die Hocke und spreizte die Beine. Vom Whisky on the rocks ermutigt, zupfte ein älterer Gast kess am verbliebenen Knieband der Bäuerin, machte seinen Frevel aber wieder gut, indem er der jungen Landfrau ein paar Tanit-Dollar ins Mieder steckte. Später verschwand er mit ihr in einem Separee. Das Zustecken der Tanit-Dollar war die einzig erlaubte Berührung, jedenfalls in der Öffentlichkeit.

So also lief das.

Es folgte die Schulmädchen-Nummer. Schüchtern hob die Frau das Faltenröckchen, ließ im Blaulicht unschuldsweiß das Höschen blitzen, zog es aus, hielt es an ihr Näschen. Nach ihr kam als Kontrast eine Domina in Lack und Leder, die mit der Peitsche knallte; die Männer in den vorderen Reihen fauchten und kuschten, die in den dunklen Nischen reagierten womöglich auf andere Weise.

Pause.

Danach wurde, anscheinend als Attraktion des Programms, Kristine angekündigt. Das war der Name, den der Briefabsender mit Filzstift an den Rand des Flugblatts geschrieben hatte.

Kristine trat als Stewardess auf. Sie zog die recht gekonnte Parodie einer Sicherheitsvorführung ab. Bald lag ihre Uniform verstreut auf der Bühne, während sie sich, angetan mit einer Schwimmweste, den Zuschauern präsentierte. Die Lichtorgel zauberte bunte Flecken auf ihren Körper und die langen Haare. Ich trat an die Bühne heran, schob ihr zehn Tanit-Dollar unter die Gurte der Rettungsweste und sagte: »Schöne Grüße von Kapuste.«

Ich war mir ziemlich sicher, dass der Tipp von ihm kam. Einen winzigen Moment schien die Stripperin verwirrt, dann hatte sie sich gefangen. Sie lächelte mir zu und ihr Blick deutete zu den Vorhängen, hinter denen die Separees lagen.

Ich betrat eine der Kabinen, sie war nicht viel größer als ein Fotofix am Bahnhof und auch nicht viel anregender. Fünf Minuten später zog Kristine den Vorhang zu.

»Tiene que estar cansado«, ich müsse erschöpft sein, sagte sie, eine Floskel, die wohl zum Ritual gehörte und eine fällige Aufmunterung einleitete, die darin bestand, dass sie mir auf die Pelle rückte, ich sie aber nicht berühren durfte. »Sonst verliere ich meinen Job«, sagte sie auf Deutsch mit slawischem Tonfall, »und der Klub seine Lizenz.«

»Und der Gast seine Schneidezähne?«, fügte ich hinzu.

Mir waren zwei Männer aufgefallen, die bestimmt nicht zu den Gästen zählten, ein Langer mit knochigem Gesicht und ein Kleiner mit der Figur und der Ausstrahlung eines Pitbulls.

Sie ruckte mit den Schultern, was ihre Brüste in Schwingungen versetzte.

Ich lehnte mich zurück, ließ sie gewähren.

»Was wünschen Sie, mein Herr?«

»Eine Auskunft.«

Angeekelt, als hätte ich nun etwas wirklich Perverses verlangt, verzog sie ihr Gesicht. Eine gefaltete Tanit-Note glättete ihre Miene wieder. Ich winkte sie mit dem Spielgeld heran. Als sie mit ihrem Ohr ganz nah meinem Mund war, flüsterte ich: »Wo finde ich Dora Klugmann?«

»Sind Sie ein Freund?«

»Ich vertrete Doras Interessen«, wich ich aus.

Meine Antwort brachte sie ins Grübeln.

»Wenn Sie mal etwas ganz Spezielles wünschen«, sagte sie schließlich mit übertrieben erotischer Stimme und einer Geste wie aus einem alten Monroe-Film, »da gibt es eine Finca bei San Mateo, die heißt Can Blai, ein Boot steht vor der Tür. Dort werden Sie finden, was Sie suchen.«

Ein bisschen genauer wollte ich es schon haben. Meine Tanit-Dollar waren verbraucht, ich bezahlte ihre freundlichen Sonderdienste mit normaler Währung.

»Sind Sie nun zufrieden, mein Herr?«

»Vollkommen«, sagte ich mit Nachdruck.

23.

An San Mateo war der Tourismus bislang vorübergegangen.

Abgesehen von ein paar Bauunternehmern und Spekulanten wird das kaum jemanden gestört haben. Keine Ferienwohnungen, dafür Weinfelder, Pinienwäldchen, hin und wieder eine wehrhafte Finca auf kahler Hügelkuppe. Die Wege abseits der Asphaltstraßen waren staubig und voller Schlaglöcher.

Ich brachte das Motorrad zum Stehen und hielt Ausschau.

Hinter San Mateo sollte ich mich an einem Brunnen auf freiem Feld orientieren, der wie eine kleine Kapelle aussah, dann immer geradeaus fahren bis zu einer Gabelung und von dort aus den blauen Pfeilen folgen. So hatte mir Kristine den Weg beschrieben.

Hörte sich einfach und präzise an. Nur dass es auf der ganzen Insel wohl keinen einzigen Feldweg gab, der geradeaus führte. Überall waren Kurven, Schlenker und Abzweigungen und manchmal verlor sich der Weg auf einem Feld oder endete an einer der Natursteinmauern, die wie ein Fischernetz die Insel überzogen.

Nach mehreren Anläufen fand ich die blauen Pfeile wieder und dann sah ich auch das Boot in der Landschaft, genau genommen war es der Rumpf eines Katamarans samt gebrochenem Mast und losen Wanten, die im Wind hin und her schlugen. Das alte Bauernhaus sah von weitem romantisch aus mit den blühenden Bougainvillea-Sträuchern und den von Kakteen überwucherten Ställen aus Feldsteinen. Aus der Nähe betrachtet machte das Anwesen jedoch einen ziemlich verwahrlosten Eindruck.

Allerlei Strandgut lag herum, obwohl das Meer recht weit entfernt war und sich zudem an einer Steilküste brach. Ein Zaun aus ausrangierten Bettgestellen, leere Flaschen bildeten einen regelrechten Hügel und aus einem Teerfass stieg Rauch empor. Abgemagerte Katzen, die eine riesige Paellapfanne mit Essensresten belagerten, stoben bei meinem Näherkommen auseinander.

Nachdem ich mehrmals laut gerufen hatte, öffnete sich die Haustür.

Ein stämmiger Mann in Latzhosen, begleitet von einem Rottweiler, erschien unter dem Vordach der Finca.

»He da! Sie haben sich verfahren. Hier geht's zu keinem Strand.«

»Ich suche keinen Strand.«

»Die Tropfsteinhöhle liegt dahinten.« Er gab mit seiner Hand eine vage Richtung an.

»Ich suche auch keine Tropfsteinhöhle.«

»Was denn?«

»Darf ich wohl ein Stück näher kommen? Oder frisst mich Ihr Hund gleich auf?«

»Der tut nur, was ich sage.«

Mir war nicht klar, ob mich das beruhigen sollte oder ob das als Warnung zu verstehen war. Ich näherte mich den beiden, vermied aber den Blickkontakt mit dem Hund und ließ ihn schließlich an meiner herunterhängenden Hand schnuppern.

»Prüfung bestanden. Setzen Sie sich.« Der Mann deutete auf einen der Eisenstühle, von denen ein Dutzend auf dem Hof stand, nahm selber aber in einem Autositz Platz. »Was wollen Sie?«

Ich erklärte ihm, dass ich ein Mädchen mit Namen Dora oder Donata suchte.

»Wir suchen ja alle was: Sie ein Mädchen, ich den richtigen Anfangssatz für einen Roman.«

»Wie wär's mit: ›Ilsebill salzte nach‹?«

»Ach, Günter Grass!« Er zog die Nase hoch. »Nach *Katz und Maus* ist ihm nichts mehr richtig gelungen.«

»*Der Butt*?«

»Zu viel Ballast. Großer Zeigefinger, er wollte perfekt sein. Kommen Sie.« Er führte mich hinters Haus zu einer Mercedes-Limousine, die auf vier Hohlblocksteinen stand, öffnete die Heckhaube und entnahm dem Kofferraum eine vorsintflutliche Schreibmaschine. »Walter Benjamin soll darauf geschrieben haben«, sagte er.

»Was zu hohem Anspruch verpflichtet.«

»Leider komme ich kaum zum Schreiben. Die Finca frisst mich auf. Dauernd gibt es was zu reparieren; dann die Tiere, Hühner und Katzen füttern, mit dem Hund spielen und spazieren gehen, dem Pfau, der nachts in der hohen Pinie da hinten schläft, habe ich schon einen Spiegel hingestellt, damit er sich selbst beschäftigt. Und einmal im Jahr muss man die alten Gemäuer außen kälken, sonst fällt der Putz ab, einmal innen streichen, sonst nehmen die Silberfische überhand; die fressen die Umschlagseiten von meinen schönen Büchern, manche Bände muss ich erst aufschlagen, um den Titel zu erkennen.«

»Hm, die Silberfische ...«

»Ja, und die Ratten, nagen alles an; damit sie nicht das Farbband anfressen, schließe ich die Schreibmaschine im Kofferraum ein.«

»Unter diesen Umständen kann man natürlich nicht schreiben.«

»Sie haben es erfasst. Sehen Sie sich die dicken Mauern an, gut gegen die Sommerhitze, speichern aber im Winter die Feuchtigkeit, rasch hat man da steife Finger.«

Wir schlenderten ums Haus und ich ließ meine Hand über die Gitter der Fenster gleiten.

»Ja, kleine Fenster und zusätzlich noch vergittert, das ist ibizenkische Tradition aus alten Freibeuterzeiten, sogar der Kamin hat ein Gitterkreuz, keiner kommt rein«, der Mann lachte, »und keiner kann raus. Die echten Fincas sind Festungen. Wissen Sie, warum die alten Damen diese bauschige Tracht tragen?« Er gab selbst sofort die Antwort. »Damit wollten die Frauen früher eine Schwangerschaft vortäuschen, sie dachten, das könne sie vor Vergewaltigungen durch die Piraten schützen.«

»Hm, hört sich spannend an. Was aber ist mit Dora?«

»Sind Sie ein Verwandter, Herr ...«

»Schlömm.« Ich wählte meinen alten Spitznamen.

»Warum fragen Sie gerade mich nach dieser Dora, lieber Herr Schlömm?«

»Schlömm genügt.«

»Gerald oder Gerry, besser Gerry.«

»Also, Gerry, man hat mir gesagt, dass Dora hier lebt.«

»Und wenn es so wäre?«

»Dann würde ich gern mit ihr sprechen.«

»Worüber?«

»Ach, eine Freundin von ihr in Deutschland, die möchte einfach nur wissen, ob es ihr gut geht; die Frau macht sich Sorgen um Dora, hat lange nichts von ihr gehört.«

»Und dann? Ich meine, nach dem Sprechen mit Dora?«

»Danach verrate ich Ihnen einen guten Romananfang, schwinge mich auf mein Motorrad und bin wieder weg.«

»Zuerst den Einstieg.«

Na schön, dachte ich und nannte ihm einen: »›Blum sah auf die Uhr. Höchste Zeit.‹«

»Ah ja, von wem ist das?«

»Jörg Fauser, Krimischreiber, einer der besten.«

»Und Sie, was sind Sie, Detektiv oder so was Ähnliches?«

»Eher so was Ähnliches: bin jemand, der auch immer einen guten Anfang sucht – und danach die Sache gern zu Ende bringt.«

Er sah mir in die Augen, sein Gesicht und sein Ton veränderten sich schlagartig, ganz langsam und sehr akzentuiert sagte er: »Und wenn ich der Meinung bin, lieber Schlömm, Sie sollten sich mit Höchstgeschwindigkeit verpissen?«

»Dann gehe ich und komme umgehend mit der Polizei wieder.«

Ein müdes Grinsen kräuselte seinen Mund. »Zurückkommen, eh? Aber doch nicht mit dem Polizisten, der hier ab und zu während der Dienstzeit einen Schluck erstklassigen Whisky trinkt und ein Nümmerchen schiebt? Oder etwa dem Polizisten, der hier gern ein Spielchen macht, meist verliert und auch schon mal seine Dienstwaffe als Pfand hinterlegen musste?«

»Ich dachte an Rafa Torres, der eng mit dem BKA zusammenarbeitet.«

Den Namen hatte ich mir ausgedacht. Bluff, nichts als Bluff, genau wie seine Worte. Doch die Anspielung aufs Bundeskriminalamt hatte ihn nachdenklich gemacht. Plötzlich wurde es ganz still. Es war sowieso schon sehr ruhig hier draußen, aber jetzt hörten sogar die Zikaden mit ihrem nervtötenden Zirpen auf. Es war also so still, dass ich deutlich ein schleifendes Geräusch vernahm, dem ein feines Quieken folgte.

Während mein Gastgeber wieder grinste, ging eine Welle der Anspannung durch den Hundekörper, der Rottweiler knurrte verhalten, es klang wie das Rollen von Kieselsteinen in einem Gebirgsbach.

Ein Mann bog um die Ecke. Er war groß und dünn, in der einen Hand hielt er einen Schwimmreifen, bedruckt mit Figuren aus der Trickfilmserie *Die Simpsons,* in der anderen eine Falle aus Maschendraht. In der Falle hockten Ratten. Der Rottweiler wollte aufspringen, doch ein Fingerschnippen seines Herrn hielt ihn zurück.

»Tja«, sagte der dünne Mann, »sind mir wieder ein paar in die Falle gegangen. Sollen wir sie streicheln, Gerry?«

24.

Der dünne Mann stellte die Falle mit den Ratten ab, legte den Schwimmreifen auf einen der Eisenstühle, nickte mir zu und erklärte, indem er sich niederließ: »Sitzt sich bequemer, wegen meiner Hämorrhoiden.« Er rückte den Reifen zurecht, wies auf die Ratten. »Ganz schön schlau, die Alten schicken zuerst die Jungen rein, um den Köder auf Gift zu überprüfen, dann folgen sie selbst, prächtige Exemplare, nicht wahr?«

Da hatte er Recht. Zwei der Ratten waren fast so groß wie Kaninchen, hatten braunes, struppiges Fell und die gewohnten kahlen, etwas schorfigen Schwänze. »Was haben Sie damit vor?«

»Streicheln, hat Terry doch schon gesagt«, übernahm mein Gastgeber das Wort. »Man kann sie totschlagen oder ins Wasser tauchen, man kann sie mit Sprit übergießen und laufen lassen – alles recht rüde Methoden. Wir sind nett zu diesen Nagern.«

Gerry kraulte dem Hund, den er zuvor angekettet hatte, die Ohren. »Schlömm, Sie gucken so ungläubig. Ich will es Ihnen erklären: Wir stecken uns eine Ratte in die Hose und binden die Hosenbeine zu. Und weil ich eine Latzhose trage, schnalle ich mir vorher noch einen Leibriemen um, damit die Süßen oben nicht raushüpfen. Und Sie?«

»Ich wollte mir die Folkloretänze im Innenhof der Kirche von San Miguel anschauen.« Ich sah auf meine Uhr. »Die Vorführung beginnt um sechs. Ist noch ein bisschen Zeit, aber ...«

»Tja dann.« Gerry rekelte sich etwas umständlich aus dem Autositz hoch und streckte mir, während der dünne Mann sich von seinem Schwimmring erhob, die Hand entgegen. Ich wusste, dass es ein Trick war, um mich abzulenken, deshalb wollte ich nach dem Messer in meinem Stiefel greifen, doch da spürte ich schon, wie der Reifen über meine Schultern glitt und mir die Oberarme fest an den Leib presste.

Ich trat mit dem Stiefelabsatz nach hinten, erwischte den dünnen Terry, erhielt aber von dem Latzhosenträger einen Faustschlag gegen die Brust, der mich rückwärts stolpernd auf den Eisenstuhl warf. Der Dünne hielt mich dort fest und kurz darauf war ich mit einem Seil rund um Brust und Bauch an dem stabilen Möbelstück gefesselt.

»Heh, Sie wollen doch kein Spielverderber sein«, tadelte Latzhose. »Terry und ich, wir wetten jetzt, wie lange Sie es aushalten; ich meine, bevor Sie zu winseln anfangen. Der Rekord steht bei acht Minuten.«

Sein Partner machte sich an der Rattenfalle zu schaffen, die an einem Ende eine runde, verschließbare Öffnung hatte. In diese Öffnung steckte er ein Stück Plastikrohr. Die Ratten hockten zusammengepresst in einer Ecke. Erst als Terry die Falle schüttelte, stoben sie fiepend auseinander. Besinnungslos vor Angst rasten sie an den Drahtwänden entlang; es war nur eine Frage der Zeit, bis sie den Ausgang, der zu meinem Hosenbein führte, gefunden hatten.

Eine der alten Ratten verschwand in der Röhre. Ich versuchte die Panik in meiner Stimme zu unterdrücken, sagte: »Macht keinen Sche-heiß!« Dieses Anhaken passiert mir nur, wenn ich sehr aufgeregt bin. Jetzt war ich nicht nur aufgeregt, ich hatte tierischen Bammel. Ich schwitzte am ganzen Körper, und das nicht nur wegen der Sommerhitze.

Die Ratte kroch in meinem Hosenbein hoch.

Der Dünne sah, wie sie sich unter dem Stoff bewegte,

blickte auf seine Armbanduhr und fragte: »Worum wetten wir, Gerry?«

»Einen Hunderter«, antwortete Latzhose, drehte sich zu mir und sagte, während er wieder beruhigend seinen Hund streichelte: »Und mit Ihnen wette ich, dass Sie ab heute einen großen Bogen um diese Finca machen – spätestens dann, wenn Ihnen die Ratte die Geschlechtsorgane angebissen hat.«

Die Ratte näherte sich bereits meiner Leistengegend.

»Und bis dahin können wir uns noch über einen guten Einstieg zu einer Geschichte unterhalten. Wie wär's mit: *Professor Bingos Schnupfpulver*, eine der etwas weniger bekannten Storys von Raymond Chandler, und die beginnt so: ›Um zehn Uhr morgens schon Tanzmusik.‹«

Er sah mich erwartungsvoll an. »Das hat Schwung, nicht wahr, ist flott und lebhaft. Im Gegensatz zu unserer lahmen Freundin hier.«

Seine Hand näherte sich meinem Schoß, mit ausgestrecktem Finger stieß er kräftig gegen die Ratte, die auch sofort reagierte, indem sie sich ein paar Mal um die eigene Achse drehte und dann zubiss.

Ich zuckte zusammen.

»Oder dieser Einstieg hier aus *Bay City Blues*, aufgepasst! ›Es muss ein Freitag gewesen sein, denn der Fischgeruch vom Restaurant des Mansion House Hotel war so stark, dass man eine Garage darauf hätte bauen können.‹ Garage auf einem Geruch bauen, doll, was?!«

»Warum nicht einen Wolkenkratzer?«

»Na, na, keine Kritik am Altmeister!«

Der Dünne blickte auf seine Uhr. »Eine Minute dreißig«, sagte er wie ein Profi aus der Medienbranche. »Soll ich etwas Feuer machen, Gerry? Ich will sie quieken hören. Ihn auch.«

»Kommt alles, Terry, kommt alles. Zuerst das Quiz.«

»Du immer mit deinem Literaturscheiß. Er soll uns lieber einen blasen.«

»Wenn du dich langweilst, Terry, lass eine zweite in die Röhre!«

Er tat es.

Je höher die zweite Ratte kroch, desto nervöser wurde die erste; sie versuchte auszubrechen und verfing sich zwischen Hose und Unterwäsche. Ich biss die Zähne aufeinander, um nicht hysterisch aufzuschreien.

Im Plauderton sagte mein Peiniger: »Natürlich heißt er nicht Terry, wie ich nicht Gerry heiße. Apropos Terry, ich will Ihnen eine Chance geben. Wenn Sie folgenden Satz vervollständigen, sind Sie erlöst. Also: ›Als ich Terry Lennox zum ersten Mal zu Gesicht bekam ...‹ Nun? Es gilt!«

Wieder stieß sein Finger gegen die beiden Ratten, die sich inzwischen ineinander verbissen hatten.

Meine Knie zitterten, mein Hemd war klatschnass und meine Stimme war auch nicht besonders fest: »Als ich Terry Lennox zum ersten Mal zu Gesicht bekam, lag er betrunken in einem ...« Ich machte eine Pause und fuhr fort: »... lag er betrunken in einem Einkaufswagen von Tengelmann.«

»Herr Schlömm, Sie müssen nicht den Helden spielen und witzig sein. Also: ›... lag er betrunken in einem ...‹ – Los, weiter! Ihre zweite Chance.« Seine Hand strich über die Ratte, die sich nahe meinen Hoden befand. Ihre Zähne gruben sich in mein Fleisch.

»... lag er betrunken in einem Rolls-Royce ... – Ohhh!«

»Gut. Lassen wir gelten. Und wo?«

»... draußen vor der Terrasse des Dancers.«

»Bravo! Vielleicht noch den Titel der Geschichte?«

»*Der lange Abschied.*«

»Bingo!«

Ich wusste, dass das Salzwasser in meinen Augenwinkeln nicht nur Schweiß war, und ich wusste jetzt schon, dass ich mich irgendwann dafür schämen würde, aber im Moment war ich nur froh, dass der Mann in der Latzhose den Strick löste, dass ich aufstehen und meine Gürtelschnalle aufreißen konnte.

Die Ratten krochen sofort aus dem Hosenbund, um anschließend in Panik, weil der Hund jetzt aufsprang, zum höchsten Punkt zu klettern, den sie erreichen konnten, zu meinem Kopf.

Mit einem Hieb hatte ich die Biester aus meinem Haar gefegt. Sie flitzten los. Ich sah noch, wie der Hund an der Kette zerrte. Dann langte ich hinunter zu meinem Stiefel. In der gebückten Haltung blickte ich zu meinen Peinigern.

Sie standen unter dem Vordach, genau vor der blau gestrichenen massiven Finca-Tür. Latzhose hielt sich den Bauch vor Lachen, er hatte seinen Spaß gehabt, während der dünne Terry etwas enttäuscht dreinschaute, weil er mir sicher zu gern seinen Schlöres ins Gesicht gesteckt und den Ratten gern noch das Fell angebrannt hätte.

Jeder für sich schon gut. Zusammen ein tolles Duo! Sie standen mit den Köpfen etwa einen halben Meter auseinander, eben wie zwei unzertrennliche Kumpel, standen da auch noch so, als ich mit dem Messer in der Hand hochkam, den Arm hob, im Schleudern zielte – und losließ.

Mit einem dumpfen Plop grub sich die Klinge zwischen ihren Köpfen einige Zentimeter tief in die Bohlentür.

All meine Wut hatte ich in den Wurf gelegt.

»Wenn der Hund nur einen Schritt oder ihr eine falsche Bewegung macht, steckt die nächste Klinge einem von euch in der Keh-hele!«

Ich hatte gar kein zweites Messer. Aber das wussten die beiden ja nicht.

25.

War ich in eine Falle getappt? Oder hatten sich die beiden spontan einen Spaß erlaubt? Spaß? Ich konnte kaum sitzen, fuhr fast nur im Stehen und lenkte die Yamaha wie ein Pony. Jedes Schlagloch, jede Bodenwelle schickte Schmerz zwischen meine Beine.

Da war ich zu der Finca hinausgefahren, um Antworten zu finden, und es waren nur noch mehr Fragen aufgetaucht: Lebte Dora in dem alten Bauernhaus, in irgendeinem der verschlossenen Zimmer, in einem der Ställe aus Naturstein? Lebte sie überhaupt noch?

Ich hatte Wäschestücke auf der Leine hinter dem Kakteenwald gesehen, die eindeutig einer Frau gehörten. Und diese große Paellapfanne – organisierten die beiden Rattenfänger auf dem Bauernhof illegale Spiele?

Hundekämpfe, Drogen, Prostitution – das waren doch Sachen, die heutzutage, bei den strengen Kontrollen in den Städten, vor allem auf dem platten Land zu finden waren. Nicht in den Metropolen, am linken Niederrhein ging es doch die Rutschbahn runter: Freier, die im Benz vorfuhren und sich für den Preis einer halben Tankfüllung bedienen ließen, mit oder ohne Gummi, von minderjährigen Polinnen, die das Geld nach Hause schickten, von Ehefrauen, die ihr Haushaltsgeld aufbesserten, um endlich mal ein Kleid von Armani oder Schuhe von Kelian kaufen zu können.

Sicher gab es so etwas auch auf Ibiza. Wäre komisch, wenn nicht. So was wie der *Club Tanit* war doch eine sterile Angelegenheit, gerade gut genug zum Aufgeilen. Mädchen, die sich wie verrückt gewordene Feuerwehrleute um blanke Stangen wanden, die über Tische stöckelten und wie Halbdebile dauernd die Zunge zeigten. Ähnlich ging es in den Diskotheken zu, wo Go-go-Girls hinter Gitterstäben tanzten. Und an den Stränden, wo nackte Brüste und Hinterteile zum Greifen nah und doch unerreichbar fern waren. Nicht jeder fand auf Ibiza das, was ihm die Presse zu Hause vorgegaukelt hatte.

Und für diese internationale Gemeinschaft der Frustrierten musste es doch etwas geben.

Bei Gerry und Terry?

Mir war der Sinn für alles, was sich bauchabwärts abspielte, fürs Erste vergangen. Es wurde Zeit, dass ich meine von den Ratten zerfressene Unterhose vom Körper bekam.

Die Wunden desinfizieren, eincremen. Und danach würde ich ein Wörtchen mit der braunäugigen Kristine reden, die mir das eingebrockt hatte.

26.

Ibiza und die berühmte Diskoszene, meine Welt war das nicht. Aber was war schon meine Welt? So richtig wohl fühlte ich mich eigentlich nirgendwo, nicht in den Duisburger Kneipen, nicht in den Galerien, wo Käsehappen und Rotwein aus der Toskana gereicht wurden, nicht bei den Dichterlesungen einschließlich Signierstunde und Orangensaft.

Meine Ex hatte mich häufig zu Ballettaufführungen geschleppt. In den Pausen hatte sie Sekt geschlürft und sich mit anderen Sekt schlürfenden Schöngeistern über einen göttlichen Sprung oder ein verrutschtes Tutu ausgelassen, während ich mich langweilte.

Jetzt also eine Diskotour, um die Zeit totzuschlagen, bis der *Club Tanit* seine Pforte schloss.

Der Eintritt ins *Pacha* kostete rund sechzig Mark, einschließlich Drink nach Wahl, wie es hieß. Ich trank ein Glas Mineralwasser und sah mir die Touristen an, die hofften, dass ein ehemaliger Formel-1-Fahrer oder einer der anderen Prominenten auftauchte, die das hier angeblich als ihr Wohnzimmer betrachteten. Entweder war es ein paar Stunden zu früh am Tag. Oder zehn Jahre zu spät. Die in die Insel vernarrten Rennfahrer, die Sänger und der Adel hatten inzwischen den Jungs mit den Goldkettchen und den aufgemotzten Geländewagen Platz gemacht.

Ich fuhr nach San Antonio im Westen der Insel, um auch das einmal gesehen zu haben, streifte durchs so genannte West End, wo sich Bar an Bar reihte, bekam Ärger in einem englischen Pub, als ich Kakao bestellte, und wechselte danach in den Frieden verheißenden Tanztempel *Es Paradis Terrenal*. Palmen und Grünzeug unter einem Pyramidendach, ganz annehmbare Musik, und auch die Zeit war inzwischen tüchtig vorangeschritten, was ich daran merkte, dass bei den verkleideten Damen der Bartschatten sichtbar wurde.

Ich sah dem Treiben noch ein wenig zu und fuhr endlich von San Antonio zurück nach Ibiza-Stadt.

Der Morgen graute und sicher war ich der Einzige auf der Piste ohne Alkohol im Blut.

Im *Club Tanit* ging gerade das Blaulicht aus. Eine Viertelstunde später trat Kristine auf die Straße, gefolgt von einem Pulk Nachteulen, die ins Tageslicht blinzelten, eine Weile unschlüssig herumstanden und sich schließlich in verschiedene Richtungen verzogen. Für die Schönheit der frühen Stunde – summende Kehrfahrzeuge der Müllabfuhr und Kaffeeduft, der aus den Arbeiterpinten strömte – hatten die Schönen der Nacht wenig Sinn.

Ich folgte Kristine in Richtung Playa d'en Bossa. Vor der Diskothek *Space,* die ja erst um acht Uhr morgens öffnete, hatte ich sie eingeholt. Ich lenkte mein Motorrad neben ihren Toyota. Als ich Helm und Sonnenbrille abnahm, erkannte sie mich und wollte wieder starten. Doch da hatte ich bereits durch das offene Seitenfenster hindurch ihr Handgelenk gepackt. »Wir müssen uns unterhalten.«

Sie blickte sich um, sah, dass sie keine Hilfe erwarten konnte, und gab ihren Widerstand auf. Wie ein Pärchen gingen wir zum Strand, der menschenleer war und zu dieser Stunde noch nicht nach Sonnencreme, sondern nach Salzwasser und Seetang roch.

»Warum tragen Sie diese albernen Stiefel?«, wollte Kristine wissen, die ihre Schuhe am Ende der Asphaltstraße ausgezogen hatte.

»Weil man in Badelatschen oder Mokassins kein Wurfmesser verstecken kann.« Ich zeigte ihr meine neue Erwerbung aus einem Eisenwarengeschäft in der Altstadt. »Ein anderes steckt in der Finca-Tür Ihrer Freunde.«

»Das sind nicht meine Freunde.«

»Und warum haben Sie mir die Adresse genannt?«

»Weil Dora bei den Männern, die dort wohnen, untergekommen ist.«

»Haben Sie Dora in der Finca besucht?«

»Einmal, danach haben wir nur noch telefoniert.«

Ich erwähnte den Zeitungsausschnitt über den Zwischenfall bei der Landung der *Flamingo*-Maschine. »Ein Redakteur vom *El Diario* hat ihn mir zugespielt«, behauptete ich und gab darüber hinaus vor, beste Beziehungen zu haben. Es folgte die altbewährte Methode. Mal spielte ich den harten Hund: »Noch ist Tschechien nicht in der EU, noch brauchen Sie eine Arbeitsgenehmigung.« Dann wieder machte ich auf weich: »Hören Sie, Kristine, ich tue nur meinen Job.«

»Welchen?«, fragte sie.

Ich erklärte ihr, womit ich mein Geld verdiente.

»Ist ja auch eine Art Prostitution.«

»Stimmt.«

Nun, da wir eine gemeinsame Basis gefunden hatten, fing sie an zu erzählen. Um der Wahrheit willen oder weil sie einfach mal darüber sprechen wollte. Vielleicht tat es ihr auch Leid, dass sie meine Zeugungsorgane in Gefahr gebracht hatte.

»Wir waren zu dritt in der Maschine, also Dora, ich und noch eine Kollegin; an Bord die üblichen Passagiere, Politiker, Geschäftsleute, Journalisten. Kaum hatten wir abgehoben, lösten die Männer ihre Krawatten und die ersten anzüglichen Witze machten die Runde. Das war wie früher auf dem Schulausflug.«

»Was taten Sie?«

»Lächeln, dafür wurden wir ja bezahlt. Und Champagner schenkten wir aus, bis zum Abwinken, wie es so schön heißt. Aber unsere Gäste winkten nicht ab.«

Ich schaute betont gelangweilt aufs Meer. Die Sonne stieg mit beachtlicher Geschwindigkeit. Bevor es heiß wurde und die ersten Badegäste kamen, wollte ich zurück in der Kühle meines Hotelzimmers sein. »Gesoffen wird überall, Sangría am Ballermann, Champagner bei *Flamingo*. Was passierte dann?«

»Es gab ein paar Herren an Bord, die schon öfter mit uns geflogen waren und nun den speziellen Service erwarteten.«

Ich zog meine Nase über den Handrücken wie einst die alten Rock'n'Roller, wenn sie ›Cocaine‹ sangen.

Kristine hob die Augenbrauen.

»Als wir das Mittelmeer erreichten«, begann sie erneut nach einer Weile, »brachte ich meine Nummer mit den Sicherheitsvorführungen, ähnlich wie im *Club Tanit,* da oben über den Wolken eben in Echt. Schwimmweste anlegen, Bluse darunter ausziehen, dann so tun, als ob ich mich verheddert hätte, und den Rock heben, nur für einen Augenblick, nichts drunter.«

»Na prima. Und Sie haben sich wie Sharon Stone in *Basic Instinct* gefühlt?«

»Ich denke, Sie haben keinen Grund, hochnäsig zu sein.«

Kristine schien tatsächlich in ihrer Ehre als Tänzerin gekränkt.

Nachdem ich mich entschuldigt hatte, erzählte sie weiter: »Die Männer klatschten, wie sonst die Urlauber nach der Landung. Einer legte Dora den Arm um die Hüfte. Ob sie dadurch tatsächlich aus dem Gleichgewicht kam oder nur so tat, jedenfalls blieb sie auf dem Schoß des Mannes eine Weile sitzen. Das war der Moment, in dem der Kopilot durch den Vorhang ein paar Aufnahmen machte, für unser Familienalbum, wie er sagte.«

»Verstehe, die *Flamingo*-Familie.«

»Später mussten sich alle anschnallen. Die Maschine rüttelte und je näher wir den Balearen kamen, desto größer wurden die Turbulenzen. Kurz darauf mussten auch wir Stewardessen uns anschnallen, weil die Maschine zum Landeanflug ansetzte. Dora, die normalerweise neben mir saß, fehlte. Auch der Passagier, mit dem sie herumgemacht hatte, befand sich nicht an seinem Platz. Dafür war die Bordtoilette belegt. Spaß hin, Sonderbehandlung her, aber das war nun wirklich unter unserem Niveau.«

»Vielleicht war es ja nur Ihre schmutzige Fantasie.«

»Fantasie? Die Geräusche waren eindeutig und recht laut, und übertönt wurden sie erst, als der Pilot ein unerwartetes Manöver flog und die Maschine anschließend etliche Meter durchsackte. Die Klappe eines Handgepäckfachs sprang auf, ein Gegenstand fiel heraus und auf der Bordtoilette war irgendetwas zu Bruch gegangen. Durch die Tür drang ein Stöhnen, das aber keineswegs mehr lustvoll klang.«

»Was machten Sie?«

»Ich blickte aus dem Fenster und sah das Meer so nah wie nie zuvor bei einer Landung. Der Pilot hatte die Maschine noch rechtzeitig abgefangen. Er flog eine Schleife, die Landebahn kam in Sicht. Die Räder setzten auf, hart, sehr hart sogar. Über der Musik, die nun ertönte, war die Stimme des Piloten zu hören: ›Meine Damen und Herren, wir sind soeben auf Ibiza aufgeschlagen.‹ Die Passagiere lachten erleichtert auf. Während die Maschine zu ihrem Platz rollte, öffnete ich die Tür zur Bordtoilette.«

»Was sahen Sie?«

Kristine fuhr sich durchs Haar. »Einen Passagier, der sich bemühte, den Gürtel seiner Hose zu schließen, und eine Kollegin, die aus einer Kopfwunde blutete und deren Augenlider flatterten. Der Spiegel war zerbrochen, auf den Scherben im Waschbecken und auf der Ablage darüber lag feiner weißer Staub – und das war kein Babypuder.«

»Koks?«, fragte ich.

Sie nickte.

»Und dann?«

»Ein Ambulanzwagen brachte Dora ins Krankenhaus, eine Platzwunde, mehr nicht. Ihren Job war sie los, ich meinen übrigens auch. Ich fing dann beim *Club Tanit* an. Von irgendwas müssen wir ja alle leben.«

Kristine erhob sich aus dem Sand und ging zum Wasser. Die kleinen ausrollenden Wellen umspielten ihre Knöchel. Weil ich meine Stiefel nicht ausziehen wollte, stand ich ziemlich dumm da und musste, je weiter sie ins Wasser lief, desto lauter meine Fragen stellen.

Ich fragte die ehemalige Flugbegleiterin, ob man sie und Dora zu dem Vorfall vernommen hätte. Auch wollte ich, viel wichtiger noch, die Telefonnummer wissen, unter der sie Dora zuletzt erreicht hatte. Keine Antwort. Sie tat, als könne sie mich nicht verstehen.

Beklagen konnte ich mich nicht. Kristine hatte mir schon

erstaunlich viel erzählt. Und alles deckte sich mit dem, was ich mir nach der Lektüre der Zeitungsnotiz zusammengereimt hatte. Die Sache lag unter dem großen Teppich. An einem ausführlichen Bericht über ausgeflippte Politiker und Geschäftsleute hatten weder die spanischen noch die deutschen Behörden Interesse. Von den Journalisten an Bord drohte keine Gefahr, das waren Hofberichterstatter, Nutznießer, die nur eine Sorge kannten: die nächste Reise ans Mittelmeer aus eigener Tasche bezahlen zu müssen.

Als Kristine sah, dass ich mich zu dem Platz in den Dünen zurückbewegte, lief sie mir nach. Sie spritzte mir Wasser in den Nacken. Eine neckische Handlung, die ich nicht erwartet hatte.

In mein erstauntes Gesicht sagte sie, übertrieben lachend: »Sehen Sie den Mann unter dem Strandschirm, der beobachtet uns. Machen Sie mit, wir sind ein Liebespaar.«

Nachdem wir noch eine Weile herumgealbert hatten, blickte ich mich um. Es war der Gast, den ich in der Bar *Anita* gesehen hatte. »Kennen Sie den Mann?«

»Er war mal in der Show, hat mich dort so komisch angesehen.«

»Na ja, gehört doch zum Geschäft, oder?«

»Er ist mir unheimlich.«

Kristine zitterte, aber mit dem morgendlich kühlen Wasser hatte das wahrscheinlich nichts zu tun. Sie wollte noch ins *Space,* ich ins Hotel. Wir stapften durch den Sand zu unseren Fahrzeugen.

»Den Passagier von der Bordtoilette, würden Sie ihn wieder erkennen?«

»Für viel Geld bestimmt.«

Kallmeyer fiel mir ein, der zwanzigtausend dafür verlangte, dass er eine Falschaussage zurücknahm. Einen Kasten Bier hatte ich ihm geboten. Der anschließende Faustschlag des beleidigten Taubenzüchters hatte mich vorsichtig gemacht. Ich fragte: »Wie viel?«

»So viel, dass ich in Prag einen Souvenirladen aufmachen und womöglich eine Schönheitsoperation bezahlen kann.«

»Gute Antwort! Aber vielleicht kriege ich ja von Ihnen noch eine letzte kostenlose Auskunft?«
»Versuchen Sie es mal.«
»Die dritte Stewardess?«
»Eine Deutsche, die mal mit einem Polizisten verheiratet war, dann aber, als sie bei *Flamingo* arbeitete, einen anderen Kerl an der Angel hatte, einen Politiker.«
»Ihr Name?«
»Vera, nein, Verena heißt sie.«
Und das haute mich dann doch um.

27.

Meine Ex, nix, nur am Rande, nein, mittendrin. Nach unserer Trennung musste sie also wieder in ihren alten Beruf als Stewardess eingestiegen sein. Deshalb ihr Bestreben, durch mich herauszufinden, warum sich Kollegin Dora nicht mehr meldete. Eigentlich hätte ich mir das denken können.

Zwar gehörte Verena nicht zu den klammen Naturen, doch gab sie das Geld nun mal am liebsten für sich selbst aus. Achthundert Mark für einen Rock von Kenzo waren ihr nicht zu viel, fünftausend für die Grafik eines Beuys-Schülers hielt sie für ein Schnäppchen, weil das Bild womöglich bald das Dreifache bringen würde. Den Stundenlohn von hundert Mark, bei dem ich meine Gesundheit aufs Spiel setzte, betrachtete sie dagegen sicher als überhöht.

Dabei lag ich mit meinem Honorar nicht einmal auf der Höhe mit dem von Prostituierten. Die verdienten das gleiche Geld in einer Viertelstunde, dazu im Liegen.

Was ist los mit dir, Elmar? Ein einziger Name aus dem Mund einer Entkleidungstänzerin und du gehst hoch wie eine Rakete. Verena: sechs Buchstaben nur! Elmar, nun reg dich wieder ab!

Deine Ex, deine Verflossene, übrigens eine schöne Bezeichnung, sie ist weggeflossen, wie die Liebe zu ihr, wie eben alles fließt. Jetzt ist sie deine Klientin. Auch andere

Klienten rücken meist nur langsam mit der Wahrheit heraus. Du bist Ermittler, also ermittle. Geh an die Arbeit!

Ich überlegte, wer wohl an dem bewussten Tag – Kristine hatte mir das im Zeitungsartikel angegebene Datum bestätigt – auf der Passagierliste gestanden hatte. Ein Reflex, denn eigentlich hatte ich damit nichts zu tun; ich sollte ja nur Dora finden.

Als ich mein Motorrad vor dem *Hotel Montesol* aufbockte, hatte ich mich wieder im Griff. Ich prägte mir die Telefonnummer ein, die ich Kristine beim Abschied noch herausgekitzelt und in Ermangelung von Papier und Stift auf den staubigen Tank der Yamaha geschrieben hatte. Nur die letzten sechs Zahlen, denn alle festen Telefonanschlüsse auf den Balearen begannen, wie ich festgestellt hatte, mit 971.

Im Zimmer schrieb ich die komplette Nummer auf den Hotelblock, dann tippte ich sie ein. Es meldete sich eine Frauenstimme, die etwas in drei Sprachen herunterrasselte, von dem ich nur das Wort Institut verstand.

Auf meine Bitte hin erklärte sie langsamer und auf Deutsch, was ich nicht verstanden hatte: »Wir sind ein Institut, das sich der ökologischen und mentalen Erneuerung widmet. Was können wir für Sie tun?«

»Viel, sehr viel.«

»Könnten Sie das wohl präzisieren?«

»Darin liegt eigentlich schon ein großer Teil meines Problems, verehrte Frau. Ich bin auf der Suche nach dem Ganzen, dem Einheitlichen, und das hoffe ich hier auf Ibiza zu finden, abseits der Diskotheken, im Einklang mit der Natur. Irgendwie bin ich in letzter Zeit nicht mehr richtig zentriert und da dachte ich ...«

»Wie sind Sie auf uns gekommen?«

»Ein Geschäftsfreund hat mir Ihr Institut empfohlen. Er sagte, mach es wie ich, verkauf deine Jacht, verschenk deinen Jaguar, gehe hin und meditiere und du wirst wieder deine Mitte finden.«

»Und womit haben Sie sich bisher beschäftigt?«

»Dienstleistungen, die Vermittlung von Menschen und

Material. Der eine hat etwas, was der andere sucht, eine Schiffsladung Farbdrucker, einen prominenten Gast für die Geburtstagsfeier der Gattin, die neuen Abfallkörbe an Ibizas Stränden ...«

»Ich glaube, ich kann mir nun vorstellen, was Sie meinen, Herr ... Ihren Namen habe ich eben nicht verstanden.«

»Schlömm von ... Ach, Namen! Titel! Ich will den Boden unter den Füßen spüren.« Ich machte eine Pause, holte tief Luft und sagte: »Ich verstehe, Sie wollen Ihren Kreis geschlossen halten. Aber vielleicht können Sie mir eine andere Gruppe auf Ibiza nennen, der sich ein Suchender anvertrauen kann.«

»Nun, Sie könnten sich ja mal bei uns vorstellen.«

»Wo?«

Sie nannte mir die Adresse. »Aber bringen Sie Ihren Bekannten mit, weil wir nur auf Empfehlung ... Und geben Sie mir bitte Ihre Telefonnummer, damit wir gegebenenfalls zurückrufen können. Sie verstehen?«

Und ob ich verstand! Die Dame war nicht nur ökologisch orientiert, sondern auch äußerst misstrauisch. Die Telefonnummer des Hotels war sicher nicht die beste Referenz. Mein Blick fiel auf die Adresse des Dicken vom Flughafen; ich gab ihr die Nummer des Feriendomizils von Bodo Quast, legte auf und wählte eben diese Ziffern, und zwar umgehend, bevor meine Gesprächspartnerin es vor mir tat.

Nachdem ich mich bei dem pensionierten Chemiker in Erinnerung gebracht hatte, mit zartem Hinweis auf meine Gefälligkeit, meinte ich: »Ich habe, wie das hier so geht, eine Bekanntschaft gemacht, eine Frau aus einem Institut. Falls sie nach mir fragt, bin ich gerade unterwegs, Geschäftsbesprechung, Sie wissen schon. Ich möchte gern etwas einfädeln.«

»Einfädeln, haha!« Ein kurzes verständnisvolles Auflachen, ein Mann von Welt. »Klar, machen wir. Übrigens, mein Gastgeber, also der Besitzer dieser bescheidenen Hütte, gibt übermorgen ein Fest. Sie sind herzlich eingeladen, mit Begleitung, Herr Schlömm.«

Weil ich so schön in Telefonierlaune war, wählte ich eine Nummer, die mir schon seit Tagen im Kopf herumgeisterte.

»Ja, Laflör.«

Beim Klang der Stimme erhöhte sich mein Pulsschlag. Wer weiß, wohin das Blut strömte, jedenfalls nicht ins Gehirn, denn dort entstand von einer Sekunde zur anderen ein Vakuum. Ich wusste nicht, was ich ihr sagen wollte, wusste auch nicht mehr, ob wir beim Sie oder Du waren. Nach einer halben Ewigkeit und etlichen Räuspererrn, fragte ich Marie Laflör, ob sie mit Kallmeyer Kontakt aufgenommen habe, wie es ihrem Mann gehe und was sie selbst so mache.

»Ich habe jeden Tag bei dir angerufen«, sagte sie.

»Aber du wusstest doch, dass ...«

»Ich wollte deine Stimme hören, auf dem Anrufbeantworter.«

»Das ist ...«

»... immerhin besser als gar nichts.«

»Aber wieso, ich meine, warum?«

»Ich denke oft an dich.«

»Ich auch und ich hab auch schon ein paarmal ... wollte dich anrufen, aber dann dachte ich immer, es wäre ...«

»Bleibst du noch lange?«

»Nein, ich muss nur noch eine Kleinigkeit, und danach ...«

»Also dann, bis bald.«

Im Gegensatz zu meinem Gehampel bildete sie schöne einfache Sätze, und das mit ungeheurer Wirkung. Ich setzte mich auf die Bettkante und ließ mich gegen die Kissen zurückfallen, starrte an die hohe Decke mit dem kreisenden Ventilator und versuchte Ordnung in meine Gedanken zu bringen. Sie mag dich, Elmar, sie mag dich tatsächlich.

Mit Freude dachte ich bereits an meine Rückreise.

Doch vorher musste ich ja noch meinen Auftrag erledigen – Dora Klugmann finden.

28.

Ich starrte mein Spiegelbild an. Sieht so ein Geschäftsmann auf dem Pfad zur Läuterung aus? Eindeutig nein!

In der Calle de la Virgen, der Straße der Heiligen Jungfrau, gab es Geschäfte, wo man mir sicher helfen konnte.

Eine armdicke, rote Kordel versperrte den Zutritt zur *Boutique Xaloc*. Als ich mich schon wieder abwenden wollte, erschien ein schlanker Mann mit Ziegenbärtchen und gab den Eingang frei. Der Laden mit dem winzigen Schaufenster entpuppte sich als erstaunlich geräumig. Ein Porzellantiger bewachte die Kleiderständer, während sich im hinteren Teil eine gewichtige Asiatin Luft zufächelte. Mit dem Fächer wies sie zu den Umkleidekabinen. Entweder hatte sie keine Lust, mich zu bedienen, oder sie war nicht imstande, sich aus dem Schaukelstuhl zu erheben.

»Ich bin Steve«, sprach mich der Ziegenbärtige an, nachdem ich drei Teile angeguckt und wieder weggehängt hatte. »Du bist heute zu unentschlossen«, stellte er mit gerümpfter Nase fest. Das war ich beim Kauf von Bekleidungsstücken immer. »Komm morgen wieder«, riet er mir. Das ging nicht, ich brauchte die Klamotten noch heute.

»Was trägt denn der suchende Mensch von heute so?«, machte ich Steve mit meinen Vorstellungen vertraut.

»Du, ich sehe dich in etwas Leichtem, Luftigem aus Leinen.«

Steve legte Hand an. Zart, doch mit der Geschwindigkeit eines Varietékünstlers verwandelte er mich zunächst in einen indischen Bettelmönch auf Europareise und danach in einen Landadligen kurz vor dem Zubettgehen. Nein, danke!

Steve sprach von einem letzten Versuch, sonst müssten wir andere Konstellationen abwarten. In der Weltpolitik? Im Planetensystem?

Minuten später sah ich in dem Spiegel mit dem barocken Goldrahmen einen Kerl, der tatsächlich aussah wie ein Geschäftsmann, der schon alle Weltreligionen ausprobiert hatte und nun die Erleuchtung auf dem esoterischen Weg suchte. Meine Beine umschmeichelte eine gestreifte Hose aus feinster Baumwolle; das durchsichtige Hemd hatte an allen möglichen Stellen kleine Taschen, Laschen und Knöpfe. Ein weißes Sakko und eine Weste mit fernöstlicher Stickerei sowie eine Kette aus Holzperlen vervollständigten meine Ausstattung.

Steve verbot mir, auf den Preis zu schauen; eine aus seiner Sicht weise Entscheidung, denn an der Kasse traf mich der Schlag. Doch dann fiel mir ein, dass dieser Einkauf unter Spesen zu verbuchen war und damit zu Lasten meiner Exfrau ging, die mir früher Vorhaltungen gemacht hatte, dass ich mich zu uniform kleidete. Und das einem Polizisten! Und später dann einem privaten Ermittler! Mit dem gleichen Recht hätte man einem Schneehasen in der Tundra sein weißes Fell als zu eintönig vorhalten können. Stets hatte Verena kritisiert, dass mein Geschmack nicht nur in Kleidungsfragen, sondern auch was Musik und Essen betraf, wenig exklusiv war. Mainstream-Geschmack war ihr Wort gewesen.

Jetzt also exklusiv. Doch auf der Straße – die alten Brocken in einer Tüte, die neuen am Leib – drehte sich kein Mensch nach mir um. Wieder Mainstream? Na schön! Nun musste ich nur noch aufpassen, dass ich mit dem Flatterzeug nicht in die Speichen meiner Yamaha geriet.

Meine neue Ausstattung und das Gespräch mit Marie Laflör hatten ein Hochgefühl in mir entfacht. Mit röhrendem Auspuff, doch innerlich sozusagen schwebend, erreichte ich San Juan, den kleinen Ort im Norden von Ibiza. Außer der Kirche und dem gewohnten Dorfladen gab es eine Menge kleiner Geschäfte, die offensichtlich von Ausländern betrieben wurden. Heilpraktiker und Astrologen boten ihre Dienste an. In den Cafés saßen Leute, die mit Macht den Stress abbauten, indem sie Kuchen aßen oder ihr Gesicht in die Sonne hielten. In den Schaufenstern lagen Bücher über Reiki und Rückführungs-Therapien, Heilkristalle, Tinkturen für die

Bachblüten-Behandlung und Kleidungsstücke aus zweiter Hand. Offensichtlich war ich nicht der Einzige, der die alte Schale abgelegt hatte.

Ich verließ den Ort in östlicher Richtung. Bewaldete Hügel, so weit das Auge reichte, eine Abzweigung, ein steiler Anstieg, dann war ich am Ziel.

Das Institut war in einem zweistöckigen, der ibizenkischen Bauweise nachempfundenen Neubau untergebracht, inmitten von Pinien, umgeben von einer Mauer. Die Mauer bestand aus gefügten Natursteinen, wie es auf der Insel üblich war, ungewöhnlich war nur ihre Höhe und die Mauerkrone aus Glasscherben. Ich betätigte die Sprechanlage neben dem Schild *Instituto Ibosim*, sagte, wes mein Begehr, und mir ward aufgetan. Das heißt, es summte und ich konnte das schmiedeeiserne Tor aufdrücken.

29.

»Was genau suchen Sie, wenn ich noch einmal darauf zurückkommen darf?«

Felicitas Hagen-Anglassa war eine Frau mittleren Alters mit energischem Kinn und dunklem, zu einem Knoten gebundenen Haar, in dem eine weiße Oleanderblüte steckte. Weiß war im Institut die vorherrschende Farbe, von den Wänden des Innenhofs bis zu ihrem Gewand, unter dem eine naturfarbene, aus Hanf geflochtene Sandalette hervorschaute. Der unruhig wippende Fuß stand im krassen Gegensatz zu ihrer ansonsten zur Schau gestellten Gelassenheit.

»Ruhe, ich suche Ruhe.«

»Ruhe könnten Sie sonst wo auf der Insel finden.«

»Ganz recht, beispielsweise in einer Höhle der Insel Es Vedrà, wie es dem ehrwürdigen Pater Francisco Palau gelang. Ich aber suche die Ruhe in der Gemeinschaft mit anderen Menschen, die ebenfalls Ruhe suchen. Und Ernsthaftigkeit. Wir sind doch umgeben von einer Gesellschaft, die nur auf Zerstreuung und Spaß aus ist.« Ich senkte meine Stimme:

»Was nun das Geld angeht«, mein Blick wurde so abgeklärt wie der eines Mannes, der über Jahre das Auf und Nieder der Börse beobachtet hat und ab sofort nur noch dem Wachsen eines Grashalms zuschauen will. »Oder ist Geld ein Thema, das Sie und Ihr Institut beleidigt, dann bitte ich um Verzeihung.«

Gnädig hob sie die Fingerspitzen, nein, von Beleidigung keine Spur. Ob ich Tee wünschte, denn Alkohol sei im Institut verpönt.

»Tee ist das Getränk der Stunde, doch bitte nicht zu stark, gnädige Frau.«

Felicitas Hagen-Anglassa schwenkte ein Glöckchen, worauf mit trippelnden Schritten ein zierliches Mädchen erschien, das gesenkten Hauptes den Befehl entgegennahm und wieder verschwand.

»Eine Zen-Schülerin?«, fragte ich.

»Ja. Sie heißt Gen-Ki, das bedeutet ›Waldquelle‹.«

»Sehr hübsch, ich meine, der Name, hübsch und klar. Meiner hingegen, Schlömm, klingt beinahe ein wenig schmutzig.«

»Aber ich bitte Sie.«

»Doch, doch!« Ich erklärte ihr, dass mir auch im Alltag die Klarheit fehle, brachte das Gespräch dann auf den Kosmos und die Sterne, fragte nach Ritualen und Tagesablauf.

»Meditation, leichtes Frühstück, Yoga, Meditation, Mittagessen, Yoga, Meditation, Teepause, Yoga, leichtes Abendessen, Meditation, Nachtruhe.«

»Eine klare Struktur«, gab ich bewundernd zu.

Das ›Waldquelle‹ genannte Mädchen brachte den Tee und der Tee schmeckte wie ihr Name. Wir nippten, sprachen über die Sinnsuche; und nach erneutem Nippen fragte ich die gnädige Frau, ob ich denn einmal die anderen Bewohner des Instituts sehen könne, man sei doch interessiert, in wessen Gesellschaft man der Erleuchtung zustrebe.

Frau Hagen-Anglassa schaute irritiert und das Wippen ihres Fußes unter dem Kleidersaum verstärkte sich. So scharrten Rennpferde an der Startlinie und wohl auch Institutsvorsteherinnen kurz vor dem Zerplatzen.

Im Haus ertönten Klangschalen, der Duft von Räucherstäbchen durchwehte den Innenhof. Ich erhob mich und schritt, gefolgt von einer unwilligen Felicitas, in Richtung von Duft und Klang. An der Tür zu dem angrenzenden Raum hatte sie mich eingeholt. »So geht das hier aber nicht.«
»Verzeihen Sie, es war wie ein Sog.«
»Ziehen Sie wenigstens die Schuhe aus.«
»Darauf bin ich leider nicht vorbereitet.« Ich stieß die Tür zum Andachtsraum auf.
Etwa zwanzig in Weiß gekleidete Männer und Frauen saßen auf Kissen oder Meditationsbänken, aufrecht, mucksmäuschenstill und mit dem Gesicht zu einer gekälkten Wand, die mit indischen Wandteppichen, islamischen Zeichen und christlichen Kreuzen geschmückt war. Offensichtlich ging man hier, um es sich mit niemandem zu verderben, auf Nummer sicher. Andächtig schritt ich an einem kleinen Buddha vorbei. Ob Dora sich unter den Meditierenden befand? Drei Viertel aller Anwesenden konnte ich aufgrund des Geschlechts oder Alters ausschließen.
»Bitte!«, zischte es hinter mir. Jegliche Heiterkeit, mit der Zen-Lehrer angeblich nicht nur ihren inneren Organen, sondern auch den Fehlern der Mitmenschen zulächeln, war aus Felicitas' Stimme verschwunden.
Dagegen klang das gemeinschaftliche »Ohhhmmm«, das die Schüler in diesem Moment ausstießen, wie eine Erleichterung. Sie erhoben sich mit schönen flüssigen Bewegungen, auch wenn es bei dem einen oder anderen älteren Eleven in den Gelenken hörbar knackte. Synchron drehten sie sich zu mir um.
Und ich blickte in die Augen von Dora Klugmann.

30.

»Schöne Grüße von Verena.«
»Verena? Verena?« Doras Stimme und ihr Blick schienen aus fernen Regionen zu kommen.

»Ihre Kollegin bei *Flamingo-Charter*. Sie fragt, wie es Ihnen geht.«

»Ach, gut. Danke.« Sie lächelte und ihr Blick schweifte zurück in die Ferne, nach Tibet, Indien oder Sri Lanka, jedenfalls weit jenseits dieser penibel geweißelten Gefängnismauern.

Die Wärterin giftete: »So, das war's, Sie haben mit ihr gesprochen. Ich möchte Sie nun bitten, unser Institut zu verlassen.«

»Ich frage mich gerade, ob Dora nicht gern mitkäme. Wir könnten einen Orangensaft in San Juan trinken, danach würde ich sie zurückbringen.«

»Das geht nicht. Im Übrigen«, die Institutsleiterin wandte sich an Dora, »sag uns, wie du heißt.«

»Astarte.«

Dora, Donata, jetzt nannte sie sich Astarte – war das nicht der alte Name der karthagischen Göttin Tanit?

»Und jetzt sag diesem aufdringlichen Menschen, was du möchtest.«

»Ich möchte hier bleiben. Draußen lauern die Gefahren, schnell ist eine Blume zertreten.« Sie sprach mit niedergeschlagenen Augen und es klang wie auswendig gelernt.

»Wie Sie sehen, hat diese junge Dame hier ihren Frieden gefunden.«

»Und eine Menge Tranquilizer«, sagte ich. »Außerdem scheint mir ihr Verhalten ein Beispiel dafür zu sein, dass Zen-Schüler sich durch kritiklose Verehrung für ihren Lehrer auszeichnen.«

»Ich wundere mich doch sehr, dass Don Jaime, bei dem ich mich nach Ihnen erkundigt habe, für Sie gebürgt hat.«

Darüber wunderte ich mich zunächst auch. Doch dann erinnerte ich mich wieder, dass mein dicker Reisepartner aus dem Flugzeug einen gewissen Don Jaime erwähnt hatte, dem die Villa gehörte, in dem der Dicke seine Ferien verbrachte.

»Bürgen, verehrte Frau Hagen-Anglassa, da fällt mir ein, wir hatten eben über meine finanziellen Verhältnisse gesprochen. Und jetzt überlege ich, wer Doras Aufenthalt hier finanziert – sie selber mit ihrer Abfindung von der *Flamingo-Charter*? Oder gibt es jemand anderen, der Ihnen Geld gibt, damit Sie dieses unglückliche Geschöpf von der Außenwelt abschirmen?«

Ihre Augen funkelten. »Erlauben Sie mal! Sind Sie etwa ein Verwandter?«

»Nein, nur ein Suchender, ich erwähnte es bereits«, sagte ich salbungsvoll.

»Sie haben sich durch Vorspiegelung falscher Tatsachen in unser Haus geschlichen, eine verabscheuungswürdige Tat.«

»Heißt es nicht, der Gläubige solle vom Wasser lernen, das überall einsickernd den Weg des geringsten Widerstandes geht? Soll er nicht biegsam sein wie das Bambusrohr ...?«

»Raus!«

»Ich gehe. Nur noch eine Kleinigkeit.« Ich zückte meine Minox. Ohne durch den Sucher zu blicken, nach Art der Lomographen, brachte ich den Apparat auf Hüfthöhe in Position und betätigte den Auslöser. Einmal. Und noch einmal, bevor Frau Hagen-Anglassa mir in den Arm fallen konnte.

Kein Blitz, kein Einstellen, nur ein lichtempfindlicher Film. Hier ging es nicht um gute Aufnahmen, ich brauchte die Fotos als Nachweis für meine Arbeit. In solchen Dingen war meine Ex so unnachgiebig wie alle anderen Klienten, ohne Nachweise kein Honorar. Klick. Klick.

Meine Aufgabe war erledigt. Dora lebte, Dora ging es gut. Dass sie auf einem esoterischen Trip war und von einem weiblichen Guru gelenkt wurde, war nicht meine Sache. *Elmar Mogge, private Ermittlungen* stand auf meinen Visitenkarten – nicht Elmar Mogge, Sektenbeauftragter.

Nachdem ich die Kamera in den Weiten meiner neuen Kleidung verstaut hatte, schritt ich über die blitzblanken Terrakottakacheln in Richtung Ausgang.

Frau Felicitas hatte nicht gerufen und auch kein Glöckchen geschwungen. Funk oder telepathische Kräfte, das war hier die Frage. Denn der kurz zuvor noch weit offene Türbogen wurde jetzt von einem Mann blockiert, dessen Schultern den Ausgang so füllten, dass von dort kaum mehr Licht hereindrang. Das schwarze Trikot passte nicht zur weißen Umgebung, aber zu seinen schwarzen Strumpfhosen, den schwarz gelackten Haaren und dem Granitkopf.

»Darf ich mal vorbei? Ganz nebenbei, Sie haben die ideale Smoking-Figur.«

»Versprühen Sie nicht unnütz Ihren Charme, er versteht Sie nicht«, sagte Frau Felicitas hinter mir.

»Vielleicht sollte ich ihm in dem Fall einen international verständlichen Tritt in die ›cojones‹ geben, damit er mich rauslässt.«

»Versuchen Sie's! Ich glaube, er wartet nur darauf. Und darauf, dass Sie ihm den Film aushändigen. Wir mögen keine Fotos, sie rauben unseren Schülern die Seele.«

»Interessante Theorie. Aber ich glaube, dass dies eine Sache zwischen Dora und mir ist; ich meine, was das Recht am eigenen Bild angeht.«

Der Schwarzgekleidete wippte auf den Fußballen, sein Gesicht bekam einen lauernden Ausdruck. Felicitas gab ihm einen Wink. Er fasste meine rechte Schulter und drückte zu, sehr langsam, sehr kraftvoll. Dass er es nicht hastig tat, sprach für sein Selbstvertrauen. Ich hob mein Knie, überhaupt nicht langsam, im Gegenteil, ich versuchte es äußerst ruckartig dort zu platzieren, wo es schmerzhaft ist. Doch er wich aus, schnell wie eine Katze, griff mit der anderen Hand meine linke Schulter und hielt mich auf Abstand, einfach so. Seine Finger krallten sich um mein Schlüsselbein, er begann, meine Muskeln zu bearbeiten, ein guter Masseur, der genau wusste, wo es wehtat.

Durch die Woge von Schmerz, die mich überrollte, hörte ich Frau Felicitas dozieren: »Das Glück liegt im Loslassen, Herr von und zu Schlömm. Festhalten schafft Leid.«

Der Punkt ging an sie. Doch zu schnell durfte ich nicht nachgeben, das würde sie misstrauisch machen.

»Überredet!«, presste ich beim nächsten Zupacken hervor. »Sind ja doch nur Fotos.«

Der Schwarzgekleidete gab meine Schulter frei. Sie fühlte sich taub an. Die Bewegungen, mit denen ich die Kamera aus der Tasche zog, waren entsprechend langsam, aber immer noch schnell genug, um einen eitlen Dummkopf hereinzulegen. Was ich – Simsalabim – mit Münzen und Spielkarten gelernt hatte, klappte auch hier. Ich gab dem schwarzen Riesen genau das, was er sehen wollte: einen aus der Kamera gezogenen, nun wertlosen Film, der sich vor seinen Augen kringelte.

Mit einem zufriedenen Grunzen gab er den Weg frei.

Und ich trat hinaus in den sonnenüberfluteten Garten, wo sich die Zen-Schüler im meditativen Bogenschießen übten, einige mit Pfeil, andere ohne. Dora war nicht in der Gruppe. Doch dafür ein Mann, den ich schon zweimal gesehen hatte, beim ersten Mal hatte er eine Zeitung gelesen, beim zweiten Mal unter einem Strandschirm gesessen. Jetzt hielt er einen Bogen in der Hand.

Sätze aus dem Buch *Zen in der Kunst des Bogenschießens* fielen mir ein: »Denken Sie nicht an das, was Sie zu tun haben, überlegen Sie nicht, wie es auszuführen sei! Der Schuss wird nur dann glatt, wenn er den Schützen selbst überrascht.«

Noch fünfzig Schritte bis zu dem Eisentor.

Ich spürte ein Kribbeln zwischen den Schulterblättern; ganz sicher waren das die Blicke von Frau Felicitas Hagen-Anglassa und ihrem schwarzen Gesellen.

31.

Die große Mittagshitze war vorbei. Eine sanfte Brise strich über das ausgedörrte Land und ein weiches, gelbes Licht fiel auf Pinien, Buschwerk und Natursteinmauern. Unter den Feigenbäumen, die mit ihren abgestützten Ästen wie riesige aufgespannte Schirme aussahen, lagen Schafe und Ziegen.

Abseits der Asphaltstraßen war Ibiza immer noch ein bäuerliches Land.

Hinter San Juan war ich in einen Feldweg eingebogen. Inzwischen kannte ich die Insel gut genug, um mir Umwege leisten zu können. Auch hatte ich keine Eile. Ich fuhr langsam, ließ den Fahrtwind in mein Gesicht fächeln und hielt Ausschau nach den Eidechsen, die vor mir den Weg kreuzten. Um sie nicht zu gefährden, wich ich zur Straßenmitte aus. Denn mir war aufgefallen, dass die Minisaurier bei Gefahr immer zum Wegesrand zurückschwänzelten.

Ich war nicht völlig allein auf weiter Flur. Ein Pärchen mit Wanderschuhen, Rucksack und verschwitzten Gesichtern kam mir entgegen. Sie nickten mir zu. Ich nahm das Gas noch etwas mehr zurück, um sie nicht in Staub zu hüllen. Als ich mich nach ihnen umdrehte, bemerkte ich, dass ein anderes Motorrad heranpreschte. Dem Klang nach und wie der Fahrer die Gänge ins Getriebe hieb, war es eine Harley-Davidson.

Motorrollerfahrer, die während der Fahrt ins Handy sprachen, hatte ich schon häufig gesehen, auch schwere Maschinen mit Lautsprechern, aus denen Musik von *Steppenwolf* dröhnte. Dass auf dem Sozius der Maschine, die mich jetzt überholte, jemand saß und die Zeitung las, ließ mich schmunzeln.

Nicht lange. Denn plötzlich flatterten mir die Zeitungsblätter entgegen; sie legten sich um die Lampe meiner Maschine und klebten mir, vom Fahrtwind angepresst, an Brust und Beinen. Bei dem Versuch, die fliegenden Seiten abzustreifen, konnte ich nur mit Mühe einer Trockenmauer ausweichen, die den Weg begrenzte. Ich brachte das Motorrad vom Straßenrand weg und gab wieder Gas. Im Gelände ist die leichte Yamaha 250 der Harley überlegen. Das würde ich dem Kerl da vorne beweisen. Und seinem Klammeräffchen auf dem Sozius, der Figur nach musste es sich um eine Frau handeln.

Ein Blick in den Rückspiegel sagte mir, dass die fliegenden Seiten kein Versehen gewesen waren. Hinter mir näherten sich drei weitere Maschinen.

Mir blieb nur die Flucht nach vorn.

Als ich die beiden Zeitungsverteiler überholen wollte, klatschte mir eine aufgeschlagene Seite gegen den Helm und nahm mir die Sicht. Ich kam ins Schleudern und konnte die Maschine gerade eben abfangen. Noch bevor ich mich von den Scheuklappen aus Zeitungspapier befreit hatte, war mir klar, dass es nun ernst wurde. Denn die Verfolger hatten mich bereits eingekreist.

Es waren vier Männer und die Frau vom Sozius.

»Na, Alter, Schwierigkeiten mit deinem japanischen Joghurtbecher?«, fragte einer. In vorgetäuschter Teilnahme strich er sich über seinen langen Bart, der die gleiche Graubraunfärbung hatte wie seine Locken, die unter einem mattschwarzen Stahlhelm hervorwucherten. Seine Kumpane, ausstaffiert mit bestickten Jeanswesten und Lederjacken, kicherten.

»Bin ganz zufrieden. Aber was kann ich für Sie tun, den ADAC rufen, dass er ein neues Getriebe bringt?« Harley-Fahrer haben es nicht gern, wenn man über ihre antiquierten Maschinen spottet. Prompt stieg der Graue aus dem Sattel. Er fuhr eine dieser Harleys mit kunstvoll lackiertem Tank und vielen Chromteilen, von den Fußstützen, wo der lässige Biker das ausgestreckte Bein lagert, bis zum Vergaser.

»Willste nicht ein Foto von meinem Moped machen?«, fragte der Fahrer.

Daher wehte der Wind. Der Schwarzgekleidete vom Institut musste meinen Trick doch durchschaut und die Bande hinter mir hergeschickt haben. Sicher ging es nicht nur um die Aufnahmen, ich hatte auch seine Eitelkeit verletzt. Ein zweites Mal würde mir der Taschenspielertrick wohl nicht gelingen. »Ein Gruppenfoto, klar, stellt euch zusammen.«

»Ja, warum nicht?«, sagte der graue Wolf. »Aber vorher trinken wir was.«

»Und dann wir spielen mit ihm Blindekuh«, begeisterte sich ein Jugendlicher, dem Akzent nach ein Engländer.

»Oder wir machen das Flaschenspiel«, schlug ein anderer vor.

»Das musst du ihm schon erklären«, sagte der Graue.

»Also, hör zu, du Schwuchtel, wir trinken ein Bier und du sitzt in der Mitte.«

»Ja«, sagte der Graue. »Du sitzt in der Mitte, und zwar auf einer Flasche. Was, Jungs?«

Sie verstanden die Aufforderung, lachten und überboten sich in Vorschlägen, wurden regelrecht kreativ.

»Mit dem Flaschenhals nach oben.«

»Den wir ihm durch den schwulen Fummel stecken.«

»Vielleicht gefällt es ihm sogar, te-te-te.«

»He, Leute, wir sollten den Kronkorken drauflassen.«

»Ja, das bringt's.«

Sie holten Bierdosen aus den Satteltaschen; eine Flasche mit Kronkorken ging von Hand zu Hand zum Anführer.

Er kam auf mich zu. »*Cerveza San Miguel* – ist das deine Marke?«

Ich wollte ihn dazu bringen, dass er sich noch weiter näherte; deshalb zog ich die Nase kraus und sagte: »Kann es sein, dass Sie Mundgeruch haben?«

»Pass mal auf, du verfaulte Tucke.« Er riss den Verschluss der Bierdose auf, nahm einen Schluck, gurgelte und spuckte mir das lauwarme Gesöff ins Gesicht. »Riechste noch was? Und jetzt den Fotoapparat, Tucke! Wenn wir mit dir fertig sind, weißt du nicht mehr, ob du Männchen oder Weibchen bist. Los!«

Ich bewegte eine Hand zur Hosentasche, die andere streckte ich ihm entgegen, wie Gerry es gemacht hatte. Um zu zeigen, dass ich keine krummen Touren vorhatte, tat ich es sehr langsam. Als sein Blick auf meine zitternden Finger fiel, griff meine Rechte blitzartig zum Stiefelschaft und ebenso schnell kam sie wieder heraus, fuhr nach oben, zum Hals des Rockers. Ich zog das Messer seitwärts, ein dünner roter Strich über dem Kehlkopf. Dann setzte ich die Klinge an sein Ohr.

Die Bierdose war ihm aus der Hand geglitten, Blut sickerte vom Hals in den Jackenausschnitt. Seine langen Haare gaben meiner linken Hand einen guten Halt.

Ich sagte: »Deine Kumpel sollen die Maschinen zusammenketten, zwei und zwei, und mir die Schlüssel zuwerfen. Macht einer Blödsinn, fehlt dir ein Ohr, kommt mir einer zu nahe, fehlt das andere. Muss ich erwähnen, was beim dritten Fehler passiert?«

Das nervöse Zucken seiner Augenlider signalisierte, dass er verstanden hatte. »Tut, was er gesagt hat.«

»Wir sind zu viert«, widersprach einer. »Wir machen ihn fertig.«

Genau genommen waren sie zu fünft. Mit dem Mädchen, aber das zählte in ihren Kreisen wohl nicht. Als Einzige trug sie einen Sturzhelm mit verglastem Gesichtsfeld. Das Plexiglas war getönt, von ihrem Gesicht konnte ich also nichts sehen, nur kastanienbraune Haare, die auf ihre schwarze Ledermontur fielen.

Die Jungen hatten ihre Helme abgenommen, ich prägte mir ihre Visagen ein. Als sich keiner rührte, gab ich etwas Druck auf das Messer, eine winzige Kerbe. Der Typ schrie: »Ich blute. Was steht ihr rum, das ist ein Wahnsinniger!«

Während die Jungen noch zögerten, um sich keine Blöße zu geben, fädelte die Rockerbraut ein spiralförmiges Drahtseil durch das Hinterrad des einen Motorrads und legte es um das Vorderrad des zweiten. Die beiden anderen Maschinen standen zu weit auseinander.

»Butscher, schieb das verfaulte Moped ran!«, befahl der Anführer dem Engländer.

Aufreizend langsam schritt Butscher auf seine Harley zu, fasste in die Satteltasche und holte eine Kette hervor. Das Ding war knapp einen Meter lang und bestand aus großen verchromten Gliedern. Butscher musste seinen Boss falsch verstanden haben. Vielleicht wollte er auch der Held des Tages sein. Die Kette schlenkernd kam er auf mich zu. Als er auf einen Schritt heran war, schwang er das schwere Teil wie ein Lasso.

Wie sollte ich ihn aufhalten?

Die Kette sauste nieder, ich nahm meinen Kopf zur Seite und er traf meinen Arm. Das Messer tat seine Arbeit.

Als er das zweite Mal ausholen wollte, hielt ich ihm das Ohr entgegen. Es war wie die Szene aus einem Horrorfilm, wenn der bedrohte Darsteller, mit dem Rücken bereits an der Wand, dem angreifenden Blutsauger das Kruzifix entgegenhält. Diese Gedanken kamen mir erst viel später, denn in dem Moment war ich zu sehr beschäftigt. Jedenfalls zeigte das abgeschnittene Ohr die gleiche Wirkung: Butscher erstarrte mitten in der Bewegung.

»Mach meine Maschine an«, rief ich dem Mädchen zu. Ich schätzte sie als die Klügste der Gruppe ein.

Während die anderen mich mit aufgerissen Augen anstarrten, handelte sie.

»Und jetzt bring die Maschine zu mir«, bestimmte ich.

Sie tat es.

Ich drückte ihr das Ohr in die Hand, schwang mich auf meinen japanischen Joghurtbecher und legte, verfolgt von ohnmächtigem Wutgeheul, einen sauberen Start hin. Ein paar Steine flogen mir nach, dann war ich außer Reichweite.

32.

Auf dem Feld hinter der nächsten Kurve bemerkte ich einen Bauern, der Strohballen auf den Anhänger eines kleinen Treckers lud. Als ich vorbeifuhr, hob er die Hand an seine feuerrote Schirmmütze mit dem Aufdruck *Ferrari*. Er musste den Zwischenfall beobachtet haben. Aber er hatte ja auch andere, bis vor Jahren noch ungewohnte Dinge zu sehen bekommen, Frauen, nur mit einem Bikini bekleidet in der Dorfkirche, völlig nackte an den Stränden, Männer in Kleidern, Kinder, die Drogen nahmen. Es waren alte, wissende Augen und das Lächeln auf seinem Gesicht sagte: Hombre! Ausländer! Was die doch für Sachen machen!

Die Sonne senkte sich, das Glockenbimmeln einer Ziegenherde drang an mein Ohr.

Der Holperweg mündete in eine befestigte Straße. Unter den Rädern meiner Maschine surrte der Asphalt. Das gleichmäßige Geräusch beruhigte mich, mein Puls pendelte sich auf ein normales Maß ein. Zeit und Muße, um in Gedanken eine erste Bilanz zu ziehen.

Auf die gute Seite legte ich die fünf Tausender der Anzahlung, auf die schlechte kamen meine Bekanntschaft mit den Ratten und mein vom Schlag mit der Kette schmerzender Arm. Berufsrisiko. Dem Arbeiter im Hüttenwerk spritzt glühende Schlacke an die Stirn, dem Dreher schneidet der Grat am Werkstück die Fingerkuppe ab und selbst der Bauer lebt nicht ungefährlich, fällt betrunken vom Traktor oder kommt mit dem Arm in die Häckselmaschine; von den unglücklichen Millionären gar nicht erst zu reden, die immer jemanden kennen, dessen Jacht einen Meter länger, dessen Mätresse wollüstiger ist.

Fazit: Bis jetzt konnte ich zufrieden sein.

Oder doch nicht so ganz?

Denn kaum verschwindet das Adrenalin aus den Adern, steigen Ängste und Bedenken hoch. Der Rocker, dem nun ein Ohr fehlte, war mir bestimmt alles andere als wohlgesonnen, sicher sann er bereits auf Rache.

Die Insel verlassen. Was hielt mich noch?

Mein Auftrag war erledigt, ich hatte Dora gefunden. Aber ich verstand sie nicht. Unterzog man sie einer Gehirnwäsche, stand sie unter Drogen? In ihren dunklen, auf den ersten Blick ausdruckslosen Augen hatte ich ein seltsames Flackern bemerkt. Wurde sie weiter mit Kokain versorgt? Oder war sie auf Entzug? Vielleicht konnte ich sie ja irgendwann einmal dazu befragen.

Abreisen? Ja! Doch da war ja noch die Einladung zur Feier in der Villa des Dicken. Mein Abschiedsbonbon.

Ich stellte das Motorrad vor dem Hotel ab, ging schräg über die Straße zu einem Reisebüro und buchte den Rückflug nach Düsseldorf.

In meinem Zimmer empfing mich die schwüle Hitze des Tages. Ich stellte den Ventilator an, der die Luft verteilte, aber kaum für Kühlung sorgte. Auch das Duschwasser war lauwarm. Auf meinem Oberarm zeigten sich bereits gelbe Flecken, die sich in den nächsten Tagen erst grün und dann blau verfärben würden. Ich wusch das getrocknete Blut von der Klinge und steckte das Messer zurück in den Stiefelschaft.

Wenn die Höllenengel sich beeilten, konnte ein guter Arzt das Ohr retten.

Um mich auf andere Gedanken zu bringen, zog ich das Telefon heran.

Bereits nach dem zweiten Klingeln war Marie am Apparat. Als ich meinen Namen nannte, atmete sie hörbar auf.

»Marie, was ist?«

»Ich hatte schreckliche Träume letzte Nacht. Du warst in Gefahr, mal haben dich wilde Tiere verfolgt, dann bist du in einen Abgrund gestürzt, ich stand unten und wollte dich auffangen, aber du bist mir durch die Hände geglitten, wie ... wie ... hört sich komisch an.«

»Sag schon!«

»Wie ein Pizzafladen, du weißt, am Bahnhof gibt's einen Italiener, der hinter dem Fenster den Teig dreht und in die Luft wirft.«

»Den Kerl konnte ich noch nie leiden«, sagte ich und hörte sie lachen. »Ohne Scherz, alles in Ordnung, außer dass mir etwas fehlt. Rat mal, was.«

»Wann kommst du?«

»In drei Tagen.«

»Ich freue mich auf dich.«

»Ich auch.«

Jetzt ging es mir schon besser.

33.

Von der Terrasse der Villa hatte man einen berauschenden Blick auf Es Vedrà. Einer Kathedrale gleich hob sich die Insel aus dem tiefblauen Wasser, graubraun, baumlos, schroff und wohl an die vierhundert Meter hoch. Sie lag etwa drei Kilometer südlich der Cala d'Hort, einer traumhaften Bucht, die mein Gastgeber als Baugrund für seine Villa gewählt hatte, zu einer Zeit, als hier noch gebaut werden durfte. Inzwischen, so hatte ich gehört, stand der gesamte Küstenabschnitt unter Naturschutz. Das bedeutete Baustopp für immer. Oder eben genau bis zu dem Tag, an dem Interessenvertreter die Genehmigung für einen Golfplatz durchgedrückt haben würden.

Die Gäste verteilten sich um das Schwimmbecken. Sie standen in Grüppchen, hielten ihr Glas in der Hand und hörten dem jeweils Lautesten in der Runde zu, hatten dabei jedoch ein Auge auf die anderen Gruppen und auf Neuankömmlinge, um gegebenenfalls den Standort zu wechseln. Nur nichts verpassen. Don Jaime, der Villenbesitzer, war, wie ich aus den Gesprächen der Gäste mitbekam, bekannt für seinen einflussreichen Bekanntenkreis.

Ich stellte mich in den Schatten einer Säule und hörte zwei ältere Frauen raunen, das Haus sei nach biblischer Vorlage gebaut. Dabei blickten sie in die Wolken, als hätte der Herr im Himmel den Zeichenstift persönlich geführt. Das Anwesen stünde auf phönizischen Grundmauern, der Garten sei maurischen Ursprungs und der Springbrunnen in der Eingangshalle ein frühchristliches Taufbecken, gemeißelt aus einem einzigen Marmorblock. Sie sprachen von Statuen, die entweder aus griechischen oder römischen Zeiten stammten, so genau wussten sie das nicht, waren sich aber in einem ganz sicher, dass nämlich der gesamte Komplex von illegalen marokkanischen Arbeitern errichtet worden war.

»Ja, auch das angebaute Haremshäuschen, das einzig und allein mit dem Schlafzimmer des Hausherrn verbunden ist, süß, nicht wahr?«

Den Hausherren hatte ich bislang noch nicht zu Gesicht bekommen. Dafür kam Bodo Quast auf mich zu. Ein babyblauer Safari-Anzug spannte sich über seinem Bauch: »Schön, dass Sie gekommen sind. Schampus? Caipirinha? Zu essen gibt es drüben im Kreuzgang.«

»Bratheringe und Dinkelbrot?«

»Wäre zu schade, das war nur für engste Freunde bestimmt. Im Ernst: Gambas vom Bratblech, Tintenfisch, Salate, Schinken – die üblichen Vorspeisen. Nachher gibt es kubanisches Schwein, in einer Sandgrube gebacken, eine Spezialität aus Seefahrerzeiten. Entschuldigen Sie mich, aber ich mache für Don Jaime den Empfang, er kommt erst später.«

Mit ausgebreiteten Armen ging Quast neuen Gästen entgegen, unter ihnen eine große Frau in blauem Glitzerkleid. Ihre beiden Begleiter waren einen halben Kopf kleiner als sie, trugen weiße Leinenanzüge und schwarze Brillen.

Den Getränketresen teilte ich mit einer blondierten Afrikanerin, einem auf edel getrimmten Punk und einem Zopfträger, der das Elend der Dritten Welt auf Johannes Gutenberg schob: »Ohne die Erfindung des Buchdrucks gäbe es heute in Afrika paradiesische Zustände.« Die Schwarze schien da so ihre Bedenken zu haben, was wohl mit dem Nachschub an Haarfarbe zu tun hatte. Der Punk machte den Mund auf, zeigte eine durchstochene Zunge und erwiderte dem Zopfträger: »Norbert, du hast sie ja nicht mehr alle!«

Ein Mann in gelben Pluderhosen trat hinzu und warnte vor Essen aus Aluminiumtöpfen: »Schütt Cola in 'nen Alutopf und in null Komma nix haste Silberbronze, mit der du Ofenrohre anstreichen kannst.« Mit Coca-Cola bekäme man jede Kultur kaputt, warf der Zopfträger ein.

Nun wäre es an mir gewesen, vor Rockern und Rattenfallen zu warnen. Ich ließ es bleiben, füllte ein Glas mit Mineralwasser und bewegte mich zum Schwimmbecken.

Hier lagerte eine Gruppe von Residenten, erkennbar an den Sorgen, die sie teilten: »Mein Nachbar, ein Amerikaner aus Oregon, hat als Erstes ein Fernrohr aufgestellt; angeblich, um Ufos zu beobachten, die um die Insel Vedrà kreisen. In Wirklichkeit guckt er in mein Schlafzimmer. Da fällt mir ein, wo ist Birgit? Drei Gläser Caipirinha und sie kann eine Menge Schaden anrichten.« Der besorgte Blick des Mannes ging zum anderen Ende des Beckens, wo eine Frau in Goldlaméhosen ihre Füße ins Wasser tauchte. »Das mag Don Jaime aber gar nicht.«

»Amerikaner, pah! Wir haben fast nur ibizenkische Freunde.«

»Wir auch. Mit Pepe fischen gehen, das ist es. Dieses ewige Tratschen unter den Landsleuten! Pepe kommt morgens, dreht den Wasserhahn auf, packt um zehn sein ›bocadillo‹ aus, um zwölf geht er. Feiner Kerl, muss ihm nur mal sagen, dass er seine Zigarettenkippen nicht in den Garten werfen soll. Die Filter verrotten ja in hundert Jahren nicht.«

Ich schlenderte ins Haus, das angenehm kühl war, dank der großzügigen Verwendung von Marmor und dicken Natursteinen. Den Mittelpunkt bildete eine riesige Halle, von der sternförmig die übrigen Räume abzweigten, die Bäder, die Küche, die Gästezimmer und wohl auch das Schlafgemach des Hausherrn; die Verbindung zu dem Haremshäuschen stellte ich mir wie einen Löwentunnel in der Manege vor. Die Haupthalle hatte statt Türen nur Torbogen, es fehlten Schränke, Tische und jegliche Protzgegenstände. Biblische Strenge. Als einziger Schmuck hingen großformatige Fotografien an den Wänden. Kein Fernseher, keine Musikanlage, nur ein paar Korbstühle, die bequem aussahen. In einem davon saß die Frau im Glitzerkleid, sie hatte die Beine übereinander geschlagen und rauchte. Ihr ausgestreckter Fuß wies auf eines der Schwarz-Weiß-Fotos, denen ich mich soeben näherte.

»Tres sillas«, sagte sie.

Es war eine auffallend melodische Stimme, für einen Mann war sie etwas feminin, für eine Frau ziemlich maskulin. Dasselbe konnte man auch über ihre Beine und die langen, schlanken Hände sagen.

»Tres sillas«, wiederholte sie. »Drei Stühle, so heißt das Bild von Raoul Hausmann.«

»Ah ja.«

»Hat Anfang der dreißiger Jahre auf Ibiza gelebt, in einer Finca ganz in der Nähe, vielleicht spukt sein Geist hier noch umher. Lachen Sie nicht! Ich kenne einen alten Engländer, der jede Nacht mit einem deutschen Spion kämpft. Er wirft mit dem Kopfkissen nach dem nächtlichen Besucher, doch das Kissen geht durch den Astralkörper so wusch hindurch.«

Sie schnippte die Asche in eine kleine, mit Steinen besetzte Dose, die sie auf ihrem Knie balancierte. »Sind Sie auch auf der Flucht vor der Thymian-Fraktion? Im Winter muss man auf den Terrassen rauchen, im Sommer in den Häusern.«

»Eine Inselvorschrift?«

»Könnte man sagen. Kaum steckt man sich mal ein Stäbchen an, ruft irgend so ein Schwachkopf, er sei hier, um den Duft von Thymian und Rosmarin zu genießen. Wo kommen Sie her?«

»Ruhrgebiet.«

»Wie schön!«

»Ja, freies Raucherland.«

»Welches Sternzeichen sind Sie?«

»Schütze«, antwortete ich leicht abwesend. Ich stellte mir ihren Körper in Motorradkleidung vor. »Kann es sein, dass ich Sie schon einmal getroffen habe, ich meine, dass wir uns begegnet sind?«

»Vielleicht in einem früheren Leben«, sagte sie und legte ihr Kinn in die rechte Hand. »Im alten Ägypten war ich eine Katze, im frühen Mittelalter eine Magd, zur Zeit der Inquisition dann eine Hexe, die verbrannt wurde. Und Sie?«

»Ein Wasserfloh, von Anbeginn, ich komme da einfach nicht raus.«

»Ihr Karma.« Sie zuckte die Achseln, zerrieb die Kippe in dem Handascher und stand auf. Sie hatte rot gefärbtes Haar und für ihre Größe einen recht anmutigen Gang. »Ich gehe jetzt was futtern«, sagte sie über die Schulter, »mit oder ohne Wasserfloh.«

Inzwischen hatte man draußen Fackeln angezündet. Im flackernden Schein saß ein ibizenkisches Paar. Die Frau trug Tracht und schlug eine kleine Trommel, der Mann hielt eine Hand an die Stirn und trug eine Art Sprechgesang vor, der als Refrain mit einem hohen »Ay-ay-ay« endete. Da es in der Inselmundart dargeboten wurde, verstand ich kein einziges Wort und damit gehörte ich zu der Minderheit unter den Gästen, die bei den richtigen Stellen nicht auflachen und auch kein verständnisvolles »Ah« verlauten lassen konnte.

»Man nennt es ›sa cantada‹, die Texte können sowohl feinsinnig als deftig sein.« Die rothaarige Raucherin hielt jetzt ein Glas in der Linken und einen Keks in der Rechten. »Auf jeden Fall ist es immer sterbenslangweilig – die Gäste tun doch nur so, als ob es sie interessiert. Aber es wird noch schlimmer kommen. Gleich trägt Don Jaime selbst verfasste Gedichte vor. Hier nehmen Sie, Süßes ist gut für die Nerven.« Sie überließ mir den halben Keks.

Ihre Warnung war berechtigt. Don Jaime rezitierte seine Werke zunächst auf Spanisch, dann auf Katalanisch, worauf Bodo Quast ins Englische und anschließend ins Deutsche übersetzte.

Langsam bekam ich Platzangst, zumal die Gedichte mir seltsam bekannt vorkamen, egal in welcher Sprache.

Wer jetzt kein Geld hat, findet keines mehr.
Wer jetzt noch arm ist, wird es lange bleiben,
wird schuften, rackern ...

Das zog sich. Mir juckte der Arm, dann brach mir der Schweiß aus. Ich blieb dennoch. Es wäre unhöflich gewesen, dem Gastgeber gegenüber. Außerdem wollte ich nicht uncharmant sein zu einer Dame, die mich mit Süßigkeiten fütterte und treffende Kommentare lieferte.

Jedes Gedicht geht mal zu Ende. Bodo Quast kam auf mich zu, warf einen amüsierten Blick auf die Glitzerdame, die einen Schritt zur Seite trat, und sagte: »Na, schon Kontakt aufgenommen?«

»Sie hat mich mit Nachtisch versorgt.«

»Aber das Beste kommt sicher wohl noch, ha.« Er kniff mir ein Auge zu.

»Und sie hat mir erzählt, dass Don Jaime in Deutschland studiert hat.«

»Stimmt, wir kennen uns aus Düsseldorf.«

»Warum hat er eigentlich bei Frau Hagen-Anglassa vom *Institut Ibosim* ein gutes Wort für mich eingelegt?«

»Weil ich ihn darum gebeten habe. Sie müssen wissen, ich bin mehr als nur ein Bekannter von Don Jaime, ich bin sein Freund. Don Jaime schätzt die deutschen Tugenden wie

Sauberkeit, Effizienz und Zuverlässigkeit. Was wollten Sie eigentlich in dem Institut?«

»Ich verspürte eine Sinnkrise.«

»Und – konnte man Ihnen helfen?«

»Ich soll meinen Schlafraum nach Feng-Shui ausrichten und den Schreibtisch mit Kupferdrähten erden, um mich vor ungünstigen Energiefeldern, bösartigen Erdstrahlen und hinterlistigen Wasseradern zu schützen.«

»Verstehe.« Bodo Quast hob den Daumen, doch sein Gesicht drückte Zweifel aus.

Ich hatte gesehen, wie die Sterne über dem Zauberfelsen Es Vedrà ihre Bahnen zogen, ich hatte gegessen und eine Menge Blödsinn gehört. Nun begann ich, selbst Unsinn zu reden. Außerdem schien etwas mit meinen Augen und Ohren nicht zu stimmen, ich sah in den Oleanderbüschen bedrohliche Schatten und hörte die Stimmen der Gäste überdeutlich. Einige sorgten sich, ob denn der polnische Regisseur und die lettische Pornodarstellerin tatsächlich noch auftauchen würden, andere hatten andere Probleme: »... der nächste Börsenkrach kommt bestimmt ... und auch der Sahara-Regen, der unser frisch geweißeltes Haus mit roten Schlieren überziehen wird ... ich lasse immer zehntausend Peseten auf dem Tisch, wenn die Typen kein Bargeld finden, setzen sie dir einen Haufen auf den Keschanteppich ...«

Fehlte nur noch, dass der Geist des Dadaisten Raoul Hausmann auftauchte oder der deutsche Spion samt Monokel und Wehrmachtsknarre.

Es wurde Zeit, dass ich mich verabschiedete. Bodo Quast, Don Jaime, die Hexe aus dem späten Mittelalter, niemand zu sehen. Durst hatte ich plötzlich, unbändigen Durst. Ein letztes Glas Wasser, dann aber los! Bevor die Schatten mich ansprangen.

Grelles Licht zog mich an.

Ein Ring von Zuschauern hatte sich um eine Staffelei gebildet. Im Lichtkegel saß ein Mann, der trotz der Abendwärme mit einem Holzfällerhemd aus Flanell bekleidet war, sich einen Strohhut mit Hühnerfeder aufgesetzt hatte und

Kopfhörer trug. Es war der Porträtmaler Kapuste, der sich heute als Schnellzeichner präsentierte. Zur Freude der Zuschauer karikierte er die Anwesenden mit wenigen gekonnten Strichen und schenkte ihnen das Bild.

Als ich hinzutrat, überreichte er sein gerade fertig gestelltes Werk der Frau im Glitzerkleid. Der übermalte Mund, die langen wallenden Haare, die stark geschminkten Augen mit den nachgezogenen Brauen – gut getroffen. Schon fuhr sein Filzstift wieder über das Papier, ein Gesicht mit langer Nase, eng zusammenstehenden Augen und riesigem Adamsapfel entstand.

Ein Geier, ein Greifvogel! Sonderbarer noch, dass sich die Linien bewegten wie in einem Trickfilm. Dann stand das Bild wieder still. Wer sollte das sein? Die Zuschauer blickten mich an und lachten.

Er gab mir das Blatt. »Bitte, der Herr! Una pausa, jetzt eine Pause«, sagte er in seinem Sprachengemisch. Und leise: »Na, haben Sie Donata, haben Sie Dora gefunden?«

34.

»Sie sind ja gut drauf«, sagte Kapuste und stellte sein Glas mit Wodka zurück auf den Tresen. Die Oberfläche bestand aus Keramikscherben; die leuchtend bunten Farben bildeten wunderschöne Muster, die sich jedoch, ähnlich wie die Linien auf Kapustes Zeichnungen, plötzlich verformten und lebendig wurden. Die Eidechse aus Mosaiksteinen begann sich zu bewegen, sie schlängelte auf den Vogel nahe dem Ellbogen des Malers zu.

Dann wieder Stillstand. Ich durfte nicht zu lange hinschauen.

Gut drauf, hatte Kapuste gesagt. Der Grund war mir inzwischen klar geworden. Die Kekse! Hatte ich nur ein halbes Haschischplätzchen gegessen? Oder doch mehr? Ich konnte mich nicht erinnern und ich hörte immer wieder wie bei einer kaputten Schallplatte: halbes, ganzes, mehr? Um mich abzulenken, fragte ich Kapuste nach Dora, die sich jetzt Astarte nannte.

»Dora, Donata, Astarte«, sagte Kapuste, »sie hat viele Namen, sie ist die Frau, die wir alle suchen.«

Das war mir zu versponnen. Ich musste mich mit etwas Handfestem beschäftigen. Ich wies auf die Karikatur und bat Kapuste, mir eine Widmung zu schreiben, am besten in Großbuchstaben.

Er sah mich durchdringend an, mit wasserhellen, schlauen Schweineaugen. »Auf diese Weise wollen Sie doch nur herausfinden, ob ich den Brief ins Schlüsselfach Ihres Hotels gelegt habe. Zugegeben, ich habe Sie auf die Spur gebracht. Schlimm?«

»Nein, aber warum so geheimnisvoll mit dem Zeitungsartikel und der Einladung zum *Club Tanit*?«

»Das war ich Ihrer Intelligenz schuldig.« Er schmunzelte, was man bei seinem bärtigen Gesicht nur an den listigen Augen erkennen konnte. »Ich dachte, siehe an, da ist jemand, der Donata sucht – und ich wollte, dass Sie Donata finden. Also, wo ist sie?«

»In den Klauen einer Sekte in San Juan.«

»Und werden Sie Donata da rausholen?«

»Warum sollte ich?«

»Weil sie dort sonst vor die Hunde geht.«

Während wir sprachen, zeichnete er eine Landschaft aufs Papier; ohne aufzublicken, sprach er: »Ich hatte keine Ahnung, wo sich Donata aufhielt, ich kannte nur ihre Verbindung zu Kristine und wusste, dass die beiden bei der privaten Charterlinie *Flamingo* beschäftigt gewesen waren.«

Sollte ich ihm von der falschen Spur zur Finca in San Mateo erzählen? Ich ließ es. Stattdessen fragte ich ihn, warum er sich nicht um das Mädchen kümmerte, warum er selbst denn nicht versuchte, sie dort herauszuholen.

»Weil keiner, der weiterhin hier auf Ibiza leben will, das tun würde; weil nur einer von draußen, jemand, der anschließend mit ihr die Insel verlässt, das tun kann.« Kapuste legte den Zeichenstift zur Seite. »Sie müssen sich Ibiza wie ein Dorf vorstellen, wie ein Dorf begrenzt von Wasser. In einem Eifeldorf könnte auch kein Dorfbewohner gegen die Leute anstinken, die dort das Sagen haben.«

»Und wenn er's täte, was dann?«

»Mir hat mal eines Tages auf Formentera jemand an die Schulter getippt und zugeflüstert, ich solle das Frühboot am anderen Morgen nehmen. Das war die alte Methode aus der Franco-Zeit oder, wenn Sie so wollen«, Kapuste lachte sarkastisch auf, »wenn Sie so wollen, aus jener glorreichen Hippiezeit, auf die heute alle auf Ibiza und Formentera so verdammt stolz sind. Nur die wenigsten wollen sich an die Reibereien zwischen den Einheimischen und den Blumenkindern erinnern. Nicht weniger als zweihundert Familien hatten sich auf Formentera beim Bürgermeister über die Fremden beklagt, die nackt ins Wasser sprangen, die süßes Kraut rauchten und freie Liebe praktizierten. Die Guardia Civil, so verlangten sie, sollte die ›peludos‹ – die Langhaarigen oder Felligen, wie die Hippies hier genannt wurden – von der Insel jagen. Vor allem diejenigen, die am Strand schliefen und in den Dorfläden kein Geld ausgaben.«

»Diese Unerwünschten, wurden die denn ausgewiesen?«

»Ausweisen ... Das hört sich so förmlich an. Ach, viel zu viel Schreibkram für einen Zivilgardisten. Stattdessen hat der zu so einem Unerwünschten, wie ich es beispielsweise war, nur gesagt: ›Hombre, mañana, el primero barco‹ – ›Morgen das erste Boot‹. So lief das damals.«

»Und heute?«

»Gut, die Zeiten sind vorbei, heute hat man auch als Ausländer Rechte, deshalb wäre der Hinweis auf die Abfahrtszeiten der Schiffe auch nur eine erste, sagen wir symbolische Warnung.«

»Und danach?«

»Jetzt läuft es hier so wie überall. Vielleicht würden meine Bilder, Farben und Pinsel in einer Zisterne landen, vielleicht würde etwas anderes passieren.«

»Schöne Insel der Freiheit und Toleranz.«

Kapuste nickte und fuhr mit der Arbeit an der Zeichnung

fort. »Ibiza ist weltoffen und spießig, eben beides. Gäste, die früher bei den berühmten ›fiestas blancas‹ in den Diskotheken nicht in Weiß erschienen, wurden gnadenlos mit weißer Farbe besprüht. Auf den privaten Festen haben Normaltouristen noch heute keine Chance.«

»Deshalb Ihr exotischer Aufzug?«

»Ich? Ich gehöre zu den Partyschnorrern, eine aussterbende Gattung. Früher wimmelte es auf den Festen von Leuten wie mir, die sich durchfraßen, die für Spaß sorgten und selbst ihren Spaß hatten. Und wie, Mann! Hinter jeder Zimmertür wurde gebumst, gekifft oder eine Linie gezogen. Ibiza, Partyinsel, der Ruf ist geblieben, doch die Zeit der wilden Feste, auf denen Promis in feinem Zwirn gemeinsam mit den nackten Mädels in den Pool sprangen, ist längst vorbei. Schauen Sie sich das an.« Kapuste wies mit dem Daumen hinter seinen Rücken. »Heute steht am Beckenrand ein weißes Piano, an dem ein Schwarzer ›As time goes by‹ abklimpert.«

Passt doch zu den Gästen, wollte ich sagen, als sich von meinem Magen her eine Hitzewelle ausbreitete, ich fasste an meinen Hals, schluckte.

»Hey, Mann, alles klar?«

»Hmm.«

»Statt der Künstler, Träumer und Tagediebe«, nahm Kapuste den Gesprächsfaden wieder auf, »kommen zu den Partys, egal wie herausgeputzt sie sind, nur noch Häuslebauer und Geschäftsleute, die Kontakt zu anderen Geschäftsleuten suchen. Mit dem Geld, das sie anhäufen, hoffen sie dann die Frau ihres Lebens zu finden.«

»Und Sie?«

»Auch ich will die Frau meines Lebens, aber ohne Umwege.«

»Donata? Was ist los mit ihr?«

»Ich denke, Sie werden es rauskriegen.«

Er gab mir das Blatt mit der Landschaft, das die Insel aus der Vogelperspektive zeigte, mit Wegen und Häusern, einem Verteidigungsturm und einer Mühle. Dazwischen allerlei

Getier, Eidechsen, ein gefleckter Hund, ein zebragestreifter Wiedehopf und eine Art Ratte, die eine Gesichtsmaske trug, eigentlich drollig aussah, aber ungute Gefühle in mir weckte.

»Ein Geschenk für Sie, zur Erinnerung, und hier«, Kapuste zeichnete ein Kreuz in die Zeichnung, »hier können Sie mich finden.«

Ich rollte die Zeichnung zusammen. Als ich sie wie ein Fernrohr ans Auge hielt, wurde sie zu einem Kaleidoskop und die Umgebung und die Gäste wirbelten in bunten Scherben durcheinander. Ich sah die große, grell geschminkte Frau, deren Gesichtszüge wie eine Silvesterrakete zerplatzten. Gleichzeitig spürte ich erneut, und sogar noch etwas stärker als zuvor, vom Magen her eine Hitzewelle aufsteigen.

»Verdammt gutes Zeug«, sagte Kapuste, als könnte er meine Gedanken lesen. »Die Plätzchen sind gespickt mit Schokolade aus Marokko.«

Ich wollte wissen, wie lange die Wirkung andauern konnte.

»Normalerweise ein paar Stunden. Aber ich habe auch schon Leute kennen gelernt, die von ihrem Trip nie mehr runtergekommen sind.«

Schöne Aussichten.

Ich fragte ihn nach der Frau im blauen Glitzerkleid, der er die erste Karikatur gegeben hatte.

»Frau in Blau? Hier? Keine gesehen.«

35.

Was für eine Nacht!

Tiefschlaf wechselte mit Wachsein. Farbiges Chaos, in dem ich die Welt als bizarres Krawattenmuster wahrnahm, löste Momente einzigartiger Klarheit ab. Ich sah den Schulweg meiner Kindheit vor mir, ging die Straße entlang bis zu der alten Kastanie, betrachtete den rissigen Baumstamm und konzentrierte mich schließlich auf eine Pore in der Rinde. Ich war überzeugt, dass es mir gelingen würde, jede Einzelheit meiner Kindheit zu rekonstruieren, und ahnte dabei, dass diese Fähigkeit nicht von Dauer sein würde. Schnell halluzinierte ich mir Marie Laflör an meine Seite, spürte ihre Lippen auf meinem Mund und wusste gleichzeitig doch, dass alles nur Einbildung war.

Ich öffnete die Augen. Oder glaubte ich nur, sie zu öffnen? Die Matratze aus geblümten Polsterstoff, die Flaschen auf einer Anrichte, dieses Durcheinander von Farben, Papier und Leinwand – gehörte das noch zu meinem Drogentraum?

Früher, als ich noch Arm in Arm mit Bruder Alkohol gelebt hatte, war es ja nichts Ungewöhnliches gewesen, morgens mit derlei Fragen aufzuwachen: Wo bin ich? Wer liegt dort neben mir? Und warum das alles überhaupt?

Doch das war schon eine Zeit lang her. Dazwischen lagen ein paar nicht unwesentliche Ereignisse: der Schuss aus meiner Dienstwaffe, mein Abgang von der Polizei und die vielen Monate ohne einen Tropfen Alkohol.

»Gut geschlafen?«, fragte Kapuste. »Kaffee? Oder lieber einen richtigen Schluck?«

»Am besten nur Wasser.«

»Ein Mensch, der heutzutage keine Gifte zu sich nimmt, ist in hohem Grade gefährdet«, sagte Kapuste und begann sich einen Joint zu bauen. Und weil er anschließend, wie er sagte, immer Heißhunger auf Süßes bekam, holte er schon mal vorsorglich Honig aus einem Staufach, stellte eine spanische Abart von Nutella daneben und bestrich damit zwei Scheiben Zwieback. Für mich goss er Kamillentee auf.

Kapuste trug sein bekanntes Flanellhemd, darunter ein weiteres Hemd, darüber eine bunte Kette und ein schmales Stirnband aus Leder. Er bewegte sich sehr zielsicher in dem begrenzten Raum eines Wohnwagens, stieß keine Flasche um, eckte nirgendwo an.

»Luxus ist nicht mein Ding«, sagte er. »Die Menschheit hat die meiste Zeit in Höhlen gelebt.«

»Ist eine Weile her«, warf ich ein.

Vom Neandertaler machte er einen Sprung zu den Einheimischen, die sich früher nur einmal in der Woche gewaschen hätten. »Die Kakteen hinter den Fincas waren das Klo, zum Teil sind sie es heute noch; bis in die fünfziger Jahre gab's kein Klopapier, gesäubert haben sich die Bauern mit einem Stein. Ibizenker und Formenterenser haben die höchste Lebenserwartung von allen Spaniern.«

Sah der Maler zwischen dem hohen Alter und der naturnahen Hygiene der Einheimischen einen Zusammenhang? Oder war das einfach nur seine sprunghafte Art zu sprechen?

Er brachte den Joint in Gang, atmete stoßartig ein, hustete und bemerkte, dass Husten wichtig sei, um reichlich Sauerstoff aufzunehmen und so die optimale Wirkung zu erzielen.

Süßer Duft überlagerte unsere Körpergerüche. Ich fühlte mich wie tausend Jahre Höhle ohne Dusche. Ein Mensch, der keine frische Wäsche anzieht, beginnt nun mal zu müffeln und sollte tunlichst nur mit Menschen zusammen sein, die er wirklich mag. Mochte ich Kapuste? Ich war mir da noch nicht so sicher.

»Warum bin ich in diesem Wohnwagen?«

»Weil Sie im Garten unseres Gastgebers Gespenster gesehen haben, einen einohrigen Rocker.«

Jetzt erinnerte ich mich wieder.

Ich war hinaus auf den Parkplatz gegangen. Mondlicht hatte auf den Chromteilen der Geländewagen und Limousinen geglänzt und die Luft war wie Samt gewesen. Doch dann hatte ich etwas abseits in den Oleanderbüschen drei Harleys entdeckt. Beim Anblick der Motorräder hatte mich die Angst angesprungen. Ich war zurück ins Haus gegangen und hatte Kapuste gebeten, mir zu helfen. Er brachte seinen kleinen Lieferwagen mit dem Heck nahe ans Haus, ich kletterte hinein und er legte seine Staffelei und eine Decke über mich und fuhr los.

So war ich hier gelandet.

Ich blickte aus dem Fenster. Der Wohnwagen stand in einem Wald. Zwischen dem Piniengrün konnte ich wie eine Schmucktapete die blaue Fläche des Mittelmeers erkennen. Ein paar Kilometer weiter draußen erhob sich eine flache Insel mit einem Leuchtturm aus dem Wasser.

»Die Insel Tagomago«, sagte Kapuste. »Unbewohnt, ein Naturschutzgebiet. Ein deutscher Investor wollte dort vor einiger Zeit ein Feriendorf bauen, was ganz Exklusives, die Reichen sollten dort völlig ungestört unter sich sein. Eine Bürgerinitiative konnte das Projekt verhindern. Alles war schon geplant.«

»Tatsächlich?«

Ich öffnete die Wohnwagentür. Grelles Licht schlug mir entgegen, die Sonne stand schon recht hoch; ihre Strahlen lagen auf Bäumen, halbhohen Sträuchern und einer baufälligen Hütte aus Quadersteinen, die wie der Wohnwagen von blauen Blüten überwuchert war.

Kapuste kam mir nach.

Wir gingen zwischen Pinien über einen schmalen Weg, der stets bergauf führte, bis der Wald dann zurücktrat und einen herrlichen Ausblick freigab, nach Osten auf die zerklüftete Küste, nach Westen auf Ackerland, dem man ansah, dass es schon seit vielen Jahren brachlag.

»Die Mandelernte lohnt sich nicht mehr, auch die Oliven lassen die Bauern häufig am Baum. Geschäfte werden in dieser Gegend dennoch gemacht.« Er deutete auf weiße Flecken, die sich vom Grün der Pinien und dem Blau einer tief ins Land greifenden Bucht abhoben. »Die Ferienhäuser dort, die Jachten im Hintergrund, wissen Sie, wem die gehören? Firmen aus Deutschland. Und wissen Sie, wer dort Urlaub macht?«

»Ein verwegener Tipp: die Firmenangehörigen.«

»Ironisch kann doch jeder sein«, wies er mich zurecht. »Ja, Firmenangehörige aus den obersten Etagen, aber auch hochrangige Politiker. Eine Sauerei!«

»Dafür gibt es ein anderes Wort: Landschaftspflege.«

»Hört sich an wie Naturschutz, bewirkt hier aber ziemlich genau das Gegenteil.« Kapuste bog einen Zweig zur Seite. »Wenn wir diesen Weg weitergehen, kommen wir zu einer Straße, die asphaltiert ist und im Nirgendwo endet, die mit Bogenleuchten ausgestattet ist, die einzig den Sinn haben, dass streunende Hunde sie anpinkeln und dass Motten die letzten noch funktionierenden Lampen irritiert umflattern. Gebaut mit EU-Geldern. Die Schilder mit dem europäischen Sternenkranz und dem Text *Projecto cofinanciado por la Unión Europea* kann man an vielen Stellen auf der Insel sehen.«

»Das gibt es anderswo auch.«

»Stimmt. Nur werden dann solche Beschlüsse meist am Schreibtisch gefasst. Geht es aber um Bewilligungen, die Ibiza betreffen, sind auf einmal viele Dienstreisen nötig. Geflogen wurde mit *Flamingo-Charter*, geschlafen in den Ferienhäusern der Firmen da hinten, beigeschlafen wurde da übrigens auch. Heißt es sonst bei EU-Beschlüssen: prüfen, prüfen und noch einmal prüfen, so gilt bei Genehmigungen auf Ibiza: fliegen, fressen, vögeln!«

»Und die richtige Einstimmung beginnt schon während der Anreise?«

»Richtig. Das heißt, begann. Aus, vorbei. Seit dieser dummen Geschichte mit dem Beinaheunfall.« Er machte eine Pause, hob die Hand zum Schutz vor der Sonne an die Stirn und sagte: »Ein Eleonorenfalke.«

Der Vogel flog elegante Manöver, stand eine Weile reglos in der Luft und stürzte sich dann auf einen anderen Vogel weit unter ihm. Federn schwebten in die Pinienkronen.

»Hier ziehen sie ihre Jungen auf, den Winter verbringen sie auf Madagaskar.«

»Madagaskar, schön! Worauf wollen Sie eigentlich hinaus? Dass bei den Projekten Ihre Abgaben ans Finanzamt verschwendet werden, das kann es doch wohl nicht sein.«

»Stimmt, Steuern hab ich noch nie in meinem Leben bezahlt, werde ich auch nicht tun.« Er sah mich prüfend an. »Einem Typen, der nicht raucht und der nicht trinkt, sollte man eigentlich nicht trauen. Bei Ihnen mache ich eine Ausnahme. Hören Sie zu.«

36.

Wir machten uns auf den Rückweg zum Wohnwagen. Kapuste erzählte, ich hörte zu. Mit jedem Zug vom Joint, dem zweiten bereits, wurden seine Gedankensprünge größer, doch ich konnte ihm folgen, denn richtig zugekifft war er nicht.

Er hatte Dora Klugmann, die er beharrlich Donata nannte, auf dem Hippiemarkt von San Carlos kennen gelernt, und zwar zu einem Zeitpunkt, als es ihm richtig dreckig ging. Probleme mit Drogen und Alkohol, Einbrecher hatten ihn zusammengeschlagen und ausgeraubt.

»Ich schlief am Strand, schlich mich einmal die Woche mit einer Flasche Schauma in der Badehose in ein Hotel, um zu duschen. So war die Situation, als Donata für mich den Wohnwagen organisierte; das Gelände hier ringsum gehört einem Freund von ihr, den ich allerdings noch nie gesehen habe. Von Donata habe ich Farben, Zeichenstifte, Leinwand und all das Zeug bekommen, das ich zum Arbeiten brauchte, auch Geld für 'n gebrauchten Wagen, damit ich beweglich bin. Kannst es mir ja zurückgeben, wenn du was verkauft hast, hat sie gesagt. Feiner Zug von ihr, auf diese Weise sah es nicht wie geschenkt aus. Die Würde des Menschen ist unantastbar. So heißt es doch.«

Er machte einen tiefen Zug, sah dem Rauch nach und sprach weiter: »Ich hatte also wieder zu malen angefangen, hauptsächlich Porträts, die sich leicht verkaufen ließen. In die rechte Hosentasche kam das Geld für Bier und Schokolade aus Marokko, in die linke das Geld für Donata. So einmal oder zweimal im Monat haben wir uns gesehen.«

»Regelmäßig?«

»Was meinen Sie mit regelmäßig?«

»Ob an einem bestimmten Tag, an einem bestimmten Ort.«

»Immer wenn sie zwei, drei flugfreie Tage hintereinander hatte, meistens in *Anitas Bar* in San Carlos, manchmal auch hier beim Wohnwagen, einmal ist sie über Nacht geblieben.«

Es zuckte in seinem Gesicht, er blickte in die ziehenden Wolken und ich musste ihn wieder aufs Thema lenken.

Ich sagte: »Und dann kam es zu dem Zwischenfall, von dem im Zeitungsausschnitt nur andeutungsweise die Rede ist.«

»Ja, seit dieser Geschichte mit der *Flamingo*-Maschine haben wir uns nicht mehr gesehen. Einen Teil vom Geld, das ich ihr schulde, hab ich bereits zurückgezahlt, aber eben noch nicht alles. Gucken Sie mich nicht so an. Ich hab die Kohle nicht verbraten.«

Er streckte mir die geballte Faust entgegen. An seinem Mittelfinger glitzerte ein Einkaräter, der wohl seine zwölf- bis fünfzehntausend wert war. »Der ist für Donata. Bargeld hätte ich schnell versoffen. Ein Schwein, wenn ich meine Schulden nicht zurückzahlen würde.«

Als wir wieder in Sichtweite des Wohnwagens waren, hörten wir fernes Hundegebell und eine tiefes »Wuff« aus nächster Nähe. Zweige knackten und ich beobachtete, wie zwei Männer im Unterholz verschwanden, einer von ihnen trug ein Schrotgewehr.

»Jäger«, sagte Kapuste, »die streichen hier öfter durch die Gegend, ich mag sie nicht, jagen Kaninchen, ballern aber auch schon mal auf Singvögel. Aber eigentlich ist noch keine Jagdsaison.«

Und dass Jäger mit einem Rottweiler auf Pirsch gingen war ungewöhnlich.

Gerry und Terry, die ebenfalls einen Rottweiler hatten, kamen mir in den Sinn. Ich fragte Kapuste, doch er kannte sie nur vom Hörensagen. »Kriminelle«, meinte er. »Die Spanier kümmert es wenig, was die in Deutschland gemacht haben, und für die deutschen Strafbehörden ist es anscheinend billiger, wenn Knackis hier sitzen. Die beiden gehören zum Abschaum der Insel. Man nennt sie die ›Bienenfresser‹.«

Kapuste startete seinen Lieferwagen. Wir fuhren in Richtung Cala d'Hort, weil mein Motorrad ja immer noch auf dem Parkplatz der Villa stand. Ein recht langer Weg, der quer über die Insel führte. Ich hing so meinen Gedanken nach, denn außer einem gelegentlichen »Aha« erwartete Kapuste nichts von seinem Beifahrer und Zuhörer.

Er war auf Bali und in Indien gewesen, kannte die Hippiekolonien in Goa und auf Kreta, bevor diese von Pauschaltouristen überlaufen worden waren. Und jahrelang hatte er sich in Berlin als Straßenmaler durchgeschlagen.

»Zehn Stunden am Tag malen, begafft werden, malen. Wenn die Sonne schien, hatte ich am Abend fünfzig Mark eingenommen; wenn es regnete, rappelten in meiner Blechdose vielleicht fünfzehn, zwanzig Märker, das musste dann für ein Paket Briketts, 'ne Sechserpackung Bier und eine Suppe reichen. Während ich gegen Regen und Kälte und gegen den Geiz der Passanten ankämpfte, saßen meine Malerkollegen in irgendwelchen Seminaren und diskutierten, ob sich die wahre Kunst nur in den Metropolen entwickeln kann oder aber in abseits gelegenen Künstlerkolonien wie Worpswede.«

»Wie sind Sie zur Malerei gekommen?«

»Mit vierzehn hab ich eine Dekorateurlehre angefangen, später als Anstreicher gearbeitet, das Malen hab ich mir selbst beigebracht, zu Hause und auf der Straße. Im Berliner Kunstverein war ich der einzige Arbeiter unter lauter Akademikern, wurde herumgezeigt wie 'n bunter Hund. Alle in piekfeinen Klamotten, nur ich sollte um Himmels willen nicht meine Hände waschen oder meinen verschmierten Overall ausziehen, der doch so herrlich authentisch wirkte. Toll, Kapuste, sagten sie, und hauten sich dann wieder ihren Bernard Buffet oder wer sonst gerade in Mode war um die Ohren, spielten Gauguin gegen Otto Dix und Max Ernst aus – real, irreal, surreal.« Er lachte. »Danke fürs Zuhören, jetzt wissense alles über mich, Bulle.«

Ich muss wohl ziemlich erstaunt geguckt haben, denn er sagte: »Bullen riech ich auf zehn Meilen, sind doch einer, stimmt's?«

»Nicht ganz, war ich mal, bin ich aber nicht mehr.«

»Einmal Bulle, immer Bulle.«

»Ach, lassen wir das«, schlug ich vor. Mit einem Straßenmaler zu diskutieren, der so weit herumgekommen war, das hatte keinen Sinn. Stattdessen fragte ich ihn, was auf den Kassetten sei, die er beim Zeichnen abhöre.

»Stille.«

»Wie bitte?«

»Na, Stille, leere Bänder, dann kriege ich nicht das dumme Gequatsche mit und brauch auch selber nichts zu sagen.«

Wir fuhren die Auffahrt zur Villa von Don Jaime hoch. Kapuste drehte eine Runde auf dem Parkplatz, niemand kümmerte sich um uns.

Ich stieg aus, gab ihm die Hand: »Danke, ich melde mich mal aus Deutschland.«

»Hört sich an wie bei den Touristen, die sich porträtieren lassen und vor lauter Langeweile am Ende sagen: Mensch, toll, Sie haben Talent, ich schicke Ihnen Farben und Leinwand, damit Sie richtig künstlerisch arbeiten können.« Er lachte wieder. »Hab nie wieder was von denen gehört, nicht einer von denen hat je auch nur eine Postkarte geschickt. Was soll's! Da steht Ihre Maschine, Schlömm. Wie heißen Sie denn wirklich?«

»Elmar Mogge.«

»Elmar, wie der legendäre Bilderfälscher von Ibiza, Elmar de Hory, ist ja irre. Also bis dann. Aber ich glaube nicht, dass Sie sich mal melden, Herr Elmar.«

Ich gab ihm meine Adresse in Deutschland. »Dann tun Sie's doch, Herr Kapuste.«

37.

»Auftrag erledigt«, sprach ich ins Telefon.

»Du hast sie also gefunden. Schön, erzähl mal! Wie geht es ihr?«, wollte Verena wissen.

Worte der Freude, doch sie klangen mir zu routiniert. Da fehlte etwas in ihrer Stimme, echte Freude, Neugier. Gern hätte ich jetzt ihr Gesicht gesehen.

»Ich komme morgen, dann haben wir mehr Zeit.«

»Bist tüchtig, auf dich ist Verlass.« Diesmal hatte sie den warmen Ton getroffen.

»Danke!«

»Ohne Scherz, Elmar, das ging schneller, als ich gedacht hatte. Sag mal, willst du nicht noch ein paar Tage anhängen? Schau dir die Boutiquen an, es soll da verrückte Klamotten geben. Auch für Männer. Etwas Flottes für dich in weißem Leinen, würde dir sicher stehen, jetzt, wo du sonnengebräunt bist. Ich kann mir vorstellen, dass du richtig aufblühst, da unten im Süden. Als wir beide damals ...«

Sie schmierte mir noch mehr Honig ums Maul, als wolle sie sich nachträglich dafür rechtfertigen, jemals mit mir verheiratet gewesen zu sein. Ich hängte ein.

Sie hatte sich nicht verändert, immer noch beherrschte Verena die ganze Bandbreite von sackgrob bis charmant; sie hätte Telefonverkäuferin werden sollen, für Aktien oder Autos oder alte Landsitze im schottischen Hochland. Nicht nur ihr Auftreten, auch ihr Aussehen hatte sich in der Zeit seit unserer Trennung kaum verändert. Ein paar Linien mehr um den Mund, die Wangenknochen schmaler, doch der Blick arrogant wie eh und je unter den hoch geschwungenen Augenbrauen, die viel Platz für Lidschatten ließen, ein Schminkgesicht, etwas herb, dazu die langen Beine, die ihre Form hielten.

Und dann gab es ja noch Dinge, an die ich jetzt gar nicht denken wollte. Oder doch?

Am Anfang taten wir es ständig und überall; aber mit der Zeit kristallisierten sich dann gewisse Vorlieben heraus. Verena tat es am liebsten abends. Manchmal fing sie mich nach Dienstschluss schon an der Tür ab. Es schmeichelte mir, sicher, doch nicht immer stand mir der Sinn danach. An Tagen, die Ärger mit Vorgesetzten gebracht hatten, wollte ich mich erst einmal entspannen, mit einem Bier vor der Mattscheibe, wo Berichte über Revolten, Hungersnöte und Überschwemmungen meine eigenen Probleme auf das richtige Maß stutzten. Im Bett wollte ich dann gern noch ein paar Seiten lesen, danach die Augen zu und schlafen. Meine Zeit war morgens. Meist noch im Halbschlaf langte ich nach ihr, doch dann war sie nicht in Laune. »Elmar, deine Wasserlatte nehme ich nicht persönlich«, hatte sie mir mal vorgeworfen. Wenn etwas nicht nach ihrer Nase ging, konnte sie ein ausgesprochenes Miststück sein. Ich riet ihr, darüber in ihren Frauenblättern zu schreiben. Wäre doch ein Thema, sagte ich. In Kontaktanzeigen geben Leute an, ob sie Raucher oder Nichtraucher sind, ob sie gern reisen oder lieber auf der Couch sitzen und fernsehen, aber die wichtige Information, wie es sich mit der Lust verhält, die verschweigen sie. »Elmar, ich schreibe über Modeschauen und Kunstausstellungen, nicht über verdammte Morgenficker«, war ihre Antwort gewesen.

Hatte mich das Telefongespräch mit Verena auf diese Gedanken gebracht? Wahrscheinlich lag es an der Mittelmeersonne. Und an Ibiza.

Es wurde Zeit, dass ich von dieser Insel runterkam.

Der Rückflug mit der LTU, Flug 153, war auf meinem Ticket mit 11 Uhr angegeben.

38.

Der Handlung auf dem Bildschirm schräg über mir fehlte die Dramaturgie. Eine hellblonde junge Frau und ein dunkelblonder junger Mann legten gelbe Schwimmwesten an, lächelten, zogen Schlaufen durch Ösen, lächelten, dann griff die junge Frau zu einem Röhrchen, blies recht hübsch ihre Wangen, aber so richtig bei der Sache war sie nicht. Lächelnd legte sie die Rettungsweste wieder ab, um sodann ohne ersichtlichen Grund einem wehrlosen Kind eine Sauerstoffmaske aus Plastik auf den Mund zu drücken, ein hässliches Ding, das allein schon durch seine Farblosigkeit wenig kindgerecht aussah. Aus ähnlich ekligem Material gefertigt, hatte ich zuletzt auf Ibiza durchsichtige Fischerlatschen gesehen, und zwar ...

Ich grübelte, aber es fiel mir nicht ein. Die Frau mit dem angemalten Katzengesicht, die jetzt auf mich zukam, trug keine Fischerlatschen, sie hatte nackte Füße, kam näher, näher ...

»Kaffee?«, fragte die Stewardess und entschuldigte sich, dass sie mich aufgeschreckt hatte.

Sie war nett und mir lag auf der Zunge, sie zu fragen, warum die Sicherheitsmaßnahmen eigentlich nicht mehr von Menschen aus Fleisch und Blut vorgeführt wurden. Und wenn schon Filmchen, dann doch bitte von einem Regisseur wie Wolfgang Petersen, der imstande war, die Gefahren des Meeres und einer eventuellen Notlandung auf dem Wasser glaubhaft rüberzubringen.

»Tee, bitte«, sagte ich.

»Den bringt mein Kollege.«

Da ich einen Platz am Gang hatte, konnte ich meine Beine etwas seitwärts ausstrecken, bis dann der Kollege mit seinem Kabinenwägelchen dagegen fuhr und mich zum zweiten Mal aufschreckte.

»Noch jemand Tee?«

Mein Sitznachbar beschäftigte sich mit einem Kreuzworträtsel, seine Frau am Fensterplatz hatte struppige Haare und litt unter Flugangst. Wenn sie bei Erschütterungen, und die gab es alle Augenblicke, laut aufquiekte, sagte der Mann in sein Rätselheft hinein: »Schatz, wir sind gleich da« – und irgendwann hatte er mit der Behauptung sogar Recht.

Schubumkehr der Triebwerke, die Bremsen kreischten, die Passagiere klatschten, doch bei weitem nicht so viele wie früher, man wollte zum Klub der abgeklärten Vielflieger gehören. Handys wurden ausgepackt wie lang entbehrte Kuscheltiere.

Der Pilot meldete sich ein letztes Mal und bat die verehrten Fluggäste, angeschnallt sitzen zu bleiben, bis die Maschine zum Stillstand gekommen sei – was natürlich keiner befolgte; nein, so obrigkeitshörig einer unsichtbaren Uniform gegenüber waren meine Landsleute schon längst nicht mehr.

Willkommen in Düsseldorf. Vorbei an den Leuchtfenstern, die für Löwensenf warben, für Düssel-Alt, das Messezentrum und den Traditionskonzern Thyssen, der jetzt ThyssenKrupp hieß. Da bist du eine Woche außer Landes und Unternehmen, die sich ein Jahrhundert bekämpft haben, rücken so eng zusammen, dass nicht einmal mehr ein Leerzeichen oder ein Bindestrich zwischen ihre Namen passt.

Die Stahltür gegenüber dem Gepäckband vier glitt zur Seite und gab den Blick auf bleiche, aber aufgekratzte Abholer frei, die auf braun gebrannte, doch eher griesgrämige Rückkehrer warteten. Etwas abseits der verchromten Absperrung entdeckte ich eine Frau im besten Alter, die ein elegantes taubengraues Kostüm trug und jetzt hoheitsvoll eine Hand hob.

Verenas Augen richteten sich auf meinen neuen weißen Leinenanzug. »Da hat Elmar sich aber ein tolles Spielhöschen ausgesucht«, flötete sie.

Ich war zu Hause und fühlte mich wieder wie in alten Tagen.

39.

»Sind auf einmal gedeckte Farben angesagt? Gestern noch hast du am Telefon von weißem Leinen ...«

»Ach, Elmar, du wirst immer wie von gestern aussehen«, urteilte Verena kühl und blieb vor einem Schaufenster stehen, in dem Riemchenschuhe, die den durchsichtigen Fischersandalen auf Ibiza bis auf die Schnalle ähnelten, für 299 Mark angeboten wurden. »Der Trend geht zum edlen Einfachen.«

Mode war nicht mein Thema. Während wir weiter über die Kö schlenderten und einige Passanten sich tatsächlich nach mir umdrehten, berichtete ich in groben Zügen von meinem Aufenthalt auf Ibiza.

Nachdem ich in den Schadow-Arkaden für Verena einen Espresso und für mich drei Kugeln Eis bestellt hatte, zeigte ich ihr die Fotos von Dora.

»Fremd sieht sie aus, völlig anders, als ich sie in Erinnerung habe. Und dein Eindruck, meinst du, dass sie unter Drogen steht?«

»Kann sein. Sie lebt, wie gesagt, in einer so genannten spirituellen Gemeinschaft, ob freiwillig oder nicht, keine Ahnung. Ob es um Doras Seele oder um ihr Geld geht, schwer zu sagen. Das herauszubekommen war ja auch nicht meine Aufgabe. Ärger hat es trotzdem gegeben.«

»Welcher Art?«

Auch diesmal ging ich nicht ins Detail. Kein Wort über die Ratten oder über das Ohr, ich erwähnte den Maler Kapuste und sagte abschließend: »Gewisse Kreise könnten interessiert sein, dass Dora weiterhin wie in einem Schweigekloster lebt.«

»Warum?«

»Sonst könnte sie beispielsweise erzählen, was sich auf der Bordtoilette einer Maschine der *Flamingo*-Chartergesellschaft zugetragen hat.«

»Inwiefern?«

»Koks und Politiker, eine brisante Mischung, brisant für den Inselrat von Ibiza, brisant für die Balearen-Regierung und brisant nicht zuletzt für den so genannten Mittelmeerausschuss in diesem unserem Lande.«

»Hört sich interessant an.«

Und ob! Sollte ich ihr sagen, was ich von Kristine über die dritte Stewardess an Bord der *Flamingo*-Maschine erfahren hatte? Noch war der Zeitpunkt nicht gekommen.

»Ah ja, interessant«, sagte ich. »Für einen Bericht in einer deiner Frauenzeitschriften?«

Sie hob die Nase. »Ich arbeite inzwischen auch für Blätter, in denen das Wort Politik vorkommt.«

Die Antwort auf die nächste Frage kannte ich schon, wollte sie aber noch einmal aus Verenas Mund hören.

»Dann kannst du mir ja auch vielleicht sagen, wie sich die Journalisten verhalten haben, die mit den Genossen in der Maschine saßen und von der Sache zumindest am Rande etwas mitbekommen haben müssen.«

Verena sah mich mitleidig an, wie man ein Kind ansieht, das eine allzu dumme Frage stellt. Das machte mir gar nichts aus. Naiv zu fragen ist immer noch die beste Methode, Leute zum Sprechen zu bringen.

»Natürlich werden auf solchen Reisen nur handverlesene Schreiber mitgenommen, die wissen, dass solch ein Enthüllungsbericht allein der Opposition nützen würde. Außerdem: Ein Verräter könnte ab sofort Westernromane schreiben, weil die Redaktionen ihn fortan wie eine Klapperschlange meiden würden. Übrigens auch die Redaktionen der Gegenseite – wer sich einmal illoyal verhält, wird es auch ein zweites Mal tun, lautet die Grundregel.«

Loyal musste auch ich mich verhalten, meinem Bankkonto gegenüber. Die Angelegenheit war für mich erledigt. Ich erinnerte meine Klientin an die zweite Rate meines Honorars.

»Jetzt?«, fragte sie.

»Wenn es dir nichts ausmacht.« Ich legte ihr meine Spesenliste, die auch den Leinenanzug enthielt, neben die Kaffeetasse.

Sie warf einen Blick auf die Summe, wiegte den Kopf und schrieb dann einen Scheck aus. O Wunder, sie tat es, ohne zu murren und mit schwungvoller Hand, ja so schwungvoll, dass sie das schöne Stück Papier mit Kaffee befleckte.

»Mist! Es war mein letzter. Weißt du was, Elmar, ich schick dir einen neuen mit der Post oder, noch besser, ich komme morgen oder übermorgen bei dir vorbei und lege dir das Geld auf den Tisch. Das ist am schnellsten. Bist sicher knapp bei Kasse.«

Es gibt Fragen, die verlangen keine Antwort.

Ich zahlte die Rechnung, wir gingen zum Parkplatz, wo ihr Wagen stand.

Die Hinfahrt zum Flughafen hatte ich mit der S-Bahn zurückgelegt, jetzt saß ich in einem offenen Mercedes 280 SL aus den achtziger Jahren. Das metallicblaue Schmuckstück hatte sie damals mit in die Ehe gebracht – und am Schluss hatte sie es wieder mit hinausgenommen, genau wie ihre Klassik-Schallplatten, die Bilder Düsseldorfer Künstler und die edel gestalteten Magazine ohne Text, deren alleiniger Zweck es war, wie zufällig aufgeschlagen auf einem Glastisch zu liegen. Nach Verenas Auszug, es war ein Mittwoch gewesen, hatte ich in einer fast leeren Wohnung gestanden, ich war in den *Finkenkrug* gegangen, hatte dort ein Malzbier getrunken und Fußball geguckt. Als ich zurückkam, erschien mir die Wohnung immer noch ziemlich leer, aber nicht mehr auf erschreckende Weise, und so ist es bis heute geblieben. Viel Ellbogenfreiheit, viel Zeit für mich, an manchem Abend sogar zu viel Zeit, aber so ist das nun mal.

Als wir aus dem Stadtverkehr heraus waren, sagte Verena nebenbei, fast ein wenig zu nebenbei. »Viel zu tun, Elmar?«

»Nun eine Klientin wartet, dann wollte ich zwei, drei Fälle klären und noch kurz das Zechensterben stoppen – es geht noch so, Verena, warum?«

»Witzbold! Ich überlege gerade, ob man Dora nicht beim Ausstieg aus der Sekte behilflich sein sollte.«

»Aus reiner Menschlichkeit? So nach dem Motto ›Nicht wegsehen, Bürger, kümmere dich um deinen Nachbarn‹?«

»Wir sind befreundet, Elmar!«

»Ja, ich weiß. Aber muss nicht jeder selbst wissen, wo und wie er sein Leben gestaltet?«

Mit solchen Fragen verschafft man sich Ruhe.

Herausholen – das hatte schon einmal jemand von mir verlangt, vor gar nicht langer Zeit. Kapustes Ansinnen verstand ich. Der kiffende Maler war offenbar verliebt in Dora. Doch warum Verena?

Ich schlug den Kragen hoch, der Fahrtwind war recht scharf, denn inzwischen fuhren wir über die Autobahn.

»Wäre das nicht was für dich, Elmar?«, fing sie nach einer Weile wieder an.

»Was?«, fragte ich, obwohl ich wusste, was sie meinte.

»Dass du Dora aus der spirituellen Gemeinschaft herausholst.«

»Sehe ich etwa aus wie jemand von der Bergwacht, der Verschüttete ...?«

»Reg dich nicht auf, war nur so eine Idee.« Sie setzte den

Blinker und nahm die Ausfahrt Wedau. »Ich dachte nur, es wäre mal was anderes, als untreuen Ehemännern nachzuspionieren oder Angestellten aufzulauern, die mal einen Radiergummi mitgehen lassen.«

Jetzt kam diese Tour, dass ich mich den Herausforderungen des Lebens nicht stellte, dass ich mehr aus mir machen müsste. Gab es für derartige Ratschläge mittlerweile nicht eine andere Adresse?

»Sag mal, Verenalein, dein lieber Ehemann Harro, Abgeordneter des Landtags, müsste der den Dienstjahren nach nicht längst Parlamentarischer Staatssekretär sein?«

»Bist ein Sack, Elmar Mogge.«

Sie bremste ziemlich hart ab und hielt dann dicht hinter einem Möbelwagen, der vor meinem Haus stand. Wahrscheinlich zog ein neuer Mieter ins Erdgeschoss. Meinem letzten Nachbarn, einem Fotografen, hatten Rabauken die Unterarme durch eine Druckerpresse gemangelt. Vielleicht war es dieses unschöne Ereignis gewesen, das sich herumgesprochen und eine Neubelegung bislang verhindert hatte.

Ich schnappte meine Reisetasche von der Rückbank des SL und ging zum offenen Hauseingang. Männer in Overalls mit Tragegurten über der Schulter kamen mir entgegen.

Ich winkte Verena zu, sie hupte, aber es klang nicht besonders freundlich.

40.

Duschen, saubere Wäsche anziehen, Marie anrufen!

Doch dann sah ich als Erstes, nachdem ich die Tür zu meinem Wohnbüro aufgeschlossen hatte, das Faxpapier, das sich bis auf den Boden schlängelte. Ich riss das Papier entlang der Abreißkante ab, bändigte es auf dem Schreibtisch und überflog die Texte, zuerst den handgeschriebenen:

Um sechse des Morgens ward er gehenkt,
Um sieben ward er ins Grab gesenkt;

Sie aber schon um achte
Trank roten Wein und lachte.

Überschrift *Ein Weib* von Heinrich Heine. Bei ihrem ersten Besuch hatte Marie die erste Strophe laut vorgelesen, dies hier waren die letzten Zeilen, sie klangen vielversprechend, aber auch ein bisschen makaber im Zusammenhang mit dem Nachsatz: *Herzliche Grüße, Marie Laflör – soll ich eine Flasche Wein mitbringen?*

Die restlichen Faxmitteilungen waren ausnahmslos Werbeschreiben. Ich knüllte das Papier zusammen und warf es in den Abfallkorb.

Unter der Dusche überlegte ich, welche Musik ich auflegen und was ich anziehen sollte. Mit dem Handtuch um die Hüfte langte ich nach dem Telefonhörer.

41.

Sie hatte tatsächlich eine Flasche Rotwein mitgebracht. Doch die stand jetzt ungeöffnet auf dem Küchentisch, denn allein trinken, das wollte sie auch nicht.

»Wasser, Tee, Milch?«

»Milch ist genau richtig«, sagte sie.

Da war ich aber froh, denn bevor sie eingetroffen war, hatte ich gerade noch genug Zeit gehabt, ein paar Grundnahrungsmittel einzukaufen.

Marie trug einen geblümten Wickelrock und einen leichten Strickpulli, kleine Glöckchen als Ohrringe. Schön sah sie aus, etwas scheu. Und sie roch gut.

»Schwarz steht dir«, sagte sie.

»Hmm.«

Am Telefon hatten wir so offen über unsere Wünsche gesprochen; jetzt, da wir uns gegenüberstanden, verhielten wir uns ziemlich gehemmt. Keiner wollte einen Fehler machen.

Dass wir über ihren Mann sprechen mussten, war uns beiden klar, irgendwann, nur nicht jetzt.

»Erzähl mir etwas über Ibiza«, sagte sie.

»Eine Insel mit schönen schlichten Häusern und aufgeputzten Besuchern, die auf der Suche nach sich selbst sind oder nach einem Partner für die Nacht.«

»So schlimm?«, fragte sie.

»Nicht schlimmer als anderswo, nur fällt Übles in der Sonne mehr auf.« Ich berührte sie am Arm. »Ach, ich erzähle und biete dir nichts an. Die Milch.«

Marie nickte, machte ein paar Schritte, lehnte sich schließlich gegen den Türrahmen zwischen Büro und Küche und sah mir zu, wie ich mich zum Kühlschrank bückte.

»Willst du dich nicht setzen?«, fragte ich über die Schulter.

»Ich habe nicht allzu viel Zeit, in einer Stunde muss ich meinen Sohn abholen, er spielt bei Nachbarskindern.«

Als ich die Milch für sie in ein Glas geben wollte, schüttelte sie den Kopf, sodass die Glöckchen an ihren Ohren klirrten.

Sie kam auf mich zu, nahm die Flasche und setzte sie an ihren Mund. Marie trank einen Schluck, schaute mir in die Augen und ließ die Milch über ihre Lippen schlabbern; eine weiße Spur, die über ihr Kinn zum Hals und dort weiter zu ihrem Brustansatz rann.

Es gab mir einen Stich ins Herz, vor Erregung. Seelenkundler würden wohl auf ein Schlüsselerlebnis in meiner Kindheit tippen. Oder auf ein Übermaß an Verliebtheit. Wie dem auch sei, die Situation wirkte auf mich äußerst erotisch. Ich war ganz wild auf diese Frau vor mir. Und plötzlich gab es kein Zögern mehr, ich schob meine Furcht, etwas falsch zu machen, beiseite, ging auf sie zu und nahm sie in die Arme.

Ich leckte ihr die Milch aus den Mundwinkeln und vom Hals. Mein Herz pochte, ich fühlte Zärtlichkeit und Verlangen, was für eine wunderbare Mischung.

»Dich so zu halten, daran habe ich oft gedacht.«

»Ich auch«, sagte sie. »Eine Woche kann lang sein.«

»Schrecklich lang.«

»Bist du auf Ibiza braun geworden?«, fragte sie.

»Ein bisschen.«

»Überall?«

Wir zogen uns gegenseitig aus, hektisch, als dürften wir jetzt keine Minute mehr verlieren. Ähnlich gierig und ungestüm hatte ich im Fernsehen Hausfrauen an Textilien beim Sommerschlussverkauf zerren gesehen, ein Vergleich, der mir natürlich erst später einfiel.

Im Moment beschäftigte mich etwas anderes. Wir müssen aufpassen, hatte sie gesagt, und jetzt suchte ich die verflixten Kondome, die nie dort sind, wo man sie braucht, die man schlecht aus der Verpackung kriegt und die auch beim Überziehen Schwierigkeiten machen.

»Deine Hände zittern«, sagte Marie, als ich aus dem Nebenzimmer wieder zurück in die Küche kam, »komm, lass mich machen.«

Sie kniete sich, ich streichelte ihren Kopf. Plötzlich zuckte sie zusammen.

»Was ist?«

Marie, die wenige Minuten zuvor noch zur Zimmerdecke geblickt hatte, als erwarte sie, dass es von dort rote Rosen regne, diese Marie starrte nun auf meine Körpermitte.

»Muss ja heiß hergegangen sein auf der Insel«, sagte sie, indem sie sich langsam aufrichtete.

»Marie, es ist nicht das, was du denkst.«

Wie abgegriffen dieser Satz klang, auch das wurde mir erst später bewusst.

»Ach, nein! Was ist es denn?« Ihre Stimme klang ungewohnt scharf, ihr schöner Mund verzog sich vor Abscheu.

»Rattenbisse. Es sind Rattenbisse.«

»Das ist die dümmste Ausrede, die ich je gehört habe.«

Ja, es klang lächerlich und unglaubhaft. Vielleicht wäre es klüger gewesen, etwas von einem Badeunfall an scharfkantiger Klippe zu erzählen. Klüger, aber nicht besser, denn auf keinen Fall sollte unser Verhältnis mit einer Lüge beginnen.

»Marie, es stimmt. Zwei Typen haben mir ...«

»Hör auf. Du quälst mich.« Ihr Kinn begann zu zittern, ihre Stimme bebte. »Ich dachte, es wäre etwas Besonderes mit uns, etwas, was andere vielleicht nie erleben. Ich hatte alle Bedenken weggewischt, jede Stunde, die du weg warst, habe ich gezählt und du hattest nichts anderes zu tun, als ...« Sie schluchzte wie ein Kind.

»Marie ...«

»Lass mich!«

Sie griff nach ihrem Rock, angelte ihr Höschen heran und zog sich an, mir den Rücken zugekehrt, als wäre ich ein Fremder, vor dem sie sich schämte.

»Marie, das ist nicht fair, du musst mir wenigstens die Möglichkeit geben, dir das zu erklären.«

Sie wandte mir ihr verweintes Gesicht zu. »Vielleicht ein andermal. Heute kann ich dir nicht mehr zuhören.«

Sie ging aus dem Zimmer, ohne sich noch einmal umzudrehen. Ich lief ihr nach bis zur Tür, hilflos schlenkerte ich mit den Armen. Ich war so traurig und fühlte mich so schwach, dass ich nicht einmal die Kraft hatte, wütend zu werden. Als ich hörte, dass die Haustür ins Schloss fiel, legte ich meine Arme auf den Küchentisch.

Vorbei, ehe es begonnen hatte. Wir hatten nicht einmal die Zeit für einen langen Kuss gehabt.

Ich litt wie ein Hund.

42.

Es war spät geworden. Ich saß in dem dunklen Büro und das Licht von draußen warf meinen Schatten auf die Zimmerwand.

Im Stockwerk unter mir war Ruhe eingekehrt. Viel hatte ich die Möbelpacker nicht hineinbringen sehen. Am Klingelbrett stand jetzt *Czyborra N.export*. Mit dem seltsam gesetzten Punkt sah es aus wie ein Name einer dieser neuen Internetfirmen. Viel Mobiliar brauchten diese Läden wohl nicht, einen Schreibtisch mit Computer, Telefon und Stuhl, eine Liege für den kleinen Schlaf zwischendurch und eine Dose mit bunten Pillen, um wach bleiben und Geschäfte machen zu können, während andere schliefen.

Ähnlich wie ich manchmal, wenn ich des Nachts die Miniaturkameras installierte. Die Arbeit war vom technischen Standpunkt aus gesehen recht interessant; man musste das richtige Gerät aussuchen, den geeigneten Platz wählen und den Auslöser einstellen, der auf Schall oder Bewegung ansprach. Und doch stellte mich diese Arbeit nicht richtig zufrieden, sie hatte etwas Hinterhältiges.

Ich wischte meine Bedenken beiseite und prompt kreisten meine Gedanken wieder um Marie.

Ablenkung. Ich schaltete das Radio ein und hörte einen Song von Gordon Lightfoot. Der Sänger hoffte, dass die Liebste seine Gedanken lesen könne – oder umgekehrt, denn irgendetwas in der Beziehung sei da schief gelaufen ...

Tja.

Dann kam die Werbung. Der Sprecher überschlug sich vor Begeisterung, weil angeblich all seine Sorgen ein Ende hatten. Er verkündete: »Ab sofort gibt es sie im freien Handel, die ›Potenz-Power-Pillen‹ auf Naturbasis, deren Geheimnis die Maya-Schamanen in Yucatán über Jahrhunderte gehütet haben. Jetzt anrufen und bestellen, für nur 99 Mark zuzüglich Versand – und eine Mark davon geht an das Indianerhilfswerk in Mittelamerika, wählen Sie 0180 dreimal die 5 ...«

Wie aufs Stichwort bimmelte das Telefon.

Ich hob ab und hoffte, dass es Marie war.

Es war Kapuste. Kurze Einleitung, dann erwähnte er einen Zeitungsartikel und begann ihn mir vorzulesen: »... en la playa de Benirrás, en San Juan, tras quedar enganchado en la cuerda de la baliza que ...«

»Tut mir Leid«, unterbrach ich ihn.

»Ach so, ja. Also, am Strand von Benirrás, nahe San Juan, wurde eine weibliche Leiche entdeckt. Nach Berichten der Guardia Civil hatte sich die junge Frau beim Tauchen in dem Seil einer Boje verfangen, mit dem Taucher ihren Platz anzeigen. Al parecer ... dem Anschein nach war es der jungen Frau nicht gelungen, das Seil von ihrem Bein zu lösen.«

Ich wollte Kapuste schon unterbrechen, als er einen Namen aussprach, der mir einen regelrechten Schauer über den

Rücken jagte: »Bei dem Opfer handelt es sich um die tschechische Staatsbürgerin Kristine Palikova, die in dem *Club Tanit* als Tänzerin auftrat.«

Ich räusperte mich. »Ein tragisches Missgeschick, es kommt beim Tauchen immer wieder zu Unfällen.«

»Nee, nee, Moment! Kristine und Tauchsport, nie im Leben! Außerdem fehlte bei der Leiche jegliche Taucherausrüstung, sie war nackt.«

»Vielleicht ist sie beim Baden in Strömungen ...«

»Lieber Elmar Schlömm Mogge, ich kenne mich hier ziemlich gut aus und ich weiß ziemlich genau, wo welche Strömungen sind. Unfall, von wegen!« Er wurde richtig laut. »Ich habe ja nicht nur die Zeitung gelesen, nein, nein, inzwischen habe ich mich auch umgehört. Und wenn man so lange auf Ibiza lebt wie ich, dann hat man Verbindungen.«

»Ist ja gut, was also haben Sie gehört?«

»Kristine ist umgebracht worden. Und wollen Sie wissen, wie? Taucher haben das Mädchen unter Wasser an die Boje gefesselt und andere Taucher, Perverslinge, Sadisten, haben mit ihren verdammten Unterwasserkameras den Todeskampf des Mädchens gefilmt.«

»Das ist ...«

»Ja, das ist doch mal was anderes, als Barrakudas oder Korallen oder Zackenbarsche in ihren Höhlen abzulichten. So ein Event, wie man heute ja wohl sagt, ist den Drecksäcken das Geld wert, das sie den Leuten, die diese eklige Veranstaltung organisiert haben, zahlen müssen.«

»Wer sind die Leute, die das inszeniert haben?«

»Na, die verdammten Bienenfresser!«

Gerry und Terry. Steckten die beiden tatsächlich dahinter, und wenn ja, hatten sie Kristine womöglich deshalb umgebracht, weil die Stripperin mir den Tipp mit dem Institut in San Juan gegeben hatte? Oder war dieser inszenierte ›Unfall‹ unter Wasser nur, angeregt durch ein Pfeifchen Gras, ein Hirngespinst des Malers Kapuste?

Noch lange saß ich da und blickte auf das Telefon. Ich dachte an Kristine und an Dora und daran, was ich eben über die echten Bienenfresser erfahren hatte: »Ein schöner bunter Vogel«, hatte Kapuste erklärt. »Wie der Name schon sagt, frisst dieser Vogel Bienen. Er fängt seine Beute im Flug, bringt sie zu einem Baum und schlägt sie dort so lange gegen einen Ast, bis sie ihn nicht mehr stechen kann. Ja, sehr schön sind die Vögel«, hatte der Maler wiederholt und hinzugefügt: »Klug und brutal.«

In der Nacht schlief ich schlecht.

43.

Der nächste Tag fing auch nicht viel besser an. Regen klopfte an die Scheiben. Und dann klingelte der Postbote, zwar nur einmal, dafür aber umso ausdauernder.

»Hallo-ho, ein kleines Einschreiben, Herr Mogge!«

War das die neue Post, kundenfreundlich bis zur Penetranz, oder wollte mich der Mann angesichts meiner zerknitterten Miene nur aufmuntern? Ich haute meine Unterschrift irgendwo auf das Leuchtfenster seiner elektronischen Empfangsbescheinigung.

Ein Bescheid vom Finanzamt Duisburg-Süd, mit freundlichen Grüßen, Rico Skasa. Der Mann, mit dem ich meine gebratenen Tauben geteilt hatte, machte mich darauf aufmerksam, dass nach Berücksichtigung meiner Teilzahlung nun der restliche Betrag für die erste Rate fällig sei. Was als Nächstes an Zahlungen auf mich zukam, überflog ich nur:

Nach hier vorliegender Mitteilung haben Sie im o. g. Zeitraum aus freiberuflicher Tätigkeit Honorare bezogen in Höhe von ... Bitte zahlen Sie spätestens bis zum ... Festgesetzt werden verbleibende Beträge ...

Ich hätte das Bett erst gar nicht verlassen sollen!

Nun war es zu spät. Ein gutes Frühstück sollte meine Laune heben. Ich fuhr in die Innenstadt. In einem Feinkostladen sah ich mir den Schinken an.

»Serrano? Parma?«, fragte die Verkäuferin.
Ich schnaufte verächtlich.
»Oder Jamón Ibérico, das Kilo zu 116 Mark?«
»Ist das der beste, den Sie haben?«, wollte ich wissen.
»Dann hätten wir noch Jamón Jabugo, kostet allerdings ...«
»Hundert Gramm davon – oder lieber hundertfünfzig!«

Sie nickte und begann zu schneiden; dann breitete sie die dünnen Scheiben aus, vorsichtig, als lege sie Blattgold auf eine Ikone.

Nun ja, der Preis bewegte sich in der Preisregion von Kaviar, war andererseits aber nicht höher als der für die ›Potenz-Power-Pillen‹ aus dem Reich der Mayas.

Nein, ich sah mich nicht als Gerechtigkeitsfanatiker. Sollten Volksvertreter doch mit Charterjets in den Süden fliegen, von mir aus auch mit ihren Freundinnen, sollten sie sich doch mit privaten Vorführungen von Bademoden die Zeit und die Flugangst vertreiben lassen und als Krönung eine kräftige Nase ziehen. Sollten sie doch die Kontrolle über ihre Triebe verlieren. Bitte schön! Was mich einzig und allein störte, war die Tatsache, dass ich, Elmar Mogge, diese Kapriolen mit meinen Steuergeldern bezahlen sollte, mit Abgaben für ein Honorar, das ich nicht einmal vierundzwanzig Stunden in der Tasche einer wasserdichten Seglerweste getragen hatte.

»Ach, geben Sie mir doch bitte zweihundert Gramm«, sprach ich gegen den weiß bekittelten Rücken der Verkäuferin.

Ich kaufte auch Croissants, dann fuhr ich heim in mein Viertel. Es regnete immer noch, aber ich fühlte mich schon um einiges besser.

Die frische Luft, die Aussicht auf ein gutes Frühstück, aber das allein machte es nicht. Mir war ein Weg aus meiner finanziellen Notlage eingefallen. Ich würde Verena anrufen und den von ihr in Aussicht gestellten Auftrag besprechen.

Doch der Anruf erledigte sich.

Auf dem Parkplatz vor meiner Haustür, den ich gern als

meinen persönlichen Parkplatz betrachtete, stand der Mercedes meiner Exfrau. Verena saß hinter dem Steuer, las ein Modemagazin und sah selbst aus wie ein Mannequin, das Kleider für die Gattin des besserverdienenden Mannes vorführte.

Ich klopfte an die Scheibe.

»Ich bin gerade angekommen.«

Das hätte sie auch gesagt, wenn sie schon Stunden auf mich gewartet hätte.

Sie kam mit herauf, setzte sich recht selbstverständlich an den Küchentisch, warf von dort einen Blick in den Nebenraum, verschränkte die Arme und wartete, dass ich sie bediente.

»Champagner habe ich nicht kalt gestellt. Tee? Kaffee?«

»Oh, was sehe ich da?« Sie deutete mit dem Kinn auf die Rotweinflasche, die Marie mitgebracht hatte. »Willst du rückfällig werden, Elmar? Ein Schlückchen könnte ich vertragen.«

Der Wein schmeckte ihr – obwohl es ja noch früh am Tag war – und auch der Schinken. »Jamón Jabugo, hollala! Du entwickelst Stil, Elmar.« Sie fasste mit derselben Beherztheit zu, mit der sie früher meinen kleinen Freund ans Licht gezerrt hatte, und weg waren die ersten Scheiben.

»Die Kohle, Verena?«

Sie säuberte die Fingerspitzen, öffnete ihre Handtasche, die aus Plastik, aber bestimmt sauteuer gewesen war, und reichte mir einen Umschlag. Ich warf einen Blick hinein, der Betrag stimmte und er entsprach fast genau der restlichen Summe, die das Finanzamt für die erste Rate forderte.

»Danke für das zweite Frühstück, Elmar.«

Es war mein erstes, aber ich wollte jetzt nicht wortklauberisch sein. Als sie sich erhob, sagte ich: »Einer meiner Klienten ist abgesprungen, eventuell hätte ich doch noch Zeit für diese Bergungsarbeit auf Ibiza.«

»Ach ja?« Sie strich ihr Kleid glatt.

»Aber ich mache es nicht unter zwanzigtausend und ein paar Fragen hätte ich vorher auch noch.«

»Fragen kannst du jederzeit stellen, Elmar«, erwiderte Verena kühl. »Aber zwanzigtausend, das ist zu viel, mein Lieber.«

»Fünf große Scheine vorab, den Rest, wenn Dora vor deiner Haustür steht.«

Sie schüttelte den Kopf. Auf dem Weg zur Tür blieb sie für eine Sekunde am Schreibtisch stehen. »Hast du nette Post bekommen, Elmar?«

Sie schaute auf den Brief vom Finanzamt. Der Frau entging nichts; und das war eine der Eigenschaften, die mich schon immer an ihr gestört hatten.

»Danke auch für den Wein, Elmar!«

Gestern hatten mich Maries Schritte auf der Treppe ganz traurig gemacht. Jetzt war ich froh, als ich hörte, wie die Haustür ins Schloss fiel.

44.

»Was macht der MSV?«, fragte ich Tom Becker, als er aus dem Pressehaus in der Köhnenstraße trat.

»Ach, fragen Sie lieber nach was anderem.« Er warf seinen Lederbeutel über die Schulter und mit zügigem Schritt marschierten wir in Richtung Königstraße zum *Café Dobbelstein*. Beckers Mittagspause war knapp bemessen.

Ich erzählte ihm von dem Artikel in der spanischen Zeitung über den Flugzwischenfall. »Da es sich um eine deutsche Chartergesellschaft handelt und die Passagiere aus unserem Land sind, müsste das doch eigentlich auch über die deutschen Presseagenturen gelaufen sein. Der Vorfall liegt ungefähr ein Jahr zurück.«

»Ich forsche mal nach.«

»Schön! Ach, noch was. Wenn ich mal was habe, ich meine, einen richtigen Knaller, sagen wir: einen Skandal, der höhere Kreise betrifft –«

»Ist nicht unbedingt mein Ressort, aber ich könnte es unterbringen. Das heißt, wenn es Fotos gibt; ohne Fotos läuft keine große Geschichte. Und natürlich muss sie hieb- und stichfest recherchiert sein.« Becker sah mich von der Seite an. »Jemand scheint Sie nicht zu mögen.«

»Och, da gibt es einige. Jemand Bestimmtes?«

»Dieser Nörgler, Sie wissen, der lässt einfach nicht locker, hat wieder einmal angefragt, was aus dem Duisburger Polizisten geworden ist, der einen unbescholtenen Bürger erschossen hat.«

Ich musste das jetzt klären, sonst baute sich da noch eine Legende auf.

»Herr Becker, der unbescholtene Bürger hatte ein Vorstrafenregister größer als die Speisekarte hier. Und wollen Sie wissen, wie es zu dem Vorfall gekommen ist?«

Becker warf einen Blick auf seine Uhr. »Wenn es nicht zu lange dauert.«

»Ich mache es kurz: Ein Kollege und ich observierten einen Verdächtigen, und zwar vom Gerüst eines Bürohauses aus, das renoviert wurde und gegenüber dem Hotel lag, in dem der Kerl wohnte. Und so konnten wir an jenem besagten Tag beobachten, wie der Typ eine Frau mit Handschellen an ein Hotelbett fesselte und sich anschickte, sie mit einem Küchenrührgerät zu bearbeiten. Da war Gefahr im Verzug, da konnten wir nicht lange fragen, ob es sich um Sexspielchen in beiderseitigem Einverständnis handelte – wie es der Rechtsanwalt später darlegte. Also rüber ins Hotel, Treppe hoch, Schulter gegen die Tür. Als wir ins Hotelzimmer stürmten, zog der Kerl eine Waffe. Ich schoss, er ging zu Boden. Dass die Pistole nicht geladen war, konnte ich nicht wissen. Mein einziger Fehler war, dass ich während der langen Wartezeit auf dem zugigen Baugerüst einen Schluck aus dem Flachmann genommen hatte. Ja, vielleicht waren es auch zwei. Und genau dafür habe ich dann ein Disziplinarverfahren an den Hals bekommen. Das war's. Seitdem trinke ich nicht mehr, seitdem trage ich keine Waffe mehr und auch keine Uniform.«

Tom Becker nickte. Wir blickten noch eine Weile auf den Springbrunnen gegenüber der *Nordsee*-Filiale, wo Jugendliche mit Handy am Ohr ihren undurchsichtigen Geschäften nachgingen, eine Gruppe von Freilufttrinkern ihren Alkoholspiegel einpegelte und ein dünnes Mädchen auf der Blockflöte blies. Mit den zaghaften Sonnenstrahlen, die sich im Sprühwasser des Brunnens brachen, entbehrte das Bild nicht einer gewissen Romantik.

Tom Becker wurde unruhig.

Ich sagte: »Ihr Bildschirm wartet, gehen Sie schon mal, ich bleibe noch ein Stündchen.« Es tat gut, so dann und wann den Vorteil meiner Selbstständigkeit demonstrieren zu können.

Nach einer Viertelstunde wurde es mir langweilig. Ich ging über den Brunnenplatz, direkt auf einen Bettler zu, der in einer neuen Demutshaltung bettelte, wohl in der Annahme, dass innovative Geschäftsideen belohnt würden. Ich tauschte bei ihm einen Zehner in Münzen und gab ihm eine Mark.

Von der Telefonzelle neben den Briefkästen, die als Ablage für Bierdosen die richtige Höhe hatten, rief ich Kurt Heisterkamp an.

»Was macht der ›Taubenmord‹ von Walsum?«

Ich merkte ihm an, dass er nicht darüber sprechen wollte, wahrscheinlich war jemand in seinem Büro.

»Komm heute Abend doch mal bei uns vorbei«, sagte er.

45.

Auf eine Schusswaffe kann ein privater Ermittler zur Not verzichten, aber ohne Beziehungen kommt er nicht weiter.

Ich wählte eine Nummer im Düsseldorfer Landtag und bekam einen Mann an die Strippe, den ich aus Zeiten kannte, da ich einen Spitzengenossen während des Wahlkampfs als Leibwächter begleitet hatte. Ich fragte Roskothen, ob er mir die Passagierliste eines bestimmten Fluges besorgen könne.

»Welche Linie?«
»*Flamingo-Jet-Charter.*«
»Welches Datum?«

Ich nannte ihm den Tag, den ich aus dem Zeitungsartikel

über den Zwischenfall kannte. Er sagte nicht ja und nicht nein, gab nicht einmal zu erkennen, dass er meine Bitte verstanden hatte. Er fragte: »Sind Sie immer noch so verrückt auf das Eis aus dem kleinen Laden in Kaiserswerth?«

»Ja, Vanille, Schokolade und saure Sahne. Morgen Nachmittag?«

»Übermorgen!«

Ich ging in den *Nudelgarten,* aß eine Portion Lasagne und machte mich wieder auf den Heimweg.

Seit ich per Fax zu erreichen war, ging mein erster Blick, sobald ich mein Büro betrat, automatisch immer zu dem Gerät; und zwar mit einer optimistischen Spannung, obwohl Faxmitteilungen natürlich auch schlechte Nachrichten enthalten können.

Ich beugte mich über das abgerollte Blatt und sah viele Namen. Die Passagierliste des *Flamingo*-Flugs nach Ibiza erschien mir auf den ersten Blick nicht viel aufregender als die Seite aus einem Telefonbuch. Unbekannte Namen, bis auf einen, der es allerdings in sich hatte. Entweder war der Mann noch immer Staatssekretär oder inzwischen schon Minister. Oder gar nach Berlin umgezogen? So ganz war ich nicht auf dem Laufenden.

Ich kramte noch immer in meinem Gedächtnis, als ich im Anhang den Namen meiner Exfrau entdeckte. Das war keine große Überraschung, Kristine hatte es mir ja bereits gesagt. Im Stillen hatte ich jedoch gehofft, dass es anders wäre. Nun hatte ich es schwarz auf weiß.

Mein kluges, kühles Exweib war tatsächlich an jenem bewussten Tag nach Ibiza geflogen, zusammen mit Dora und Kristine und einem Spitzengenossen im Passagiersitz der *Flamingo*-Maschine.

Roskothen hatte prompt reagiert, das Treffen aber nicht abgesagt.

»Was liegt an?«, begrüßte mich Kurt in seinem Garten, er saß da in einer Hollywood-Schaukel und paffte an seiner Pfeife.

»Kurt, das ist das hässlichste Möbelstück, das ich seit langem gesehen habe.«

»Andere finden es schön.«

»Andere lügen. Ich bin ein Freund – wenn ich nicht ehrlich bin, wer dann?«

»Du meinst also, Freundschaft sei eine Lizenz, um geliebte Menschen zu kränken? Ach, komm setz dich an meine Seite und erzähl mir was von Ibiza.«

Ich hockte mich auf den Rasen.

»Eine der ältesten Metropolen im Mittelmeerraum, im Jahre 654 vor Christi von den Karthagern gegründet …«

»Ach, ich will nichts von alten Karthagern, sondern was von jungen Nixen hören, Elmar!«

Ich erzählte ihm, was er hören wollte: »Hübsche Mädchen, wohin du blickst, an den Stränden, in den Straßencafés, und wenn du nicht aufpasst, fällt dir nachts eine beschickerte Sekretärin auf den Schoß. Ich bin froh, dass ich wieder hier bin.«

»Ungerechte Welt! Ich, ein braver Hauptkommissar, muss mir so eine alberne Schaukel kaufen, um einen Hauch von Hollywood zu spüren, und du, ein verdammter Schnüffler, genießt das Leben in vollen Zügen.«

»Ich trinke nicht, ich rauche nicht und den Rest gebe ich auch bald auf.«

»Was ist los, unglücklich verliebt?«

Ich hob die Arme. »Vorbei, ehe es richtig begonnen hatte.«

Kurt schien mit der Antwort zufrieden zu sein; er brachte die Schaukel in Schwung und griff sich von dem Tischchen vor ihm ein Glas, das eine grüne Flüssigkeit mit Zitronenscheibe und Strohhalm enthielt.

Ich fragte Kurt erneut, wie die Sache um den so genannten ›Taubenmörder‹ stand, und erfuhr, dass René Laflör demnächst dem Haftrichter vorgeführt wurde. »Es sieht nicht gut aus für ihn. Wie ich gehört habe, bleibt der Hauptzeuge Jürgen Kallmeyer bei seiner Aussage.«

Das war es, was ich hatte wissen wollen. Wir spekulierten noch ein wenig über den Fall, dann kam ich zu dem anderen Grund meines Besuchs.

»Kurt, nehmen wir mal an, ich könnte nachweisen, dass ein hoher Politiker in eine Sexaffäre verwickelt ist ...«

Er nuckelte an dem Strohhalm. »Vergiss es, interessiert keinen, wir sind doch nicht in Amerika.«

»Und wenn Kokain im Spiel wäre?«

»Dann wäre er politisch tot. Aber du«, er sah mich streng, fast väterlich an, obwohl er gar nicht viel älter als ich war, »aber du, Privatdetektiv Elmar Mogge, hättest anschließend ein schweres Leben vor dir.« Er stellte das Glas wieder weg.

»Ein hohes Tier also?«

Ich nickte.

»Klemm dich lieber hinter Ladendiebe oder Ehebrecher.«

»Du meinst wohl, Freundschaft bedeutet, dass man das Recht hat, den befreundeten Menschen runterzuputzen.«

»Ach, mach doch, was du willst, Elmar!« Kurt lehnte sich in das Kissen zurück, sodass sein großer, fast kahler Schädel jetzt von stilisierten Palmen und tropischen Blumen umrankt wurde. Mit geschlossenen Augen genoss er die letzten Strahlen der untergehenden Sonne. »Aber vorher kannst du mir in der Küche noch so einen Limonendrink wie diesen mixen und Gisela und die Kinder begrüßen.«

46.

Als ich bei dem Literaturklub in Oberkassel eintraf, schritt Verena gerade durch die Drehtür des alten Backsteingebäudes, dem man einen postmodernen Glasvorbau verpasst hatte. Sie trug ein schwarzes Kleid mit rotem Gürtel und dazu ein durchgeistigtes Lächeln zur Schau, als ginge sie Seite an Seite mit einem Kandidaten für den Literaturnobelpreis. In Wahrheit bestand ihre Begleitung aus drei Matronen mit klobigem Schuhwerk und einem Mann in schwarzer Lederjacke, allem Anschein nach der Autor.

Der Typ schaute Verena schmachtend an: »Vielleicht könnten wir ja noch gemeinsam auf ein Glas Wein, Sie und die Damen ...«

»Tun Sie das«, sagte ich, indem ich mich zu der Gruppe gesellte. »Aber gefälligst allein, denn meine Frau hat keine Zeit, sie muss noch zwei Körbe Wäsche bügeln.«

»Das ist Elmar Mogge, er schreibt an einem Pennerroman und recherchiert gerade im Milieu«, stellte Verena mich vor.

»Wie interessant. Dann könnte der Herr Erich Mokka doch mal bei uns im Literaturkreis lesen«, bemerkte eine der Damen, die meinen Namen nicht richtig verstanden hatte und auch sonst wohl nicht alles mitkriegte.

»Aber sicher, aber sicher«, sagte Verena lächelnd.

Als wir außer Hörweite der Gruppe waren, verschwand ihr Lächeln.

»Das war mal wieder so ein Moment, in dem ich mich glücklich schätze, nicht mehr deine Frau zu sein.« Sie stieß meine Hand von ihrem Ellbogen, blieb aber an meiner Seite.

Während wir den Weg zur Rheinuferpromenade einschlugen, legte ich los, der richtige Zeitpunkt war gekommen. »Und ich bin glücklich, den hübschen Auftrag von dir überstanden zu haben. Angeblich sollte er mir ja lediglich etwas Geld und ein paar schöne Tage in der Sonne bringen. Dann aber hat man mir auf wenig sensible Weise klargemacht, dass ich auf der Insel unerwünscht bin.«

»Das verstehe ich nicht, Elmar.«

»Zum besseren Verständnis könnte ich dir hier unter der Laterne meinen Penis zeigen, an dem langsam die Narben abheilen.«

»Elmar, du überraschst mich. Ich finde dich richtig sexy, wenn du zornig bist.«

Wir setzten uns auf eine Bank und schauten auf den träge fließenden Strom und hinüber zur Altstadt.

»Also, Elmar, man hat dir übel mitgespielt auf Ibiza, warum, wieso, was bringt dich so hoch?«

»Sexspielchen über den Wolken, Kungeln unter Palmen, ein hoher Genosse mit der Nase im Koks, mittendrin meine Exfrau und über allem eine Decke des Schweigens!«

»Du kommst mir doch jetzt nicht moralisch, oder? Bademode vom griechischen Designer Vassilios Kostetsos wurde schon auf einem Flug zwischen Athen und der Insel Kos vorgeführt, und alles andere, was du da erwähnst, ist auch nicht so neu. Hätte ich dir von Anfang an erzählt, warum mir daran gelegen ist, Dora zu finden, du hättest den Auftrag nie angenommen.«

»Dann sag es mir jetzt!«

Sie zog einen ihrer geflochtenen Schuhe aus und massierte ihren Fuß. Dann erzählte sie Folgendes:

Nach unserer Trennung hatte sie wieder angefangen, in ihrem früheren Beruf als Stewardess zu arbeiten, zunächst bei der *Lufthansa*, dann bei der *Flamingo*-Chartergesellschaft. Auf einem Flug nach Ibiza hatte sie Harro Bongarts kennen gelernt. Er gehörte zu dem bereits erwähnten Mittelmeerausschuss und hatte sich auf dem Gebiet der Solartechnik und Meerwasserentsalzung kundig gemacht. Mit diesem Wissen und der Kenntnis, wie man für solche Projekte in Brüssel bis zu achtzig Prozent EU-Beihilfen erlangen konnte, brachte er Leute aus der Industrie mit Genossen von der PSOE, dem spanischen Gegenstück zur SPD, zusammen.

»Und weil er so wunderbar über Sonnenenergie und Meerwasser referieren konnte, bist du mit ihm ins Bett gegangen.«

»Nein, Elmar, weil er gute Manieren hat und sich für Kunst interessiert, weil er mit mir über Arnold Schönberg und Arno Schmidt redet und im Übrigen wunderschöne blaue Augen hat.«

»Dein blauäugiger wunderbarer Mann war an jenem bewussten Tag jedoch nicht in der Maschine.«

»Stimmt, er nicht, aber sein Vorgesetzter, Staatssekretär Alfons Schneider. Du kennst ihn?«

»Nur aus dem Fernsehen, aufgekrempelte Ärmel, ›wir tun was für unser Land‹.«

»Und genau so ist er. Für den ist die Nachkriegszeit noch nicht zu Ende, nur dass er damals statt seiner biederen Ehefrau, die immer noch im geblümten Kittel einer Trümmerfrau umherläuft, ein halbseidenes Flittchen an seiner Seite hatte, eine Schlampe mit Silikontitten und Lippen, die sie zu einem Sofakissen hat aufblasen lassen.«

»He, nichts gegen Leute, die für Arbeitsplätze in den Schönheitskliniken sorgen.«

»Nein, überhaupt nichts, Elmar. Störend war eigentlich nur, dass Schneider auch noch mit meiner Kollegin anbändelte.«

»Mit Dora.«

»Ja. Aber richtig scharf war er auf den speziellen Nachtisch, den Eingeweihte, und zu denen zählt er, sich auf der Toilette servieren ließen, mit dem schönen Nebeneffekt, dass sie zwar die Droge zu sich nahmen, im Falle eines Falles aber nicht belangt werden konnten, weil der reine Konsum straffrei ist.«

»Kein Handel, kein Besitz, verstehe. Wie aber ist es zu dem Zwischenfall beim Landeanflug gekommen? Doch nicht etwa, weil Schneider auf der Bordtoilette kokst, das kann es doch nicht gewesen sein.«

»Indirekt schon.«

»Das musst du mir erklären.«

»Also, beim Landeanflug hat der Kopilot bestimmte Aufgaben. So muss er beispielsweise mit dem Mann im Tower die Flughöhe abstimmen. Wenn er aber stattdessen damit beschäftigt ist, heimlich Videoaufnahmen von einem Staatssekretär zu machen, der die Nase im Koks und seine Finger in einer Stewardess hat, dann wird es haarig. So war es in diesem Fall. Plötzlich befanden wird uns auf Kollisionskurs mit einer anderen Maschine. Hartes Ausweichmanöver – ich glaube, die Folgen kennst du.«

Ich nickte. »Dass auf deutscher Seite kein Interesse bestand, die Ursachen des Zwischenfalls zu untersuchen, leuchtet mir jetzt ein. Warum aber hat auch die spanische Seite nichts unternommen? Schließlich muss doch jede noch so kleine Unregelmäßigkeit gemeldet werden.«

»Weil der Mann im Kontrollturm die Meldungen und Bestätigungen nicht, wie's ja Vorschrift ist, auf Englisch durchgab, sondern auf seinem geliebten Spanisch. Das kommt schon mal vor, macht normalerweise auch nichts, diesmal aber schon. Eine Verkettung von Fehlern, eine Verflechtung von Schuld. So geht es doch meistens.«

»Und deshalb hieß es, wenn ihr nichts sagt, sagen wir auch nichts.«

Verena hob die Hände. »Nun vermute mal nicht gleich ein Komplott. Da muss man nichts absprechen.«

»Nein, es genügt, an der Aufklärung nicht interessiert zu sein, das kenne ich noch aus dem Polizeidienst.«

»Du hast es erfasst. Elmar, du hattest nach meinem Motiv gefragt. Nun, ich möchte Dora hier in Deutschland haben, um sie gegen Schneider aussagen zu lassen. Der Mann muss weg!« Sie kreuzte die Finger vor den Augen. »Hinter Gitter!«

»Verena, verrenn dich nicht! Figuren wie Schneider hat jede Partei, die gibt es bei der Polizei und in allen Organisationen, die wachsen nach wie die Haare in Männernasen. Wenn du meinst, dass so ein Typ wie Schneider weg muss, weil er keinen Stil hat und, was dabei viel mehr ins Gewicht fällt, weil er Steuergelder verschwendet, dann brauchen wir Beweise. Dann müsstest du selbst zum Beispiel auch aussagen.«

Sie legte ihre Fingerspitzen auf meinen Unterarm. »Was das betrifft: Ich stehe selbst in der Geschichte nicht gut da. Es war nämlich meine Aufgabe an jenem Tag, ein mütterliches Auge auf die beiden Küken Dora und Kristine zu haben und die Kabine klarzumelden. Was aber die Beweise angeht, die kannst du kriegen. Unser Kopilot ist ein Mann mit vielen Talenten. Er hat den Stoff besorgt, das Bordbuch kopiert und, wie gesagt, dieses Video gedreht. Du müsstest ihn nur ausfindig machen und ihm dann ein Angebot unterbreiten …«

»… eins, das er nicht ablehnen kann.«

»Genau, Elmar, wäre mal was anderes, als Graffiti-Sprayern aufzulauern.«

Ich verzieh ihr die bissige Anspielung, denn die Nacht war mild und zudem gab es Wichtigeres zu bedenken. Ich dachte an Skasa und das Finanzamt Duisburg-Süd, dem ich in den nächsten Tagen mein auf Ibiza verdientes Honorar überweisen musste; ich dachte an die Drecksäcke, die Steuergelder verjubelten und mit Biedermiene die Wähler betrogen – all das und die Aussicht auf ein fettes Honorar bewirkten bei mir einen für meinen Charakter doch eher ungewohnten

Robin-Hood-Effekt. Aufräumen! Den Rächer spielen. Ich konnte den ganzen Laden hochgehen lassen. Alle! Die Schreiberlinge, die für einen Flug mit *Flamingo* nur Lobeshymnen verfassten, die spanischen Behörden, die Kristines Tod als Unfall abtaten, die deutschen Beamten, die keinerlei Anstrengung unternahmen, um Kriminelle wie Gerry und Terry im Ausland aufzuspüren.

»Was überlegst du, Elmar?«
»Ich kenne jemanden bei der WAZ, der könnte so etwas ...«
»Elmar, ich besorge dir Kontakte zum *Spiegel*, zu *Focus*, zum *Stern*, zu welcher Redaktion du auch immer willst. Allerdings sind die Redakteure verwöhnt, die verlangen fertige Berichte. Das heißt: Beweismittel, dazu aktuelle Fotos von dir und einen Bericht von mir, den ich natürlich nicht unter meinem Namen verfassen werde – wir würden eine Lawine lostreten.«
Wenn die Lawine ins Rollen kam, würde sie in Regierungskreisen für Aufregung sorgen. Reflexartig blickte ich hinüber zu dem Glitzerding auf der anderen Rheinseite. Dort, im so genannten Stadttor, residierte die Staatskanzlei.
Ich kam auf das Honorar zu sprechen.
»Darüber reden wir später«, schlug meine Klientin vor.
»Wann?«
»Gleich, Elmar, beim Essen. Willst du mich nicht einladen? Reibekuchen.«
»So proletarisch?«
»Mit einem klitzekleinen Klecks Kaviar drauf. Wir haben doch was zu feiern, denke ich, oder?«

47.

Nachdem ich wusste, wie der Kopilot hieß, hatte es mich nur ein paar Minuten gekostet, seine Telefonnummer herauszufinden.

Die Verhandlungen über den Preis für die Videokassette

dauerten schon etwas länger. Irgendwann deutete ich an, dass meine ehemaligen Kollegen von der Duisburger Kripo die Aufnahmen ohne einen Pfennig beschlagnahmen könnten. Das half dann.

»Zehntausend, mein letztes Angebot.« Seine Stimme klang nervös, die Härte war aufgesetzt; so sprach ein Mann, der am Abend zuvor ein paar Gläser zu viel getrunken hatte.

»Drei große Scheine«, sagte ich. »Wenn das Material gut ist, gibt es noch mal fünf. Ist es nicht gut, will ich die Knete zurück.«

Ich sprach in der Tonlage, die man von einem windigen Schnüffler erwarten konnte. Zwar verhandelte ich mit Verenas Geld, doch nur ein Amateur würde nicht feilschen. Außerdem musste der Mann wissen, dass die Aufnahmen allein – ohne Recherche, ohne Zeugenaussagen – nicht viel wert waren. Schließlich erwarteten die Medien gründliche Vorarbeit, wie mir Verena gestern eingebläut hatte.

»Und wer garantiert mir, dass ich den Rest kriege?«

»Niemand. Wenn Sie beim Bäcker ein Brötchen bestellen, vertraut der auch darauf, dass Sie mit der Semmel nicht auf und davon rennen. Die Pilotenvereinigung oder das Amtsgericht können wir nicht einschalten«, sagte ich. »Wer falsch spielt, bekommt Ärger«, hängte ich ebenso lässig wie drohend an und hoffte, dass es überzeugend rüberkam. »Also, ja oder nein?«

Er atmete hörbar durch. »Ja. Und wo?«

Ich markierte den unerschrockenen Burschen, war aber auf der Hut. Auf keinen Fall wollte ich, wie auf Ibiza, in eine Falle tappen. Hier war mein Revier, ich konnte den Heimvorteil nutzen.

»Zwischen Duisburg-Walsum und Orsoy pendelt eine Autofähre, etwa alle halbe Stunde. Gehen Sie auf der Orsoy-Seite mit dem Wagen an Bord. Die Überfahrt dauert nur knapp zehn Minuten, bleiben Sie nach dem Anlegen in Walsum im Wagen sitzen. Ich zeige Ihnen mein Ticket, spreche Sie an. Nennen Sie mir nur die Marke und die Farbe Ihres Wagens.«

»Dunkelgrüner Audi A4.«
»Heute Nachmittag, rundum 17 Uhr.«
Ich hängte ein.
Dann rief ich den jungen Türken an, der mir vor einiger Zeit, als ich auf dem Weg zu meinem Taubenklienten war, mit den Worten »Anruf genügt« seine Telefonnummer gegeben hatte. Ich erklärte ihm, worum es ging, erfuhr dass er Cetin hieß und dass ›Sonderaufgaben‹ seine Spezialität waren.

Um halb fünf war ich in Walsum.
Wie auf Schienen fuhr mein Kombi zu der Straße, in der Marie Laflör wohnte. Vor ihrem Haus bremste ich ab, hielt aber nicht an, obwohl der Wunsch, ein paar Worte mit ihr zu wechseln, sehr stark war. Über die Hecke hinweg, die das Grundstück gegen die Straße abschirmte, glaubte ich, wie damals, ihr Gesicht hinter der Fensterscheibe zu sehen. Wer liebt, wird leicht Opfer seiner Fantasie. Einmal hatte ich Marie das Schaufenster einer Boutique dekorieren und ein andermal auf einem Fahrrad durch meine Straße fahren sehen. Auf den ersten Blick, beim zweiten waren es blonde Frauen ihrer Größe gewesen, ohne wirkliche Ähnlichkeit.
An der Anlegestelle blies ein frischer Wind.
Die Fähre legte gerade in Orsoy ab. Sie drehte sich mit der Breitseite zum Strom und ich konnte ihren Namen erkennen: *Glück auf.*
Na dann!
Den grünen Audi sah ich schon von weitem. Es waren noch andere Autos an Bord, ein halbes Dutzend etwa. Kaum knirschte die Anlegeklappe auf dem Untergrund, gingen Fußgänger und Radfahrer an Land. Die Autos hatten die Motoren bereits gestartet, mussten aber noch warten, bis sich eine rotweiß gestrichene Schranke öffnete.
Außer dem Kapitän war ein zweiter Mann an Bord, bei dem ich mein Personenticket und einen weiteren Fahrschein für ein Auto bezahlte.
Ich stellte mich neben den grünen Audi A4 und zeigte dem Fahrer das Ticket, das ich für seine Rückfahrt gekauft

hatte. Es war ein asketischer, fast dünner Mann um die vierzig, mit scharfen Gesichtszügen und einer gelblich getönten, tropfenförmigen Sonnenbrille. Er entriegelte die Beifahrertür und ich ließ mich auf den Sitz gleiten.

Nachdem ich meinen Leinenbeutel gegen die Mittelkonsole gelehnt hatte, schloss der Pilot das Handschuhfach auf und reichte mir eine gepolsterte Versandtasche. Seine Bewegungen wirkten fahrig, sein Blick war unruhig, einzig die Breitling-Uhr an seinem Handgelenk drückte eine gewisse Solidität aus. Der Mann hatte Probleme mit seinen Nerven. Mit ihm am Steuerknüppel hätte ich nicht einmal einen Rundflug über den Duisburger Hafen gebucht.

Ich schob den schmalen Umschlag mit den drei großen Scheinen in das Handschuhfach. Er nahm das Kuvert an sich, prüfte das Geld und ließ es in die Innentasche seines Blouson gleiten. Beim Herausziehen seiner Hand zeigte er mir sehr demonstrativ den Griff einer schwarzen Pistole. Ich verstaute die Versandtasche mit der Videokassette in meinem Leinenbeutel und öffnete die Tür.

»Wie abgemacht«, sagte ich.

Er klopfte noch einmal viel sagend auf seine Brusttasche und nickte.

Inzwischen hatten wir den Rhein zu drei viertel überquert. Der Fahrtwind schickte mir den Geruch von Brackwasser, Industrie und Kuhweide in die Nase. Ich stützte meine Ellbogen auf die Reling und beobachtete die Mitreisenden, die sich schon zum Absprung bereitmachten. Erst jetzt fiel mir auf, dass sich im Steuerstand der Fähre nicht nur der Kapitän, sondern zwei weitere Männer aufhielten. Einer verließ das erhöhte Steuerhaus über die Treppe, der andere unterhielt sich, den Gebärden nach, angeregt mit dem Kapitän.

Diese beiden Figuren – waren sie mit mir zusammen in Walsum an Bord gegangen?

Mein Gedankengang wurde von einem Geräusch unterbrochen. Es war nicht laut und wurde sofort wieder übertönt, vom stampfenden Diesel, von Wind und Wellen.

Anscheinend maß niemand an Bord diesem Geräusch eine

Bedeutung zu. Mich hatte dieses kurze Plop geradezu elektrisiert. Ich blickte zu dem grünen Audi.

Der Fahrer saß am Steuer, in kaum veränderter Stellung, und doch war ich mir sicher, dass er sein Fahrzeug nicht mehr von der Fähre bringen würde, nie mehr – mit einer Kugel im Kopf war das noch niemandem gelungen.

Das Einschussloch an der Schläfe begutachtete ich im Vorbeigehen, auch die Pistole mit dem aufgeschraubten Schalldämpfer: Profiarbeit. Dann quetschte ich mich durch die Reihen der parkenden Wagen.

Ein Bild durchzuckte mich: das Motorrad an der Kajütenwand!

Alle Autos, die zusammen mit dem grünen Audi von Orsoy nach Walsum übergesetzt waren, hatten die Fähre in Walsum verlassen. Darauf hatte ich geachtet. Das Motorrad hatte ich zwar bemerkt, aber ich hatte es für das Fahrzeug des Kapitäns oder des zweiten Mannes gehalten, weil es gegen Spritzwasser mit einer Persenning abgedeckt war.

Jetzt machten sich dort die beiden Figuren aus dem Steuerhaus zu schaffen.

Mir war ein Fehler unterlaufen. Doch viel Zeit für Selbstkritik blieb mir nicht. Denn in diesem Moment begann der Anlegevorgang. Die Fähre drehte sich zum Land. Polternd senkte sich die Eisenklappe.

Die Motorradfahrer, beide in dicker Lederkleidung, bugsierten ihre Maschine bereits an den Autos vorbei in die vorderste Reihe. Bevor der Ärger losging, weil der grüne Audi den Platz nicht frei machte, würden sie die Fähre verlassen haben.

Wenn sie wirklich die Profikiller waren, für die ich sie hielt, dann hatten sie mich beobachtet. Aber wussten sie auch, dass sich die Kassette bereits in meinem Besitz befand?

Das herauszufinden war leicht. Ich brauchte nur abzuwarten, ob sie mich in die Mangel nehmen würden, gleich nach dem Aussteigen. Ich konnte mich aber auch auf der Fähre verstecken und auf das Eintreffen der Polizei warten, die sich sicher dafür interessieren würde, was ich mit Carlos

Klodt – Hobbyfilmer, Kokskurier und ehemaliger Kopilot bei *Flamingo-Jet-Charter* – zu besprechen hatte. Schöne Alternative.

Es gab noch eine weitere Möglichkeit, was die Pläne der Killer anging, und das war die für mich denkbar schlechteste. Im Vorbeifahren konnten sie mir eine Kugel verpassen.

Was tun? Schnell!

Ich schätzte, dass mir bis zum Anlegen der Fähre noch zwei, höchstens drei Minuten Zeit blieben. Und was ich dann brauchte, war ein kleiner Vorsprung.

Schiffsklappe und Blech an der betonierten Anlegestelle hatten sich noch nicht ganz berührt, die Fähre war noch nicht zum Stillstand gekommen, da rannte ich bereits los.

48.

Ich rannte. Vorbei an zwei Radfahrern und einer Mutter mit Kinderwagen, vorbei auch an sechs, acht Autos, die im Begriff waren, auf die Fähre zu fahren.

Am Ende der Reihe stand ein Ford Scorpio halb schräg zur Straße, älteres Baujahr, tiefer gelegt, mit einem Frontspoiler, der zum Schneepflügen geeignet schien.

Seine Scheinwerfer blinkten kurz auf. Der Fahrer drehte den Motor hoch. Die Beifahrertür schwang auf. Ich warf mich in den Schalensitz. Indem er Brems- und Gaspedal gleichzeitig antippte, brachte der Fahrer den Wagen in Fahrtrichtung, mit einem weiteren Antippen ließ er ihn die Anhöhe vom Rheinufer die Fährstraße nach Orsoy hochschießen, durch eine Deichunterführung und zwei Kurven.

»V6-Cosworth-Rennmaschine wie im Jaguar, drei Liter Hubraum, 24 Ventile, über 200 PS«, erklärte der Fahrer. In seinem dunkelblauen Anzug und mit der feinen Krawatte hätte ich Cetin fast nicht wiedererkannt.

»Was isse los, Chefe, voll krass die Bullen?« Er grinste mich an und wiederholte, betont artikuliert: »Herr Mogge, sind die Ordnungshüter hinter Ihnen her?«

»Nein, zwei Killer, mit Motorrad.«

Sein Gesicht wurde ernst. »Polizei wäre mir lieber.«

Er blickte in den Rückspiegel und drückte das Gaspedal durch. Obwohl wir schon schnell fuhren, wurde ich in den Sitz gepresst. Ich legte den Leinenbeutel mit der Kassette ab und streifte mir die Hosenträgergurte über, die ausgezeichneten Halt gaben. Gerade noch rechtzeitig, denn die nächste Kurve nahm der Fahrer mit Powerslide, ohne die Geschwindigkeit zu verringern. Im Vorbeihuschen nahm ich ein Schild wahr, das Tempo 30 anzeigte, dann waren wir durch Orsoy durch.

»Danke, Cetin!«

»Noch können wir nicht sicher sein, dass wir Ihre Freunde abgeschüttelt haben.«

Auf jeden Fall hatte ich mit dem jungen Türken schon jetzt einen guten Griff getan. Der Bursche konnte fahren. Wie gut, dass gerade er mir eingefallen war, als ich daran dachte, auf der Orsoy-Seite für alle Fälle einen Sicherheitsposten aufzustellen. Einen Moment hatte ich auch an Kurt gedacht, doch der wäre bei der Fahrt durch Orsoy mit dem Tempo auf vierzig runtergegangen und hätte mich dann allenfalls mit seiner Dienstpistole schützen können – wenn er dann überhaupt noch dazu gekommen wäre.

Cetin fuhr mit nahezu unverminderter Geschwindigkeit, wortlos und sehr konzentriert, ab und zu warf er einen Blick in den Rückspiegel. Er hatte den Weg über die Dörfer gewählt.

Ich drehte mich um. Ein paar Autos, aber kein Motorrad in Sicht, gelobt sei das platte Land. Manchmal war der Rhein zu sehen, vom Fluss her trieben Nebelschwaden über Felder mit Mais, Raps und Sonnenblumen. Hinter Bauernhöfen ragten, wie gigantische Spargelstangen, schlanke Schornsteine in den Abendhimmel. Ich atmete durch, roch Landluft. Doch nicht lange, hinter der Homberger Brücke änderte sich der Geruch. Industrieabgase. Weil über längere Zeit und trotz gewagter Durchfahrten an gelben Ampeln ein grauer BMW hinter uns blieb, fuhren wir einen Schlenker. Im Vorbeifahren sah ich Kappesfelder, Kuhweiden und in der Ferne einen Baggersee; langsam entspannte ich mich.

In Rheinhausen ging es erneut über den Rhein, dann die Achse bis Hamborn und schließlich näherten wir uns wieder Walsum.

Es war halb acht.

»Lass uns noch ein wenig rumfahren«, bat ich Cetin. »In einer halben Stunde hört der Fährbetrieb auf.«

Wir kreuzten durch Overbruch und Alt-Walsum, dann bog Cetin in die Rheinstraße ein.

Ende einer aufregenden Rundreise, aber womöglich Anfang einer guten Zusammenarbeit, denn ich hatte einen Plan.

Die Anlegestelle lag verlassen. Keine Passagiere, keine Müßiggänger, die das Anlegemanöver beobachten wollten, kein Polizeiwagen.

»Da vorne steht er, mein guter alter Kombi.«

Cetin fuhr ganz nah an ihn heran, sodass ich hineingucken konnte. Nichts Verdächtiges.

»Immer noch diese Schrottkiste, Chefe? Gebe funfehunnert, mitte Papiere und Schlüssel«, sagte er. Wortwahl und Tonfall waren genau wie an dem Tag, als ich ihn auf dem Weg zu meinem Taubenklienten zum ersten Mal getroffen hatte. Dann sprach er wieder normal: »Mir hat es Spaß gemacht. Zufrieden, Herr Mogge?«

»Ja. Wir müssen noch abrechnen, Cetin.«

»So ist es. Fahren Sie hinter mir her.«

49.

Cetin konnte auch langsam fahren. In Marxloh an der Pollmann-Kreuzung bog er von der Weseler Straße ab und ich beobachtete, dass Cetin ins Handy sprach. Wir näherten uns dem Viertel, in dem er lebte.

Cetin lenkte den Wagen durch einen Torbogen. In dem Innenhof standen Kleintransporter, die auf die große Reise nach Anatolien warteten, Kinder spielten Fangen und ältere

Männer kauerten, den Rücken gegen ein rostiges Klettergerüst gelehnt, vor einem tragbaren Fernsehgerät.

Zwei Jugendliche mit Kampfhunden an der Seite verschlossen hinter uns den Torbogen mit einer Kette. Aus der ehemaligen Arbeitersiedlung, wie ich sie aus meiner Jugendzeit kannte, war, ohne dass sich baulich viel verändert hatte, eine kleine Festung entstanden.

Die Jungen mit den Pitbulls hoben die Hand zum Gruß und verschwanden in einem Kellereingang.

Ich hielt Cetin an der Schulter fest. »Zwischen Walsum und Fahrn hatte ich das Gefühl, dass uns jemand folgt, kein Motorrad, sondern ein grauer BMW, ich bin mir aber nicht sicher, ob es derselbe war, der sich auf der anderen Rheinseite an unsere Stoßstange gehängt hatte. Täte mir Leid, wenn Sie durch mich in Schwierigkeiten gerieten.«

»Keine Sorge, Herr Mogge. Kommen Sie.«

Er ging zu dem Kellereingang, in dem die beiden Jugendlichen verschwunden waren.

Schon im Gang hörte ich Rufe, auf Deutsch und Türkisch, die, obwohl durch die Wände gedämpft, sehr hart klangen.

Als Cetin eine Tür aufstieß, erblickte ich einen Mann, der einen Knüppel schwang und »He, du Kanake!« brüllte.

Instinktiv fuhr meine Hand zum Stiefelschaft, wo ich ein Fleischermesser mit Klettverschluss befestigt hatte, richtete mich dann aber schnell wieder auf.

Cetin hatte den Schlag unterlaufen. Jetzt machte er eine Drehung und warf den Angreifer auf den Boden. Es krachte, doch der Mann rollte sich gewandt ab, kam blitzschnell hoch, stieß die linke Hand wie eine Kralle nach vorn und schwang erneut die rechte mit dem Knüppel. Bevor er jedoch zuschlagen konnte, traf ihn Cetins Fuß am Hals. Das heißt nicht ganz; es war nur ein angedeuteter Tritt, der Millimeter vor dem Adamsapfel abgestoppt wurde.

Der Angreifer ließ den Knüppel sinken und umarmte Cetin. »Na, alter Kanake, wen hast du mitgebracht?«

Die Zuschauer, Jugendliche zwischen sechzehn und Mitte zwanzig, klatschten Beifall.

Cetin hatte vor mir, dem Besucher, eine perfekte Schau abgeliefert.

Die Jungs erhoben sich von den Sportmatten, mit denen der Raum ausgelegt war, und begannen mit Kampfsportübungen. Sie machten ihre Sache recht gut und sicher waren sie auch gefährlich, vor allem aber nützte es wohl ihrem Selbstvertrauen.

Kanaken-Power stand in Sprühschrift an der Wand.

Wir tranken ein Glas Tee und noch eins, und endlich fragte Cetin mich das, was ihm wohl schon die ganze Zeit durch den Kopf gegangen war: ob ich ein Dealer sei. Ich guckte verständnislos, obwohl seine Frage ja eindeutig war, und so glaubte er, mir das erklären zu müssen: »Ein Verteiler, Mann.«

»Nee, im Gegenteil, ich bin eher jemand, der sucht und einsammelt.«

»Und was?«

»Informationen – manchmal auch Menschen.«

»Nicht schlecht! He, Mann, hört sich gut an.«

Ich gab Cetin sein Honorar und sagte, dass ich mich wieder melden würde.

»Alles klar, Herr Mogge.«

Als ich in meinen Wagen stieg, rief er mir nach: »He, Chefe, willse nix Videorekorder, isse ganz neu, gerade vonne Lastewagen gefallen.«

Er konnte es einfach nicht lassen.

Zu Hause schob ich die Kassette in meinen Videorekorder, den ich ganz normal im Media Markt gekauft hatte.

Es war eine Amateuraufnahme, aber die hatte es in sich. Wann sonst sieht man schon mal einen Staatssekretär, der sich, mit den Hosen in den Kniekehlen, über eine Stewardess hermacht.

Ich überlegte, wie der Pilot die Aufnahme wohl zustande gebracht hatte. Bei den Kameras, die ich installierte, um Diebstähle in Firmen aufzuklären, mussten oft geringste Lichtquellen und ein winziges Loch in der Wand genügen.

Beides kein Problem in einem Flugzeug: Der Waschraum war hell erleuchtet, das Objektiv konnte gut versteckt werden und die verräterischen Geräusche der Kamera, mein Hauptproblem, spielten hier überhaupt keine Rolle. Düsenlärm lag über der Szene, die vor meinen Augen ablief, aber die Geräusche, die die Akteure machten, waren deutlich zu vernehmen. Es war das »Aah« und »Ohh« eines Politikers, der auch sonst nicht zu den brillantesten Rednern gehörte. Bei dem »Jaah, jetzt« war das Band zu Ende.

Es sollte wohl, für die dreitausend Mark Anzahlung, nur eine Kostprobe sein.

Nachdem ich das Videogerät ausgeschaltet hatte, sprang automatisch das Fernsehprogramm an. Es war 21.45 Uhr und im WDR begann gerade die Sendung *NRW am Abend*.

Die Moderatorin sprach die Schlagzeile des Tages: »Tod auf der Fähre«, und ihr Kollege kündigte den ersten Beitrag an: »Das Geschehen ist ebenso schrecklich wie geheimnisvoll. Tatort Walsumer Autofähre. Ein Mann hinter dem Steuer seines Wagens, Kopfschuss. Brutaler Mord oder spektakuläre Selbsttötung? Die Polizei tappt im Dunkeln. Ein Bericht von Andreas Kromberg.«

Der Reporter machte den Aufsager.

Bilder von der Fähre, der Kapitän vor der Kamera: »Also, gemerkt haben wir das erst, als der Wagen nicht runterfuhr und dadurch ein anderes Fahrzeug blockierte.«

Eine Stimme aus dem Off fragte nach irgendwelchen ungewöhnlichen Umständen.

»Umstände ist gut. Also, wir legen gerade an, da rennt ein Mann wie von Furien gehetzt von Bord, zwei Männer auf einem Motorrad hinter ihm her.«

Kameraschwenk über den Fluss und die liebliche Rheinaue, Orsoy aus der Ferne. Gegenschwenk auf das Walsumer Heizkraftwerk, ferne Industrieanlagen und einen nahen Streifenwagen. Die Stimme aus dem Off richtete sich an einen Polizisten, der gleich darauf ins Reportermikrofon sprach: »Wir stehen noch am Anfang der Untersuchung, wir verfolgen alle Spuren ...«

»Auch diese Spur?«, fragte die Moderatorin vom WDR in die Kamera. »Bei dem Toten handelt es sich um Carlos Klodt, den ehemaligen Piloten einer privaten Fluggesellschaft, mit der insbesondere Geschäftsleute und Politiker reisten. Zufall? Oder steckt mehr dahinter?«

Mitten in den abschließenden Aufruf, dass sachdienliche Hinweise von jeder Polizeidienststelle entgegengenommen würden, klingelte mein Telefon.

Verena – wie üblich nannte sie nicht ihren Namen, sondern legte gleich los: »Elmar, im Fernsehen jetzt gerade, schrecklich, was ist denn passiert? Ich dachte schon, dass du womöglich ... also nicht auszudenken ... bis sie dann endlich den Namen Carlos Klodt erwähnten. Nun sag doch schon was, ich bin ganz fertig.«

Ich erzählte ihr, was vorgefallen war, und sie erholte sich bemerkenswert schnell von ihrem Schrecken. Von einer Minute zur anderen sah sie die Dinge nicht nur in viel freundlicherem Licht, sondern war von der neuen Lage regelrecht begeistert.

»Die Sache kommt in Schwung, Elmar!«

»Was meinst du mit Schwung?«

»Nun, das öffentliche Interesse regt sich ja immer erst dann, wenn eine Katastrophe geschehen ist. Über vierzig Zwischenfälle hatte es bereits mit der Concorde gegeben, aber erst als 113 Menschen starben, wurde die Sicherheit der Maschine gründlich untersucht.«

»Ich erinnere mich.«

»Manchmal genügt auch ein mit Rohöl verklebter Wasservogel, um die Leute aufzurütteln. Jetzt hat es einen Toten gegeben.«

»Leicht hätte es einen zweiten geben können, mich nämlich. Ist es das, was du mit Schwung meinst, Verena?«

»Nein, nein, natürlich nicht. Aber morgen, da wette ich drauf, gibt es ein ZDF-Spezial und kurz darauf werden einige Genossen, vor allem aber die Abgeordneten der Opposition eine Untersuchung der Vorfälle verlangen.« Jetzt klang ihre Stimme so euphorisch, als hätte sie soeben im Fernsehen die

Ziehung der Lottozahlen verfolgt und den Hauptgewinn getroffen. »Und dann beginnt die Suppe zu kochen.«

»Und ich steh am heißen Herd.«

»Im gewissen Sinne ja, aber dir fehlen noch ein paar Zutaten.«

»Lass mich raten: Dora als Zeugin, Fotos als Beweismittel?«

»Du hast genau das Rezept, bist ein guter Koch, Elmar!«

»Ja, aber um die Zutaten beschaffen zu können, brauche ich Kohle.«

»Die kriegst du, kriegst du.«

Das war der Satz, den ich hören wollte.

Es war so weit.

50.

Um 16 Uhr war ich mit Roskothen verabredet. Zwar hatte sich das Treffen eigentlich erledigt, denn die Passagierliste hatte ich ja bereits als Fax erhalten, aber ein persönliches Gespräch konnte nie schaden.

Ich fuhr über die B 8 nach Kaiserswerth, kam schneller durch als erwartet und hatte noch gut zwanzig Minuten Zeit.

Ich ließ den Mühlenturm rechts liegen und schlenderte am alten Zollhaus vorbei zu dem Anleger am Rhein, der hauptsächlich von Ausflüglern benutzt wurde. Ein Stück rheinaufwärts verkehrte darüber hinaus eine Autofähre, wie die in Walsum, doch Kaiserswerth, nur etwa dreißig Kilometer von Walsum entfernt, das war schon Düsseldorf und eben eine andere Welt. Es gab malerische Gassen mit Kopfsteinpflaster, Kneipen, die wie Kunstgalerien aussahen, und mehrere Speiselokale, von denen einige teuer und gut, andere aber nur teuer waren.

Der Diener in Livree vor der Boutique *Mode-Villa* musterte mich misstrauisch. Dabei schaute ich nur in die Auslage, um zu prüfen, ob mir jemand gefolgt war. Der Mann in der rotgoldenen Operettenuniform wollte mich schon ansprechen, als ein silbergraues Sportcoupé vorfuhr, eine Frau in T-Shirt und Jeans ausstieg und ihm den Autoschlüssel reichte. Sie betrat den Laden und er fuhr den Wagen zu einem Parkplatz, der womöglich weiter entfernt lag als die Wohnung der Besitzerin. Ich stellte mir vor, dass die Dame in Jeans nach einer Stunde aus der *Mode-Villa* wieder herauskäme, wahrscheinlich mit einem neuen T-Shirt von einem Designer, um anschließend, weil sie noch nicht zurück in ihren goldenen Käfig wollte, eine Tür weiter in diese Sushi-Bar zu gehen, vor der ich gerade stand. Ich warf einen Blick auf die Speisekarte, bekam Hunger auf Möhrengemüse mit einer Frikadelle und schlenderte weiter.

Mir blieben noch fünf Minuten. Keine Eile. Denn das kleine Eiscafé *Marco,* wo ich den Abgeordneten des Düsseldorfer Landtages treffen wollte, lag gleich um die Ecke in der Stiftsgasse.

Ich schaute durch das einstige Wohnzimmerfenster, das nun als Durchreiche für den Straßenverkauf diente, sah drei Resopaltische mit niedrigen Kunstledersesselchen, in denen aber niemand saß, und bestellte: »Vanille, Schokolade und saure Sahne, Vanille zuerst, bitte.«

»Hörnchen oder Becher?«

»Hörnchen.«

»Für mich das Gleiche«, sagte jemand hinter meinem Rücken.

Ich drehte mich um und erblickte einen Mann mit fleischigem Kinn, Kugelbauch und ungesunder Gesichtsfarbe. Zu viele Stunden am Schreibtisch, zu wenige an der frischen Luft. Ganz offensichtlich kam er nicht in den Genuss dienstlich bedingter Reisen in den Süden.

Ich hatte Roskothen ein paar Monate nicht gesehen und in der Zeit schien er mir um Jahre gealtert. »Sie sehen gut aus«, sagte ich übertrieben lebhaft.

»Sparen Sie sich die Lügen, Herr Mogge. Übrigens, den Weg hätten wir beide uns auch sparen können.«

»Warum haben Sie mich dann nicht angerufen?«

»Ich habe mich nicht getraut.«

»O je, die bösen Bänder, die alle Telefongespräche nach

draußen aufzeichnen? Übrigens, vielen Dank für die Flugliste.« Wir spazierten mit unseren Eishörnchen über den Stiftsplatz mit der schiefergedeckten Suitbertuskirche, scheinbar einzig und allein auf das Schlecken konzentriert.

Doch Roskothen wirkte nervös, immer wieder blickte er sich um. Ich sah nur Leute, die die Fassaden der restaurierten mittelalterlichen Gebäude bewunderten.

»Flugliste, von mir?«, wiederholte Roskothen. »Soll das ein Scherz sein? Es gibt keine Flugliste für den besagten Tag.«

Da rutschte mir doch fast das Eis aus der Hand. »Aber ich habe doch solch eine Aufstellung per Fax bekommen.«

»Nicht von mir, Herr Mogge. Nochmals, es existiert keine Liste! Und ich bin nur gekommen, um Ihnen genau das zu sagen.« Er deutete hinüber zur anderen Straßenseite. »Da vorne steht mein Wagen. Die restlichen Meter gehe ich allein. Keine Anrufe mehr. Und passen Sie auf sich auf, Herr Mogge!«

Ich schaute ihm nach, wie er das Eishörnchen in einen Papierkorb stopfte und seinen Wagen aufschloss. Roskothen zögerte, sein Blick wanderte vom Auto zum Rinnstein und wieder zurück. In Filmen ist das der Moment, wo die Kiste in die Luft fliegt, das heißt sofern die Handlung in Los Angeles oder New York spielt. In Kaiserswerth tritt der Held allenfalls in einen Hundehaufen.

Ich sah ihn fluchen und musste grinsen; ein Landtagsabgeordneter mit Dreck am Schuh, das hatte doch Symbolcharakter.

Schnell wurde ich wieder ernst. Wenn nicht M. d. L. Roskothen, wer dann hatte mir die Flugliste geschickt?

Diese und noch ein paar andere Fragen gingen mir so durch den Kopf, während ich im Rückspiegel einen Wagen beobachtete, der mir folgte. Ein grauer BMW, mal wurde er kleiner im Rückspiegel, dann hing er mir wieder im Nacken. Am meisten störte mich die Tatsache, dass die beiden Insassen sich nicht die geringste Mühe gaben, dies ein wenig versteckter zu tun.

Offene Observierung, na schön.

In Wanheim kreuzte ich die Schienen der Werksbahn von Rheinstahl Thyssen und bremste, ohne dass es nötig gewesen wäre, scharf ab. Der Verfolgerwagen verfehlte meine Stoßstange nur um Zentimeter. Im Rückspiegel konnte ich die Gesichter meiner Beschatter gut sehen. Mit dem Mann auf dem Beifahrersitz hatte ich es schon einmal zu tun gehabt. Ein junger, sehr eifriger LKA-Beamter, dem ich aus Übermut eine Schweinezunge zugesteckt hatte; eine Neckerei, die der Typ, der zu Gewalttätigkeiten neigte, sicher nicht vergessen hatte. Ganz deutlich hatte er mir damals gezeigt, was er von mir hielt. Das Wort ›Kakerlak‹ war gefallen.

Und jetzt war er gezwungen, sich wieder mit Mogge der Küchenschabe zu beschäftigen.

Und das aus gutem Grund!

Elmar, sprach es in mir, stell dir vor, du bist nicht mehr so ein kleiner Privatschnüffler, der untreuen Ehemännern auflauert, der in Lagerhallen Minikameras installiert. Stell dir vor, dass du einer wirklich großen Sache auf der Spur bist, drauf und dran, einen Skandal aufzudecken, der die Republik erschüttern wird. In ein paar Wochen wirst du beim morgendlichen Tee die Zeitung aufschlagen und da steht dann, dass der Duisburger Expolizist und nunmehrige Privatdetektiv Elmar Mogge die Landesregierung ins Straucheln gebracht hat.

Und weißt du, was danach passiert? Die Großen der Zunft werden bei dir anrufen und dich um deine Mitarbeit bitten. Elmar, wir haben da ein Problem mit den verschwundenen Parteispenden, könntest du nicht...? Schreiberlinge der großen Magazine werden fragen, was du liest und welche Anzüge du trägst. Noch was vergessen? Richtig, endlich werden langbeinige Schönheiten dein Büro stürmen, reiche Erbinnen, die ihren Vater, Industrielle, die ihre verschwundenen Kinder suchen, also Klienten, die du bislang in deinem Büro nur auf dem Fernsehbildschirm gesehen hast.

Über Hochfeld und Neuenkamp in mein Viertel, die Landesbullen aus Düsseldorf hatten jeden Umweg mitgemacht. Mir fiel Roskothens schuldbewusste Miene ein. Ob er mir die Verfolger auf den Hals gehetzt hatte? Ich hielt vor meiner Haustür, ging schräg über die Straße, wo die beiden Beamten ihren Wagen geparkt hatten, und sprach sie an: »Ich halte jetzt meinen Büroschlaf, mindestens eine Stunde. Hand drauf. Sie können in der Zeit was essen gehen.«

Ihre Gesichter versteinerten. Ich empfahl ihnen das *Café Bienen* auf der Mülheimer Straße. »Gutbürgerliche Küche, zum Beispiel Schweinebraten.«

»Jetzt geben wir Ihnen mal einen Tipp«, sagte der junge, mir bereits bekannte Schabenfeind. »Bleiben Sie in Ihrer versifften Bude, denn wir werden Sie nicht aus den Augen lassen. Und bei der geringsten Kleinigkeit, einschließlich falsches Parken, legen wir Ihnen die Hand auf die Schulter.«

51.

Nachts dauert es oft Stunden, bis ich einschlafe.

So auch letzte Nacht, zu viel war mir durch den Kopf gegangen. Fragen, die Antworten verlangten, Gesichter, die mich wütend machten, und dann war da auch ein Gesicht, das ich gern gestreichelt hätte.

Als ich überhaupt keine Ruhe fand, hatte ich mich ans Fenster gestellt und über die nassen Baumkronen in den Nachthimmel geblickt, wo die Laserfinger einer Diskothek die Wolken kitzelten. Der Nordwind lieferte die Nachtgeräusche frei Haus, von der nächsten Ecke das Grölen eines Betrunkenen, vom nahen Tierpark Wolfsgeheul, vom fernen Stahlwerk das Rumpeln der Maschinen und aus Walsum kam das Flüstern einer Frauenstimme: »Das zwischen uns war etwas ganz Besonderes, wie es nur wenige Menschen erleben, und du hast es vermurkst.«

Kaum zu glauben, aber nachts tragen Stimmen ja bekanntlich sehr weit.

Ganz anders tagsüber, da störte mich kein Verkehrslärm, da konnten unter mir, wie es jetzt anscheinend passierte, die Wände eingerissen werden. Kaum hatte ich mich für meine kleine Siesta hingelegt, vermischten sich meine Gedanken mit Traumbildern ...

Ich war ein Hund. Aber nicht so ein fauler Hund, der am Ofen lag, sondern einer, der mit Eifer seiner Arbeit nachging. Ich war ein Foxterrier und jagte Ratten in einer Arena, umgeben von Zuschauern, die mich mit Rufen anfeuerten. Ich stürzte mich auf die erste Ratte, packte sie am Genick, schüttelte sie wie einen Putzlumpen, warf sie hoch in die Luft und jagte die nächste. Es machte Spaß. Doch dann wurden es immer mehr und sie sprangen mich an, hingen an meinen Lefzen, bissen in meine Beine. Ich drehte mich auf der Stelle, schnappte nach ihnen, traf aber nur die Luft. Schließlich wollte ich die Arena, die immer kleiner wurde, verlassen, wurde aber von den Zuschauern jedes Mal wieder zurückgestoßen. Ich hörte das Fiepen der Ratten, das Johlen der Zuschauer, und dann war da noch ein Geräusch, das ich nicht einordnen konnte.

Ich knirschte mit den Zähnen, und zwar so laut, dass ich davon aufwachte.

Keine ungefährliche Angewohnheit, hatte mein Zahnarzt vor einiger Zeit gewarnt und mir das Tragen einer Kunststoffleiste empfohlen. Knirschleiste, als Nächstes folgten Stützstrümpfe und Bruchband. Nein danke, nicht einmal auf Rezept. In der Tat, meine Zähne waren ziemlich heruntergeschliffen, aber wenn die Gefahren in den nächsten Tagen nicht größer wurden, konnte ich wohl froh sein.

Das Telefon bimmelte, jetzt war es mit meiner Mittagsruhe endgültig vorbei.

Ich hob ab. Kommissar Tepass war am Apparat, er bearbeitete den Mord auf der Walsumer Autofähre. Ich fragte Tepass, was ich damit zu tun hätte.

»Herr Mogge, vor mir liegt die Beschreibung der Person, die nach dem Anlegen in Orsoy fluchtartig das Schiff verlassen hat.«

»Ich schätze mal: männlich, mittleres Alter, durchschnittlich groß, durchschnittlich gekleidet, zwei Arme, zwei Beine ...«

»Sehr komisch! Aber das Lachen wird Ihnen noch vergehen. Die Beschreibung passt nämlich auf Sie ...«
»Und auf hunderttausend andere.« Ich gähnte hörbar.
Zeugenaussagen. Das kannte ich doch. Die einen machten Angaben, die auf jeden zweiten Bürger passten, die anderen hatten zu viel Fantasie, faselten von einem Südländer mit schwarzen stechenden Augen, Schnauzbart und Adidas-Sporthose und hinterher stellte sich heraus, dass der Täter blond und blauäugig war und einen Lodenmantel getragen hatte.
»Herr Mogge, ich möchte Sie in meinem Büro sehen.«
»In Ordnung, Montag am Nachmittag.«
Tepass fragte mich noch, ob ich beabsichtigte, in der nächsten Zeit außer Landes zu gehen, und ich sagte ihm, dass ich für Urlaubsreisen kein Geld hätte.
Stimmte ja auch. Was ich auf Ibiza vorhatte, war Arbeit.
Ich starrte auf das Telefon. Die Sache kam tatsächlich in Schwung, wie Verena es vorausgesagt hatte. Gestern das LKA, jetzt die Duisburger Kripo, da braute sich etwas zusammen. Ich musste schnell handeln.
Ich rief Cetin an, fragte ihn, ob er Lust hätte, ein Wochenende auf Ibiza zu verbringen.
»Wollte ich schon immer mal.«
»Womöglich wird es ungemütlich.«
»Isse klar, Chefe.«
»Und noch was, Cetin.«
»Ja?«
»Hören Sie auf mit dem Türkendeutsch, so sprechen doch nur noch die Comedyheinis im Fernsehen.«
Dann rief ich ein Reisebüro an und buchte drei Tickets nach Ibiza.
»Für wann?«
»Morgen.«
Sie tippte in den Computer. »Glück gehabt. Für eine Familie? Da hätten wir Sonderangebote.«
»Sozusagen, Vater mit Sohn und Tochter, alle haben verschiedene Namen, aber so ist das ja heute in den Familien.«

»Also, ein rosarotes Wochenende auf der Partyinsel, oh, là, là!«

Um die flotte Reisekauffrau nicht zu enttäuschen, sagte ich: »Huch, wie kommen Sie denn darauf?«

Ich hatte gerade aufgelegt, da kroch ein Fax aus meinem Apparat. Ich hielt den Kopf schräg und las:

Lieber Elmar,
es fällt mir schwer, den Anfang zu finden. Um es kurz zu machen: Ich möchte etwas mit dir besprechen. Ich habe schon ein paar Mal versucht, dich anzurufen, aber bei dir ist ständig besetzt. Ruf mich doch bitte an.
Gruß Marie

Mein Herz hüpfte. Sie hatte sich gemeldet. Natürlich rief ich sofort zurück.

Aber es ging dann nicht um uns, sondern darum, dass der Haftprüfungstermin bevorstand, von dem Kurt schon gesprochen hatte. Laflörs Anwalt hatte Marie vorab bereits klar gemacht, dass die Aussicht auf Haftverschonung nicht gut stand, solange Kallmeyer bei seiner Aussage blieb.

Ich kam auf meinen früheren Vorschlag zurück, dass man Kallmeyer womöglich doch umstimmen könnte, und zwar mit einer Spende, wie ich mich vorsichtig ausdrückte. Als ich dann etwas deutlicher wurde, erzählte mir Marie, dass sie nicht nur nervlich, sondern auch finanziell am Ende sei. Nun, da hatten wir wieder etwas gemeinsam.

»Wie kommt's? Da ist doch immer noch euer Haus.«

»Hypotheken. Da sind Abzahlungen fällig. Wenn wir Pech haben, kriegt es die Bank. Und es kommt nichts mehr rein, von Rainers Seite sowieso nicht und auch bei mir ist in letzter Zeit der Wurm drin. Keine Aufträge mehr seit Rainers Festnahme, da muss etwas durchgesickert sein bei meinen Kunden. Die sprechen von Investitionsstopps und knappen Kassen. Ausreden, das ist mir klar.«

Ich hörte zu und wusste auch keinen Rat. Plötzlich war bei mir auch alle Lust auf ein Treffen verschwunden. Ich ahnte, dass es eine traurige Angelegenheit würde, trotz der versprochenen Hausmannskost Himmel und Erde, die noch offen stand. Ich erzählte ihr, dass ich sozusagen auf dem Weg nach Ibiza sei.

»Zu deinen Ratten?«, fragte sie und ihre Stimme klang ziemlich bitter.

»Ja, zu meinen Ratten.«

Bevor es noch schlimmer wurde, legten wir auf.

Danach rief ich Verena an und erklärte ihr, welchen Plan ich mir zurechtgelegt hatte und was uns noch fehlte: »Ein gewiefter Rechtsanwalt, ein scharfer Staatsanwalt, ein mutiger Richter – kümmere dich bitte darum! Du hast doch die Beziehungen. Und noch etwas: Es wäre nicht schlecht, wenn du dir schon mal überlegst, wie wir die Sache an die Öffentlichkeit bringen.«

»Du wirkst so dynamisch, Elmar, was ist los?«

»Ich treffe mich gleich mit einer schönen Frau zum Essen, Sauerbraten rheinische Art, Kerzenlicht und zwei Bullen vom LKA als Begleitschutz.« Das lag meilenweit neben der Wahrheit, hörte sich aber gut an.

Nach dem Gespräch packte ich ein paar Sachen zusammen und legte mich ins Bett.

Am anderen Morgen nahm ich die S-Bahn zum Flughafen. Das war nicht nur billig, es war auch die beste Art, mögliche Verfolger abzuschütteln. LKA-Beamte liebten dieses Verkehrsmittel so sehr wie die MSV-Anhänger den FC Bayern-München.

Cetin wartete in der Halle E. Wir nickten uns zu. Ich holte die drei Flugscheine am Last-Minute-Schalter ab und gab ihm seinen. Dann stellten wir uns in verschiedene Warteschlangen. Mit Vorsicht hatte das weniger zu tun; zum einen wollte ich die Angelegenheit für Cetin ein wenig spannend gestalten, zum anderen stand mir nicht der Sinn nach langen Gesprächen.

Nach dem Start nickte ich ein und wachte erst wieder richtig auf, als die Maschine die Reisehöhe verließ.

Tintenblaues Meer, Pinienhügel, weiße Bauernhäuser – Ibiza lag unter uns.

Dank Rückenwind waren wir zehn Minuten früher als vorgesehen am Ziel. Gelangweilte Reiseleiter hielten ihren erwartungsvollen Schäfchen Schilder entgegen und riefen: »Der Bus steht rechts um die Ecke.« Urlauber ohne Transfer balgten sich um die Taxis.

Cetin und ich machten keinen Urlaub, wir hatten Zeit. Als wir dann an die Reihe kamen, bat ich den Taxifahrer: »Al *hotel Montesol*, por favor.«

Auf dem Weg zu unserer Unterkunft weihte ich Cetin in mein Vorhaben ein: »Wir fahren zu diesem Institut, nehmen die Frau mit und fliegen Montag zurück.«

»Kann es sein, dass irgendjemand etwas dagegen hat, dass wir die Frau mitnehmen?«

»Damit ist zu rechnen.« Ich versuchte sorglos zu klingen, wechselte das Thema und gab Cetin ein paar Stichworte zu Ibiza. Doch er hörte nicht zu, verrenkte sich lieber den Hals nach den Mädchen, die mit weniger als nichts am Körper und hohen Hacken über den Paseo de Vara de Rey stöckelten.

»He, das sind schon andere Frauen als in Hamborn. Die da mit dem Leopardenfummel!«

»Ein umgebauter Kerl!«

Langsam begann ich, mich als Inselexperte zu fühlen.

52.

Die Verbindungsstraße zwischen Ibiza-Stadt und San Antonio, dem Touristenort im Westen der Insel, war die reinste Rennstrecke, zumindest jetzt in der Saison.

Partyinsel, hatte die Frau im Reisebüro gesagt. Und weil Cetin davon unbedingt etwas sehen wollte, fuhren wir mit unserem Leihwagen an den berühmten Diskotheken *Privilege* und *Amnesia* vorbei, bogen dann aber, entnervt vom Verkehr, in San Rafael nach Norden ab.

Wir kamen an einer Kirche vorbei und an gemütlich wirkenden Dorfkneipen mit Fliegenvorhängen und niedrigen Stühlen vor der Tür, auf denen alte Männer saßen, die ihre Zigarettenkippen von einem Mundwinkel zum anderen wandern ließen. Hinter der nächsten Kirche, schneeweiß wie die zuvor, fuhren wir dann in Richtung Osten bis zum Hinweisschild Cala Mastella und weiter bis ans Meer.

Wir parkten unter Pinien.

Noch ein paar Schritte zu Fuß und wir sahen rohe Holztische mit Klappstühlen unter einem Dach aus Schilfgeflecht. Im Hintergrund, an einer offenen Feuerstelle, stand ein Mann mit gezwirbeltem Schnurrbart, der Tomaten, Paprika und Petersilie schnitt und die Stücke in einen rußschwarzen Topf gab.

Wir bestellten Wein und Wasser und ›Arroz a la marinera‹, den Reiseintopf nach Fischermannsart. Die anderen Gäste bestellten das Gleiche, etwas anderes gab es auch gar nicht.

Es schmeckte hervorragend. »Wenn du noch mal in diese Gegend kommst«, hatte Kapuste zu mir gesagt, »dann geh in die Cala Mastella zu Don Bigote, der Schnauzbart macht den besten Fischeintopf der Insel.«

Keine Übertreibung. Auch Cetin war begeistert.

»Und jetzt?«, wollte er wissen.

»Jetzt besuchen wir den Mann, der mir den Tipp verraten hat und der mir vielleicht auch in anderen Dingen einen guten Rat geben kann.«

»Uns, Chefe.«

»Uns!«

Wir fuhren zurück zur Landstraße, dann entlang der Küste durch Buschland und Garigue mit gelegentlichen Ausblicken aufs Meer. Auf Höhe der vorgelagerten Insel Tagomago verließen wir die Küstenstraße, eine Viertelstunde ging es über Steine und Baumwurzeln einen kaum erkennbaren Weg bergauf.

Schon von weitem rochen wir den Rauch. Als wir über den Scheitelpunkt der Anhöhe kamen, sahen wir den dunklen Fleck in der Landschaft. Mittendrin und umgeben von verkohlten Pinienstümpfen die Rohrkonstruktion des Wohnwagens, in dem ich bei meinem ersten Ibiza-Besuch übernachtet hatte.

»Sieht nicht gut aus«, sagte Cetin.

Wir blickten uns um. Die nicht brennbaren Teile des Wohnwagens bildeten zusammen mit angekokelten Büchern und Bildern und zerborstenen Flaschen ein einziges Wirrwarr. Etwas abseits stand ein unversehrter Liegestuhl. Von dem Mann, der darin lag, konnten wir nur die Hosenbeine und die dicken Wanderschuhe mit den Schafwollsocken sehen. Kapuste.

Er schlief. Oder er tat nur so. Denn als wir uns näherten, hob er die Hand, schaute gegen die Sonne und sagte: »Noch keine vier Uhr.«

Ich machte ihn und Cetin miteinander bekannt und hatte das Gefühl, dass sie sich auf Anhieb mochten.

»Ja, gestern«, antwortete Kapuste auf meine Frage. »Was nicht verbrannt ist, hat das Löschflugzeug zerstört. Kam gerade nach Hause und hab noch gesehen, wie es die Bauchklappe öffnete – wie ein Block stürzte das Wasser vom Himmel herab. Die Guardia Civil meint, ein Flaschenboden im Gras könnte den Brand ausgelöst haben. Oder eine weggeworfene Zigarettenkippe. Dann müssen aber vier Leute gleichzeitig geraucht haben, hab ich denen gesagt und auf die verschiedenen Brandherde gezeigt. Um ein Haar hätten sie mich mitgenommen, naseweise Ausländer sind nicht gern gesehen.«

»Also Brandstiftung, aber warum?«

»Spekulanten. Der ganze Küstenstrich hier rundherum gilt als grüne Zone und darf nicht bebaut werden. Ist das Gelände aber erst mal abgebrannt, sieht die Sache anders aus. Oder der Anschlag hat mir gegolten.«

»Wie kommen Sie darauf?«

»Na ja, ich hab heute Morgen das hier gefunden.«

Er führte uns zu einer Pinie. Am geschwärzten Stamm hing in Augenhöhe ein leuchtend bunter Vogel, jemand hatte die gespreizten Flügel angenagelt. Das rotschwarzgelbe Köpfchen mit dem spitzen Schnabel war auf die blau gefiederte Brust gesackt. Selten hatte ich ein so trauriges Bild gesehen.

»Sieht aus wie so ein Voodoo-Scheiß«, sagte Cetin.

»Ein Bienenfresser, die kommen in Schwärmen von Afrika, einige brüten hier.« Kapuste beugte sich nach vorn. »Sie sind das Markenzeichen dieser Typen, vor ein paar Tagen waren sie bei mir.«

»Die Kerle, die hier mal umhergestrichen sind, mit Jagdgewehr und Rottweiler?«

Kapuste nickte. »Das Unterholz sei so trocken, haben sie gesagt, ob ich nicht Angst hätte, dass da mal ein Brand ausbricht.«

»Was soll das?«

»Ich glaube, sie haben mir meine Nachforschung wegen Kristines Tod übel genommen – und meinen Umgang mit Ihnen.«

»Tut mir Leid.«

Kapuste winkte ab. »Mir tut Leid, dass ich euch nichts anbieten kann.« Er machte eine Armbewegung in die Runde. »Meine Spritvorräte futsch, die Farben weg, die Bilder verbrannt, aber nicht alle, einige hängen zum Glück in einer Kneipe in San Antonio.«

Er fasste in seine Hosentasche, legte nacheinander Zigarettenpapier, Feuerzeug, ein Stück Pappe und eine Plastiktüte mit Marihuana vor sich auf die Liege. »Eigener Anbau, von der Lichtung da hinten.« Mit dem Kinn wies er an dem Wohnwagengerippe vorbei in den Wald. »Nun guckt mal nicht so mitleidig. Manchmal ist so was auch eine Art Befreiungsschlag. Hatte sich sowieso schon wieder zu viel angesammelt.« Während er sich einen Joint baute, fragte er: »Was haben Sie denn nun so vor, Schlömm?«

»Ich dachte, dass wir zu dem Institut fahren und nach Dora fragen.«

»Einfach so?« Er hielt die Flamme an die Zigarette, schnippte das verbrannte Papier ab, inhalierte, hustete.

»Ja, einfach so.«

»Das könnt ihr vergessen. Ich hab gehört, dass der Verein

ausgeflogen ist, nach Formentera. Ibiza ist denen derzeit zu überlaufen, angeblich machen die schlimmen Touristen, von denen sie ja zum großen Teil leben, die Schwingungen kaputt. Formentera sei noch ursprünglicher. Heute ist Vollmond, irgendetwas soll da laufen.«

»Ah ja.«

Kapuste sah mich an, nachdrücklich sagte er: »Ich weiß, was Sie denken, auch das würde ich an Ihrer Stelle vergessen. Der Verein hat ein paar Rocker eingeladen, als Begleitschutz, wie früher bei den Rockkonzerten. Das kann auch ins Auge gehen. Damals ging es den Hell's Angels nicht um ›Love and Peace‹ und heute geht es unseren Rockern nicht um Schwingungen und Mutter Erde. Die wollen Krawall und sich einen zur Brust nehmen, und wehe das Bier ist zu schnell alle.«

»Und was haben die Mitglieder des Instituts vor?«

»Was weiß ich, Scherbenlaufen, Trommeln, irgendwelche Rituale, Anrufen der vier Elemente – der ganze faule Zauber, eigentlich harmlos, aber ...«

»Aber was?«

»Na ja, nach dem Treffen im vorigen Jahr in den Salinen von Formentera, da fand man hinterher aufgespießte Ziegenköpfe und ein neugeborenes totes Kind im Salzsee, stand sogar in der Zeitung. Die einzige Reaktion der Einheimischen war, dass sie sagten, es könne nur das Baby einer Fremden gewesen sein, denn eine Mutter von hier würde so etwas nie machen. Und damit hatte es sich dann.«

Ich fragte Kapuste, wo das Treffen diesmal stattfinden würde.

Er stieß den Rauch aus, bot Cetin den Joint an und sagte: »Hombre, das wird ganz zuletzt ausgemacht, per Internet, per Handy und von Mund zu Mund. Fragt auf Formentera in der *Fonda Pepe* nach, aber fragt nicht die falschen Typen.«

Er lehnte sich auf seiner Liege zurück, verschränkte die Arme unter dem Kopf und blickte in den Himmel. »Viel Glück!«

Das konnten wir brauchen.

53.

Es gab eine Autofähre, die für die Überfahrt nach Formentera eine Stunde brauchte, und ein Schnellboot, das die Strecke in einer halben Stunde zurücklegte. Wir ließen unseren Leihwagen am Hafen von Ibiza-Stadt zurück und nahmen den schnellen Katamaran. Cetin genoss die Fahrt. Er lehnte an der Reling und unterhielt sich mit einem hübschen jungen Mädchen, das eine mit bunten Flicken besetzte Basttasche über der Schulter trug. Der Stadthügel von Ibiza zog rechts an uns vorüber und linker Hand tauchte die kleine Insel Espalmador auf, dann Formenteras lange Strände mit ankernden Motorbooten und Segeljachten, die einen regelrechten Mastenwald bildeten. Surfer und Schwimmer in smaragdgrünem Wasser, helle Sandbuchten, ich war ganz hingerissen.

Recht zuversichtlich war ich in dem Punkt, dass wir Dora auf Formentera antreffen würden. Nachdem wir von Kapuste weggefahren waren, hatte ich die Telefonnummer der spirituellen Gemeinschaft angerufen und per Bandansage erfahren, dass das *Institut Ibosim* für einige Tage geschlossen war. Anschließend waren wir zur Finca von Gerry und Terry gefahren – und hatten dort außer den Katzen keine Lebewesen bemerkt. All das deutete darauf hin, dass der Maler mit seinem Hinweis, der Verein sei ausgeflogen, richtig lag.

»Spitze, das gefällt mir«, bemerkte Cetin, als wir im Hafen von Formentera anlegten.

Mehr Jachten als Fischerboote, Fahrräder in sauberen Reihen, so präsentierte sich La Sabina. Bunt gekleidete Urlauber, die ihre Rollkoffer zu den wartenden Bussen karrten oder den Taxis zustrebten.

Ins Auge stach ein lang gestrecktes Gebäude mit Arkaden, in dem die Büros von Fahrradverleihern und Autovermietungen untergebracht waren; ein so genanntes Wassertaxi gab es auch.

Ich sprach mit dem Besitzer des Bootes und er versicherte mir, dass er jederzeit bereit sei. »Señor, heute Nacht kein Problem, Wind ganz still und Meer ganz hell vom Mond, Sie können Zeitung lesen.«

Das beruhigte mich, auch wenn ich ans Zeitungslesen im Moment weniger dachte. Wir zahlten dem Mann den halben Mietpreis für das Wassertaxi und ließen uns sein Geschäftskärtchen mit allen Telefonnummern geben. Mit den Partys kannte der Mann sich auch recht gut aus. Er redete von wilden Festen in einem Haus, dem Can Marroig, wo schon die Hippies gefeiert und Rockgruppen wie *King Crimson* und *Pink Floyd* gespielt hätten. Nun, das war ein paar Tage her. Dann sollten wir uns eben in San Fernando in der Gaststätte *Fonda Pepe* erkundigen oder in der *Blue Bar* an der Playa Migjorn.

Von der *Fonda Pepe* sprachen alle. Auch Cetins Gesprächspartnerin auf dem Schiff hatte dieses Lokal erwähnt.

Wir gingen nach nebenan zu einem Autovermieter. Die Auswahl des richtigen Fahrzeugs überließ ich Cetin, bestand aber auf einem Viertürer. Wenig später saßen wir in einem Golf GTI und fuhren in Richtung San Francisco Javier und dann weiter nach San Fernando zur *Fonda Pepe*.

Der Mann hinter der Holztheke sah aus wie eine Mischung aus Fidel Castro und Woody Allen, von Castro der Bart, von Allen die Brille und die melancholischen Augen. Die Gäste hinter uns an den Tischen würfelten, stierten an die hohe Decke, die von einer grünen Säule getragen wurde, und gaben sich Mühe, nicht mit Touristen verwechselt zu werden.

Cetin trank Flaschenbier, ich eine Limonade, die rot wie Campari war, aber keinen Alkohol enthielt. Entweder hatten wir nicht die richtigen Sachen an, was mir dauernd passierte, oder wir trafen nicht den richtigen Ton. Mal wollte man uns zur Hochebene La Mola schicken, wo Nachfolger der Hippiebewegung einen Markt abhielten, dann zu einem Megalithgrab am Salzsee oder zu einer Werkstatt um die Ecke, wo Urlauber ihre eigene E-Gitarre bauen konnten.

Mit den Getränken in der Hand verließen wir den düsteren Schankraum, schlenderten zu einer handtuchschmalen Terrasse, setzten uns dort wie die anderen Gäste auf das Mäuerchen, blinzelten in die Sonne, die sich bereits neigte, und hielten die Ohren offen.

Zwei Getränke später – geduldiges Zuhören und gelegentliches Nachfragen machten sich bezahlt – wusste ich, wo sich der Treffpunkt befand.

54.

Ab San Francisco folgten wir auf schnurgerader Straße den Schildern zum Cap de Barbaria. Hinter sorgfältig geschichteten Trockenmauern sahen wir die charakteristischen Feigenbäume und Bauernhäuser, die jedoch im Gegensatz zu den Fincas auf Ibiza schräge Ziegeldächer hatten.

Die Abzweigung zur Cala Sahona ließen wir rechts liegen, folgten weiter der Straße nach Süden. Der Raum zwischen den Höfen wurde größer, das Land steiniger. Wir erreichten einen Steinwall, der quer zur Straße lief, dahinter gab es keine Häuser mehr, nur noch niedrige, vom Wind gebeugte Bäume und Büsche.

Von der megalithischen Anlage, auf die ein Schild hinwies, nahmen wir im Vorbeifahren nur ein paar Großsteine und die einem Löwengitter ähnelnde Umzäunung wahr. Ein zweiter Steinkreis, eine Bodenwelle und vor unseren Augen erstreckte sich, einem Tonteller gleich, die offene Landspitze mit einem Leuchtturm, weiß vor tiefblauem Meer, und einer Sonne, die in diesem Moment den Horizont berührte.

Sanft neigte sich die Straße zur Küste. Wir fuhren bis zu ihrem Ende und hielten vor dem Leuchtturm, wo ein Dutzend und mehr Wagen parkten.

Möwengeschrei. Der Geruch von Salzwasser lag in der Luft, Wolken jagten über einen Wachturm, der etwa tausend Schritt östlich vom Leuchtturm stand; zwei Frauen und ein Mann bewegten sich auf ihn zu. Wir folgten ihnen entlang der Steilküste auf einem Trampelpfad, durch Dornbüsche, harte Gräser und über Felsplatten, die bei jedem Tritt nachzugeben drohten.

»Sieht aus wie ein Indianertamtam«, bemerkte Cetin.

Ich machte ein paar Fotos, dann gesellten wir uns zu der Gruppe. Etwa dreißig Leute hockten nahe dem verwitterten Sarazenenturm um ein Feuer, wiegten sich in den Hüften und klatschten zum Rhythmus von Trommeln. Ohne Getrommel schien auf den Inseln nichts zu gehen. Ernste Gesichter, bärtige Gesichter, Grüppchen in Freizeitkleidung, Grüppchen in Klamotten wie aus einem Theaterfundus. Ein Mann in rotem Umhang, behängt mit Armbändern und Amuletten, beinahe pfundweise, stand in der Mitte; er breitete die Arme aus, die Trommeln verstummten. Der Guru hielt sein gut geschnittenes Profil in die Abendluft und begann zu reden, er sprach spanisch, aber selbst meinem ungeübten Ohr fiel der dicke Schweizer Akzent auf.

Cetin fragte: »Was erzählt der Feuervogel?«

»Ach, es geht nur um Kleinigkeiten, um das Universum, um die Ewigkeit, um vierte und fünfte Dimensionen und das Erreichen nichtmaterieller Ebenen.«

»Alles klar.«

Die Nacht hatte den Vorhang gesenkt, aber das Theater hier ging weiter. Zwei Jünger des Gurus harkten das heruntergebrannte Feuer auseinander und trafen Vorbereitungen für das Laufen über die Glut. Der Meister wandte sich an alle, die sich inzwischen bewusst waren, dass sie die Koordinaten ihrer Persönlichkeit nicht mehr zusammenhalten konnten. Er selbst konnte anscheinend den Mund nicht halten, er machte eine große Geste hin zu den glühenden Holzresten und rief ganz international: »Trance! Dance!«

Ich merkte, wie nicht nur mein Zentrum wegzugleiten drohte, sondern auch meine Aufmerksamkeit nachließ. Es war eine der üblichen esoterischen Veranstaltungen, wie sie bei Vollmond an etlichen Orten abgehalten wurden, bei den Externsteinen im Teutoburger Wald, bei den Dolmen in Jütland oder in der Lüneburger Heide.

Mittlerweile war der Mond aufgegangen, gelb und dick wie ein Kürbis; zugegeben, das war beeindruckend und hatte auch etwas Mystisches in dieser archaischen Landschaft. Nur war ich nicht deshalb nach Formentera gekommen. Ich sah mir die Gesichter der Zuschauer und die der Mitmacher an, erkannte aber nur das Mädchen von der Fähre und ein, zwei Typen aus der *Fonda Pepe*. Wo war Frau Felicitas Hagen-Anglassa, wo war Dora? Wo waren die Mitglieder des *Instituts Ibosim* aus San Juan, die laut Aussage von Kapuste einen Betriebsausflug nach Formentera gemacht hatten?

»Glauben Sie nicht, dass der Alte ein bisschen aus der Spur ist?« Cetin machte eine schraubende Bewegung an seiner Stirn. »Ich meine von wegen totes neugeborenes Baby im Salzsee und so.«

»Bis jetzt hat alles, was Kapuste erzählt hat, gestimmt.«

Alles? Auch was den Mord an Kristine betraf? Vor ein paar Stunden hatte ich den Maler noch einmal gefragt, ob er sich da ganz sicher sei, dass Kristine ermordet wurde. »So sicher«, hatte er geantwortet, »dass ich jedenfalls aus dem Spiel raus bin. Nee, nee, Schlömm, die Sache auf Formentera müsst ihr ohne mich über die Bühne bringen.« – »Warum?« – »Weil ich hier auf dieser schönen Insel noch ein paar Jährchen leben will, leben und malen«, hatte er betont, »und ab und zu einen Joint durchziehen – auch wenn Ibiza bei den Phöniziern als der ideale Platz zum Sterben galt, mir ist nicht danach.«

»Ist Ihnen nicht gut?«, fragte Cetin.

»Doch, doch«, wich ich aus. Ich konnte dem Jungen nicht gut sagen, was mir in diesem Augenblick wieder mal durch den Kopf ging, nämlich der Gedanke an Kristines Tod und die Möglichkeit, dass sie womöglich sogar deswegen ermordet worden war, weil ich in ein Wespennest gestochen hatte. Nein, das ging ihn nichts an, auch nicht, dass ich Angst hatte. Wie würde ich, Elmar Schlömm Mogge, privater Ermittler, in seinen Augen dastehen? Auf keinen Fall wie ein Mann mit Mumm.

»Mir geht nur dieser Ringelpiez auf die Nerven.«

»Ich find's gar nicht so schlecht.« Cetin ging zu dem Mädchen vom Boot hinüber, kam aber schnell zurück. »Die hat nur Augen für den Traumtänzer.«

Der Traumtänzer forderte sein Publikum auf, sich an den Händen zu fassen, damit die Energie besser fließe. Warum nicht, wenn es hilft, das Universum zu retten?

Doch nicht mit mir! Vielleicht fehlte mir die spirituelle Einstellung. Am besten, ich stand auf.

Der Mond stand mittlerweile ziemlich hoch und glänzte jetzt wie ein blank geputztes Silbertablett. Auf der Straße zum Leuchtturm näherte sich eine Kette von Lichtern. Der Wind brachte den Klang von Motorrädern herüber. Harleys. Seit meiner Begegnung mit den Rockern war mir das Geräusch vertraut.

Ich guckte schon nach einem Plätzchen außerhalb des Lichtscheins, das Feuer loderte inzwischen wieder. Die Glutläufer hatten verklärte Blicke und wahrscheinlich auch die eine oder andere Brandblase. Jemand klampfte auf einer Gitarre und ich überlegte, wie sich die Rocker in dieses friedliche Bild einfügen würden.

Doch die kamen nicht.

Sie würden auch nicht kommen. Von einer Sekunde zur anderen wusste ich: Wir waren am falschen Platz.

Ich stieß Cetin an. »Kommen Sie!«

Wir gingen den Pfad entlang der Küste zurück. Tief unter uns, wohl fünfzig, sechzig Meter oder mehr, donnerte die Brandung gegen die Felsen. Dann waren wir nahe bei den parkenden Wagen, etwas entfernt davon reflektierte das Mondlicht auf den Chromteilen der Harleys. Ich wollte schon auf unseren Golf zugehen, als sich aus dem Schlagschatten der Motorräder eine Gestalt löste.

Zielstrebig ging sie auf die Küste westlich vom Leuchtturm zu – und war ganz plötzlich wie vom Erdboden verschwunden.

»Hey, Mann, das glaube ich nicht«, sagte Cetin. »Ich habe doch nicht getrunken.«

»Ein magischer Platz, passen Sie auf!«

Wir duckten uns hinter der Mauer, die den Leuchtturm umgab. Wieder näherte sich eine Gestalt, diesmal von einem der parkenden Wagen. Es war eine Frau in einem langen Gewand, sie trug etwas Weißes in den ausgestreckten Armen, und ihre Füße, so sah es im Mondlicht jedenfalls aus, schienen den Boden kaum zu berühren.

Auch sie verschwand wie durch Zauberhand.

55.

Jetzt waren wir am richtigen Platz.

Eine Höhle am Rande der Steilküste. Den Eingang, das runde, etwa zwei Meter große Loch in der Felsplatte, konnte ich erst erkennen, als ich unmittelbar davor stand. Um den Einstieg zu erleichtern, hatte man Felsbrocken übereinander gestapelt. Ich lauschte, konnte aber außer dem Wind und der fernen Brandung nichts hören. Vorsichtig tastete ich mich mit den Füßen voran. Als ich den obersten Stein berührte, stach mir gleißendes Licht in die Augen.

»Ticket!«, forderte eine Stimme.

Ich stützte mich am Lochrand ab und langte in die Tasche. Die Tatze, die mein Handgelenk umklammerte, mochte einem Bären gehören oder einem Fischer, der ein halbes Leben lang Thunfische mit bloßen Händen gefangen hatte. Als das Geld, das ich aus der Tasche gefischt hatte, im Schein der Lampe sichtbar wurde, entspannte sich die Situation und die fremde Hand ebenfalls.

»Bueno, puede entrar.«

Ich ließ mich auf den Boden hinab. Die Lampe erlosch, und nachdem sich meine Augen an das Halbdunkel gewöhnt hatten, bot sich ihnen ein fantastischer Anblick.

Die Höhle war groß wie ein Saal, gut mannshoch und hatte eine Öffnung, einem riesigen Panoramafenster gleich, zum Meer. Hinter dem Höhlenausgang gab es einen Felsvorsprung, eine Art Balkon, der spitz zulief und direkt über dem Wasser zu schweben schien.

Auf diesem Balkon stand eine Frau in einem langen weißen Kleid. Es war Dora.

Die Männer vor mir, deren Rücken ich nur sah, kauerten auf dem Boden, hockten auf Felsbrocken und blickten wie gebannt zum Höhlenausgang, wo jetzt zwei Fackeln angezündet wurden. Die flackernden Flammen beleuchteten eine zweite Frau, die nun auf Dora zuging und ihr einen schwarzen Schal um die Augen band. Beim nächsten Mal reichte sie Dora ein Huhn, dessen Beine und Flügel gefesselt waren. Die Frau setzte die Klinge an, und durch die Geruchsmischung aus Erde, Männerschweiß und abgebrannten Kräutern glaubte ich, auch das Hühnerblut riechen zu können.

Es war eine ebenso gespenstische wie eklige Szene, wohl aber noch nicht der Höhepunkt der Veranstaltung. Denn jetzt wurde in der vordersten Reihe der Zuschauer eine Videokamera aufgebaut. Es war Gerry, der in der Pose eines Regisseurs Anweisungen gab. Neben ihm stand Terry, heute ganz in Schwarz gekleidet, und assistierte.

Musik ertönte, elektronische Töne aus einem Kassettengerät. Dora begann sich in den Hüften zu wiegen, sie machte kleine Schritte, drehte sich und kam so dem Abgrund immer näher. Mir stockte der Atem. Ich schätzte, es waren noch zwei, höchstens drei Meter. Die Frau, die ihr das Huhn gereicht hatte, rief etwas und Dora blieb stehen.

Dafür arbeitete ich mich jetzt nach vorne. In den Gesichtern der Männer, an denen ich mich vorbeidrängte, spiegelte sich Geilheit und Sensationsgier, vielleicht passierte es ja, hoffentlich. Hochseilartisten spielen mit diesem geheimen Wunsch der Zuschauer, wenn sie als Höhepunkt ihres Auftritts einen fehlgesetzten Schritt vortäuschen, schon wanken und in scheinbarer Not mit den Armen rudern, sich dann aber doch noch mit einem Griff zum Seil vor dem Absturz retten können. Aber dies hier war kein Spiel, vor allem war Dora keine Artistin, ihr fehlte das Geschmeidige, sie war eine Marionette.

Jetzt war sie noch einen Schritt vom Abgrund entfernt. Ein Windstoß konnte genügen. Das Licht des Leuchtturms zuckte über sie hinweg. Ich hatte Angst, um sie, um mich selbst. Irgendetwas musste ich jetzt tun.

Zum Angriff übergehen, das war das Beste. Ich drängte mich an Gerry heran, der so sehr mit seiner Kamera beschäftigt war, dass er mich erst im letzten Moment erkannte.

»Ah, unser Messerheld, was haben wir denn diesmal vor?«

»Ich werde zu dem Mädchen gehen, sie an die Hand nehmen und mit ihr die Höhle verlassen, einfach weg-ge-hen.«

»W-w-weggehn, unser Komiker. Scheiße wirst du mit ihr weggehen. Guck dich um, willst du die Männer etwa um ihren Spaß bringen? Die haben richtiges Geld bezahlt. Die aufgegeilten Burschen werden dich zerfetzen oder die Klippe runterwerfen.«

Dies war nicht der Zeitpunkt für Antworten, für Diskussionen erst recht nicht.

Ich nahm die erste Fackel aus der Halterung, ich nahm die zweite, dann begann ich zu jonglieren. Diese Fertigkeit hatte ich mir beim Zirkus angeeignet. Das Jonglieren mit Keulen ist keine Kunst, das sieht man heutzutage in jeder Fußgängerzone, mit brennenden Fackeln und am Rande eines Abgrunds ist es schon um einiges schwieriger. Doch es klappte und die Zuschauer sahen meine Darbietung wohl als weiteren Punkt im Programm an.

Ehe sie ihren Irrtum begriffen hatten, war ich mit Dora im Schlepp zum hinteren Teil der Höhle gelaufen. Terry stellte sich mir in den Weg. Als er das Kamerastativ zum Schlag hob, drückte ich ihm die Fackel gegen den Bauch. Eine Instinkthandlung. Dass er den Ratten gern einheizte, fiel mir erst ein, als er aufschrie wie ein Tier. Es zischte und roch streng, perverse Typen wie Terry sollten eben keine Hemden aus Kunstseide tragen.

»Qué pasa? – Was ist los?«, rief jemand. Ich erkannte den Mann, der mich auf Ibiza beschattet hatte.

Rufe auch auf Französisch und Englisch.

»Aus dem Weg da! Zur Seite!«, schrie ich auf Deutsch. Clowns haben keine Verständigungsprobleme, ein Mann mit brennender Pechfackel auch nicht.

Die Leute machten Platz. Wir mussten noch an ein paar aufgeschreckten Figuren vorbei, dann waren wir am Höhleneingang.

Ich riss Dora das Tuch von den Augen, schrie »Rauf da!«, musste sie jedoch regelrecht hochschieben.

Wie zuvor mit ihm abgesprochen, stand Cetin oben am Loch, zog sie hoch und half dann auch mir beim Herausklettern.

Eine Hand griff nach meinen Beinen, doch da war ich schon oben. Ich drehte mich um und blickte in Gerrys wutentbrannte Augen. Jetzt hatte ich Zeit, und weil ich Zeit hatte, fiel mir auch etwas ein, ich fragte Gerry, ob er noch immer nach einem guten Aufhänger für eine Story suche; und genau wie er es bei dem Rattenquiz auf seiner Finca gemacht hatte, gab ich ihm gleich die Antwort, ohne zu stottern, ich sagte: »Als ich Gerry zum zweiten Mal zu Gesicht bekam, schlug ich ihm die Nase platt.«

Und das tat ich dann auch.

Beim letzten Wort war meine Faust, verstärkt mit dem Metallarmband meiner Uhr, schon unterwegs; sie traf ihn voll am Nasenbein. Ein guter Schlag, Blut und Rotz spritzten mir ins Gesicht.

Cetin war mit Dora schon auf dem Weg zu unserem Wagen. Einen Mann, der ihn aufhalten wollte, räumte er mit einem elegant ausgeführten Fußtritt zur Seite.

Ich rannte über die vom Mondlicht erhellte Felsplatte. Ein Schuss fiel, aber da saß ich schon auf der Rückbank neben Dora, und Cetin hatte bereits den ersten Gang eingelegt.

56.

Wir hatten einen guten Vorsprung. Auf halber Strecke nach San Francisco sah ich hinter uns Scheinwerferlicht auftauchen. Wahrscheinlich die Harleys.

»Ich hätte ihnen die Reifen zerstechen sollen«, meinte Cetin.

Er reichte mir sein Handy, ich tippte die Nummer des Wassertaxibesitzers ein, kam durch und bat den Kapitän, sein Boot klarzumachen.

Cetin nahm den Kreisverkehr in San Francisco mit quietschenden Reifen. Ausfahrt Richtung La Sabina. Dora wurde eng an mich gepresst. »Wie schön!«, sagte sie mit verklärtem Blick, meinte aber nicht unseren körperlichen Kontakt, sondern die Hafenlichter.

Wie mit dem Verleiher abgesprochen, ließen wir den Wagen auf dem Parkplatz vor der *Estación Marítima* stehen und rannten zum Boot. Auf der anderen Seite des Hafenbeckens tauchten Scheinwerfer auf, Motorräder und Autos, die Harleys vorneweg. Wir sprangen an Bord.

»Caso de emergencia! – Notfall!«, rief ich dem Kapitän zu, einem schmalen Mann mit dicker Zigarre.

»Sí, ya lo veo«, brummte er nach einem Blick auf Doras blutverschmiertes Kleid.

Wir lösten die Leinen vom Poller, er schob den Gashebel nach vorn, die Schiffsschraube wirbelte das Wasser auf.

Unsere Verfolger umfuhren die Hafenschranke und bretterten mit ihren Maschinen über die Mole direkt bis zum Anlegeplatz. Doch da lagen zwischen dem Steg und dem Taxiboot bereits drei Meter Hafenwasser.

»Das war knapp, Chefe!«, sagte Cetin.

»Wieso?« Ich sah auf meine Uhr und erklärte, indem ich einen Hautfetzen vom Armband pulte: »Unser Flug geht doch erst morgen früh um elf.«

Wir lachten erleichtert auf. Der Kapitän lachte mit, nur Dora nicht. Nach ihrem Gesichtsausdruck zu urteilen, wie sie so ins Mondlicht schaute, hatte Dora noch gar nicht begriffen, was los war.

Und was in den nächsten Wochen auf sie zukommen würde, das konnte sie erst recht nicht ahnen.

57.

Die Maschine rollte zur Startbahn.

Cetin saß auf dem Fensterplatz, Dora zwischen uns in der Mitte. Unter den sonnengebräunten Urlaubern wirkte sie bleich und zerbrechlich. Sie hielt die Hände im Schoß gefaltet und lächelte entrückt; ihre Umgebung schien sie kaum wahrzunehmen.

Ich berührte sie an der Schulter. »Wie fühlen Sie sich?«

»Ach, es geht, ich bin nur so müde.«

Vergangene Nacht war Dora von einem Bein aufs andere gesprungen, voller Energie und Lebenslust, regelrecht ausgelassen – nun ja, da hatte bei ihr auch noch die Dröhnung gewirkt.

Das Flugzeug hob ab, ich lehnte mich zurück, schloss die Augen und ließ die letzten Stunden an mir vorüberziehen.

Nachdem das Wassertaxi im Hafen von Ibiza-Stadt angelegt hatte, waren wir im Eilschritt zu unserem Hotel gelaufen. Doch Dora hatte plötzlich Angst bekommen, unbedingt wollte sie unter Menschen sein. Also gingen wir am *Montesol* vorbei zum Taxistand auf dem Paseo de Vera de Rey und ließen uns zur Diskothek *Privilege* in San Rafael bringen.

Auf dem Weg dorthin erklärte ich Dora, was ich vorhatte: »Ich bringe Sie nach Deutschland, Verena wird sich um Sie kümmern.«

»Verena ist in Ordnung, eine Freundin. Aber warum tun Sie das?«, wollte sie wissen.

»Verena bezahlt mich dafür.«

»Geld, Geld!«, schüttelte sie den Kopf.

Ich wollte Dora noch etwas fragen, ließ es dann aber, weil ich an ihrem Gesicht sah, dass ihr nicht der Sinn nach Erklärungen stand.

Das Taxi hielt vor der Diskothek *Privilege*. Die Musik, das Licht, die Leute – Dora strahlte wie ein Kind, das ein Geschenk auspacken darf. Auch Cetin freute sich, Ibizas berühmten Tanztempel von innen sehen zu können, und ich sagte mir, dass diese Riesendisko, bevölkert von ein paar Tausend tanzwütigen Besuchern, der wohl sicherste Platz für meine Zeugin war.

Es war drei Uhr nachts, gerade die richtige Stunde; die Touristen machten sich auf den Weg zum Hotel, die Nachtkatzen kamen. Das *Privilege* feierte die Fiesta ›noche mágica‹, die Gäste hatten sich verkleidet und Dora war in ihrem Element. Nach einer Weile wollte sie sich frisch machen, wie sie sagte, und ich hielt Wache vor der Damentoilette. Es dauerte etwas, doch dann kam sie wieder, geschminkt bis zum Haaransatz und mit großen, flackernden Augen. Mädels mit dem richtigen Aussehen und den passenden Worten bekamen auf dem Damenklo alles, was sie brauchten.

Was ihr noch fehlte, war eine lila Federboa, die ich einer Dragqueen abkaufte und Dora um den Hals legte. So fuhren wir, in einem offenen Jeep, hinüber zum *Amnesia*. Da war es halb fünf und wir kamen rechtzeitig zur Schaumparty. Als wir schließlich in unserem Hotelzimmer standen, dämmerte der Morgen. Uns blieben noch knapp drei Stunden zum Schlafen oder Quatschen, dann mussten wir am Aeropuerto von Ibiza sein.

Ich nahm die Gelegenheit wahr, Dora jetzt ein paar Fragen zu stellen, später, im Flugzeug, würden wir uns nicht über Drogen, über Gerry und Terry und das *Institut Ibosim* unterhalten können.

Dora antwortete stockend, mit langen Pausen, in denen ich nicht wusste, ob sie nachdachte oder geistig weggetreten war.

»Wie ging es weiter?«, hakte ich nach. »Ich meine, nach dem Zwischenfall mit der *Flamingo*-Maschine und nach der Vernehmung durch die Polizei.«

»Ich hatte Angst, allein zu sein; es war, wie soll ich's sagen, als ob ein langer Arm nach mir greift, vor allem nachts, aber auch tagsüber, überall, erst in dem Institut – Gerry und Terry hatten mich dorthin gebracht – fühlte ich mich geborgen. Ruhe, friedliche Menschen, man hat mir gesagt, was ich tun musste, ich brauchte mich nicht zu sorgen. Außerdem bekam ich ...«

Sie biss sich auf die Unterlippe und schwieg.

Gern hätte ich etwas mehr über das Institut und seine Verbindungen zur Inselgesellschaft herausbekommen, aber Dora wollte nicht mehr reden.

Ich weckte Cetin, der während meines Gesprächs mit Dora im Sessel eingeschlafen war, und wir fuhren zum Flughafen.

Wir hatten nur wenig Gepäck, Dora nicht einmal einen Ausweis, aber zum Glück brauchte man den ja nicht mehr vorzuzeigen. Ihr Aufzug, Männersakko über knöchellangem Kleid, fiel auch nicht weiter auf. Rolltreppe hoch. Kurz vor der Sicherheitskontrolle wurde Dora dann doch noch zickig – die Beamten der Guardia Civil guckten schon –, ich nahm sie an die Hand, wie in der Höhle, und wir gingen durch die Sperre. Kein Piepsen, kein »un momento, por favor!«.

Adiós Ibiza, isla blanca.

»He, Chefe, aufwachen, wir landen.« Cetin grinste mich an.

Aus den Bordlautsprechern sülzte ›Ocean of Light‹, während über den Bildschirm all diese abgegriffenen Sehnsuchtsmotive zogen, die schräge Palme auf den Seychellen, der Surfer auf der großen Maui-Welle, Tempeldächer in Thailand und Wasserfälle in Afrika, Amerika, Asien oder Norwegen.

Verena stand an der Säule gegenüber Gepäckband Nummer vier, wie nach meinem ersten Ibiza-Besuch, doch diesmal mit einem herzförmigen Luftballon in der Hand, was gar nicht zu ihr passte, wohl aber zu Dora. Die beiden fielen sich in die Arme.

Küsschen auf Wange und Mund, für Cetin ein äußerst misstrauischer, für mich ein recht kühler Blick.

Na, schön, was hatte ich erwartet. Ich hatte den Job hinter mich gebracht, doch auf Verena kamen noch so einige Aufgaben zu; sie musste Dora einkleiden, ihr eine Unterkunft besorgen und sie seelisch aufrüsten, sie musste Dora vom

Koks fern halten und die Koordinaten ihrer Persönlichkeit wieder zusammenbringen. Viel Vergnügen!

»Du, Elmar?« Verena trat an mich heran.

»Ja?«

»Vielen Dank.«

Sie hatte es doch noch gesagt.

»Und noch was ...«

»Ja?«

Sie näherte sich meinem Ohr. »Mit dem Honorar, das regeln wir später. Und die bewusste Videokassette, die sollten wir bei einem Rechtsanwalt hinterlegen. Kommst du klar? Ich meine heimfahrtmäßig.«

»Ich nehme die Bahn.«

Auf dem Laufband, das zur S-Bahn hinunterführte, drehte ich mich noch einmal um. Arm in Arm wie zwei junge Mädchen spazierten Verena und Dora zum Ausgang. Die beiden Männer, die hinter ihnen durch die automatische Tür schlüpften, sahen aus wie typische Touristen, vielleicht einen Hauch zu typisch. Misstrauen war meine Berufskrankheit.

Die Tage vergingen. Es war ruhig, zu ruhig. Kein Anruf von Kommissar Tepass, keine Überwachung durch die LKA-Beamten, kein Drohanruf von irgendjemandem. Der Sommer ging zu Ende und die Leute sagten, es sei gar keiner gewesen, aber das sagten sie immer.

Ab und zu rief ich Verena an. Entweder war sie tatsächlich nicht zu Hause oder sie ließ sich durch ihren Mann verleugnen. Mein Honorar stand noch aus.

Cetin klingelte eines Tages an meiner Tür, unangemeldet, weil sein Handy überwacht wurde. Alles normal.

Mein Nachbar unter mir, den ich nie kennen gelernt hatte, zog aus; diese Punkt-com-Firmen kamen und gingen wie Schnupfen.

Alles normal. Dennoch bekam ich langsam das Gefühl, eine ansteckende Krankheit zu haben. Und hätte ich in dieser Zeit eine Flasche in der Nähe gehabt, wer weiß ... So machte ich mir einen Tee, bereitete mein Essen sorgfältig zu und las das eine und das andere dicke Buch. Im Fernsehen hörte ich, dass Zecken bis zu zehn Jahre warten konnten, bevor sie sich auf einen streunenden Hund fallen ließen. Von den Zecken lernen heißt siegen lernen.

Der Skandal lag in der Luft. Ich musste nur warten.

Warten.

Und dann kam der Anruf von Verena.

58.

Von einer Feier im engen Freundeskreis hatte Verena gesprochen. »Ein kleines Fresserchen«, hatte sie es genannt. »So um acht, Elmar, bitte sei pünktlich!«

Die Anzeige am Armaturenbrett sprang auf 21.05 Uhr; eine Stunde darüber, also Ibiza-Zeit, denn wer dort pünktlich zu einer Einladung erscheint, hatte Kapuste mir verraten, der trifft die Hausfrau im Bademantel und den Hausherrn womöglich überhaupt nicht an, weil dieser noch dabei ist, die Getränke zu besorgen und natürlich von seinen Freunden aufgehalten wird, die ihn nach seinem Tipp für das Schlagerspiel Real Mallorca gegen den FC Barcelona fragen.

Ich nahm die Theodor-Heuss-Brücke und bog dann von der Rheinuferpromenade in das ruhigste Viertel von Oberkassel ab. In der Straße mit den alten Bäumen standen die Autos in doppelter Reihe. »Kleines Fresserchen«, vielleicht gab es in einer der Villen ja noch eine andere Feier. Aber wenn, dann musste es ein ziemlich bekannter Gastgeber sein. Ich sah nur Nobelkarossen und in einigen saßen stabile Figuren mit Kinnladen wie aus Stein gehauen und Funkkabeln, die vom Ohr zum Jackenkragen liefen. Dem Verein hatte ich auch mal angehört; sie guckten so stramm wie eh und je.

Ich ahnte, was mich erwartete, gute Menschen, die zu allen Themen eine ausgewogene, politisch korrekte Meinung hatten, Wichtigtuer, Langweiler, und ich wünschte mir, dass Marie jetzt bei mir wäre. »Ich kann den Jungen nicht allein lassen«, hatte sie gesagt. »Er weicht nicht von meiner Seite, will nicht mehr in den Kindergarten, geht nicht mehr zu anderen Kindern spielen. Neulich hat er mit einem Freund telefoniert, ›komm du zu uns‹, hat er gesagt, ›mein Papa ist weg, ich kann meine Mama nicht allein lassen‹. Ich glaube, er hat Angst, dass ich mich in Luft auflösen könnte.«

Genau meine Ängste. Ihr Bild, das ich mir so oft vor Augen rief, wurde schon blasser.

Der Mann, der den Eingang zum neuen Haus meiner Ex bewachte, trug ein weißes Dinnerjackett und ein breites Lächeln, dass sich jedoch beim Anblick meiner Kleidung verdüsterte. Die teuren Ibiza-Klamotten entwickelten ihre Wirkung wohl nur unter der Mittelmeersonne.

Die Gastgeberin kam mir entgegen. »Hallo, noch gerade rechtzeitig zum Höhepunkt.«

Verenas alte Wohnung hatte sich in einem der denkmalgeschützten Altbauten mit Blick auf den Rhein befunden. Ihr neues Heim war so ein gesichtsloser Bau mit Flachdach im Atriumstil; die Wände zum Innenhof bestanden über die gesamte Breite aus Glas, sodass man von einem Raum in den anderen schauen konnte. Nach dem Motto, alles zur Einsicht, nichts zu verbergen. Grauenhaft!

Der Vorteil an Verenas neuem Heim war, dass ich gleich einen Überblick bekam und auf Anhieb ein Dutzend Leute erkannte, darunter auch jemanden, den ich zwei Flugstunden südlich von Düsseldorf auf Ibiza vermutet hatte. Ansonsten gab es die übliche Mischung von Partygängern. Kunstschaffende diskutierten mit Redakteuren der Kulturseiten, der Dichter mit dem schmachtenden Blick machte sich an einen ehemaligen Straßenkämpfer in Nadelstreifen heran. Ich sah Altlinke, die gestern noch von der Religion als Opium fürs Volk getönt hatten, öffentlich von der multikulturellen Gesellschaft schwärmten, ihre Kinder aber heimlich in einem rein deutschen katholischen Kindergarten anmeldeten. Außerdem Mädchen mit kurzen Röcken, wie sie jede Agentur im Programm hatte, und zwei, drei der harten Jungs mit Fleischbergen statt Schultern.

Die Gäste drängten sich im Innenhof um die Tische, beladen mit dampfenden Suppen, Blutwurstkringeln, Frikadellen und Käseröggelchen. Die Damen der Düsseldorfer Schickeria bissen mit verdrehten Augen in Bockwürste, die Männer legten sich Zwiebeln auf die Mettbrötchen, als müssten sie nie wieder ins Büro, und ein Landtagsabgeordneter trieb mit aufgekrempelten Ärmeln den Zapfhahn in ein Altbierfass, als hätte er in seinem Leben nie etwas anderes gemacht.

Ich fragte mich, wer das Fest gesponsert hatte, doch dann sah ich das Schild mit der Bierwerbung und hatte die Antwort.

Ein feister Glatzkopf, blaue Kellnerschürze wie ein Köbes aus dem Altstadtlokal *Uerige*, boxte sich mit einem Tablett durch die Gruppen. »Auch 'n Bier, Jung?«

»Nein, Wasser.«

»Wasser, natürlich, Wasser«, sagte er mit zierlicher Verbeugung.

Anbiederndes Gelächter; es waren dieselben Leute, die sich von ihren Fahrern auf dem Weg zur Staatskanzlei die Aktentasche nachtragen ließen, sich nach Feierabend in ihrer Stammkneipe aber darum rissen, die Weinkisten aus dem Keller schleppen zu dürfen: »Mach ich doch, Anneliese, für dich immer.« Volkstümlich sein, den Kumpel raushängen lassen, so lief es eben und zu anderer Zeit hätte es mich sogar amüsiert.

Was mich aber im Moment so wütend machte, war, dass ich unter den Anwesenden einen entdeckt hatte, der tagsüber eine Richterrobe trug, und dass dieser Mann mit einem Gast sprach, den ich vor nicht langer Zeit in einer etwas verwackelten, aber umso schärferen Videoaufnahme mit heruntergelassener Hose gesehen hatte.

»Du guckst so angestochen, Elmar.« Verena war meinem Blick gefolgt.

»Was geht hier vor? Staatssekretär Alfons Schneider?«

»Ex, Elmar, Exstaatssekretär Alfons Schneider. Also, das ist so«, sie zog mich in eine Ecke, »unser Rechtsanwalt, der Staatsanwalt und der Richter, die haben sich mal so ganz privat unterhalten und sind zu dem Ergebnis gekommen, unsere Idee mit der Einleitung eines Untersuchungsausschusses, das würde nie was, da gebe es einfach keine Mehrheit für. Anträge stellen, Immunität aufheben, all das würde unendlich lange dauern. Und wenn wir Pech hätten, bekämen wir womöglich noch ein Verfahren wegen Verleumdung an den Hals.«

»Das Video, Doras Aussage, was ist damit?«

»Dazu muss ich dir was sagen, aber nicht hier und nicht heute. Wir sind doch jetzt so gemütlich beisammen, ist doch eine Feier.«

»Und weshalb habt ihr Schneider eingeladen? Sag mal, willst du mich ...?«

»Du darfst das nicht so eng sehen, Elmar.«

»Verena, ich will das, verflucht noch mal, aber verflucht eng sehen, hauteng sogar. Noch einmal: Was wird hier eigentlich gespielt?«

»Reg dich nicht auf, wart doch erst mal ab, Elmar! Ich hab dir bis jetzt nichts gesagt, weil's eine Überraschung sein sollte.« Über meinen Kopf hinweg gab Verena mit erhobenem Zeigefinger ein Signal in Richtung ihres Mannes, der sich gerade mit Schneider unterhielt.

Harro Bongarts klingelte mit einer Gabel an seinem Glas.

»Liebe Gäste, Freunde, sehr geehrte Damen und Herren, darf ich für einen Augenblick um eure, um Ihre Aufmerksamkeit bitten.«

Es wurde leise, das Kauen hörte auf, Harro Bongarts redete von dem Anlass der Einladung. Da war das neue Haus, hart erarbeitet, es folgte der unvermeidliche Spruch, dass ein Mann ein Haus bauen, einen Baum pflanzen und einen Sohn zeugen solle.

»Also das Haus steht, den Baum pflanze ich morgen früh, was aber den zu zeugenden Sohn angeht – nun, das muss ich mit meiner Frau besprechen, versuchen könnten wir es zumindest.«

Pflichtschuldiges Lachen der Gäste. Beifallsklatschen. Ein zweites Klingeln sorgte wieder für Ruhe und in diese Stille hinein hörte ich, wie Harro Bongarts ein, wie er es nannte,

»freudiges Doppelereignis« bekannt gab. Dass nämlich er zum Staatssekretär ernannt worden war und sein lieber Parteifreund Alfons Schneider, bis dato Vorgesetzter, ab sofort EU-Sonderbeauftragter für Südamerika sei.

»Herzlichen Glückwunsch, Alfons! Oder muss ich jetzt Don Alfonso sagen?«

Dieses Mal, obwohl es nun zum ersten Mal wirklich angebracht gewesen wäre, blieb das Gelächter aus. Schneider, die alte Koksnase, nach Südamerika, direkt an die Quelle! Wünschen Exzellenz den kolumbianischen, den bolivianischen Stoff oder eine Linie aus Peru? Nix mehr Backpulververschnitt, nein, ab sofort nur beste Qualität, Schnee aus den Anden. Es war ein Witz, aber keiner lachte. Es verbogen sich auch keine Balken, als Harro Bongarts jetzt dem nach Übersee weggelobten Genossen die Hand reichte – treuherziger Blick, die Linke flach aufs Herz, die Rechte freundschaftlich ausgestreckt –, eine ähnlich aufrichtige Geste hatte ich zuletzt in alten Filmaufnahmen mit Uwe Barschel gesehen.

Prost! Alles prima, alles gut. Und da kam auch schon, durch das allgemeine Händeschütteln und Kameraklicken, Kapuste auf mich zu, mit seinen dicken Schuhen, der Nickelbrille und dem grauen Zottelbart, der auf das Revers einer Samtjacke fiel, die wohl aus einer Kleidersammlung stammte oder zwei Jahrzehnte in Bongarts Schrank überdauert hatte. Kapustes helle Schlaghose hatte schon ein Bier abgekriegt, seine Augen waren blutunterlaufen. Am Mittelfinger seiner rechten Hand, die er mir zur Begrüßung hinhielt, funkelte der Einkaräter.

»Na, Schlömm, und sonst?«

»Gute Frage!«

59.

Es war so, dass Verena dem Straßenmaler eine Ausstellung in einer der besten Düsseldorfer Kunstgalerien besorgt hatte. Als Anerkennung für seine Hilfe, denn die beiden kannten sich schon eine Weile, und hätte ich Kapuste auf Ibiza nicht angesprochen, dann wäre er auf mich zugekommen. Meine Exfrau überließ eben nichts dem Zufall.

Aber das war noch längst nicht alles. Denn jetzt entdeckte ich Dora, die auf den frisch gekürten EU-Schneider zuging und sich wahrscheinlich als Sekretärin für seine neue Residenz in Lima oder Bogotá bewarb.

Ein weiteres Bierfass wurde angezapft, zum zehnten Male *El condor pasa* aufgelegt, Schneider summte bereits mit; Senf kleckerte auf weiße Hemdenbrüste und Chiffonkleider. Bald, ab einer gewissen Menge Alkohol, würde nur noch Stuss erzählt, noch dreister gelogen, noch dicker geheuchelt werden; die wenigen aber, die der Alkoholgenuss ehrlicher, also unvorsichtig machte, Leute wie Kapuste, die würden zu der nächsten Feier nicht mehr eingeladen werden.

Mir langte die heutige schon.

Ich ging.

Verena lief mir nach; auf der Straße hatte sie mich eingeholt. »Elmar, ich kann dir das erklären.«

Wie beschränkt doch unsere Möglichkeiten waren. Genau diesen Satz hatte ich auch gesagt, zu Marie, als ich die Rattenbisse an meinem Unterleib erklären wollte. Sie hatte mich nicht zu Wort kommen lassen. Nun, ich gab Verena die Chance. Und sie erklärte mir, wie es zu dem von ihr so genannten Deal gekommen war.

»Alfons Schneider als EU-Abgesandter, das war die ideale Lösung, dadurch ist er aus der Schusslinie der Opposition und sein Posten wurde frei, was das Karussell in Bewegung gesetzt hat, sodass Harro als Nachrücker ...«

»Toller Zufall!«

Sie lächelte. Und ich beließ es dabei, fragte aber, warum sie mich denn nicht in ihren Plan eingeweiht hatte.

»Dann wärst du nicht so mit Biss rangegangen, Elmar. Ich kenne dich schließlich. Zwar hängst du dich schon richtig rein, wenn du eine Sache anfängst. Aber bis du sie erst mal anfängst – also, an und für sich bist du doch bequem.«

Da war etwas Wahres dran. Vielleicht stand ich ja gar nicht

so darauf, Ratten an meinen Hoden zu spüren, Rockern ein Ohr abzuschneiden.

»Wir haben doch alle gewonnen, Elmar.«

»Ich nur an Erfahrung.«

»Nicht nur, Elmar. Dein Honorar.«

»Ein Scheck?«

»In bar, du kriegst es auf der Stelle, warte hier.«

Verena ging ins Haus zurück und ich überlegte mir die Punkte, die ich sie noch fragen wollte.

Der Besuch vom Finanzamt – hatte sie Skasa veranlasst, nach den unversteuerten zweihunderttausend zu forschen? Und dann das Fax mit der Bordliste – alles, um mich unter Druck zu setzen? Ja, so war es wohl! Auf die Beantwortung meiner Fragen konnte ich verzichten, nicht aber auf das Geld.

Nach fünf Minuten stand sie wieder neben mir, drückte mir einen braunen Briefumschlag in die Hand und sagte, es sei hier draußen ziemlich frisch und die Gäste würden auf sie warten.

Ich nahm das Geld, fragte nach der Videokassette und erfuhr, dass sie gelöscht, auf jeden Fall aber verschwunden sei. Wie das Bordbuch der *Flamingo*-Maschine, wie die Unterlagen über die Flugabrechnungen, wie Sachen eben verschüttgingen beim Umzug von einer alten Staatskanzlei in eine neue, auf dem Weg von Düsseldorf nach Bonn oder von Bonn nach Berlin, da konnte man nichts machen, so was passierte eben; aber wenn dem kleinen Selbstständigen eine Taxirechnung verloren ging oder er sich im Datum vertan hatte – »An dem Tag waren Sie doch laut Flugschein noch auf Ibiza« –, dann standen die Fahnder um sieben Uhr früh auf der Matte.

Ich wollte wissen, was aus dem tollen Skandalbericht über die Vorgänge bei *Flamingo-Jet-Charter* geworden war, Kristines Tod und Doras Aufenthalt in dem Institut, und ich hörte, dass die Redaktionen das Material als nicht ausreichend glaubhaft für eine Veröffentlichung erachteten.

»Nicht glaubhaft? Und die Zeugin?«

»Dora hat es sich anders überlegt.«

»Also, alles umsonst?«

»Natürlich nicht, Elmar. Nur ist es so, dass die Redakteure anstelle der Enthüllungsstory gern einen etwas allgemeineren Bericht bringen würden.«

Klar, das andere Ibiza, die magische Insel abseits der Diskotheken, Schäfchen unter Feigenbäumen, Hippieromantik hinter Natursteinmauern.

»Hör mal gut zu, Verena, meine Fotos, was ist damit? Für die Aufnahmen in dem Institut habe ich Kopf und Kragen riskiert.«

Sie rieb sich die Nase. »Tja, die Fotos – gemäß der neuen Zielrichtung genügen sie nicht ganz den Ansprüchen, Elmar. Aber hör mal, du fühlst dich doch auch gar nicht als Fotograf.«

»Nein, ich fühle mich als Trottel vom Dienst, als das Arbeitspferd, das für Schneider und deinen Ehemann Harro das Postenkarussell in Bewegung gesetzt hat.«

»Ist doch auch was, Elmar, denk an die vielen Arbeitslosen. Du musst dir Sisyphus als relativ glücklichen Menschen vorstellen.«

Da hatte sie wiederum Recht. Meine Ex war eben klüger als ich, schon immer gewesen. »Von wem ist das Sisyphus-Ding?«

»Camus, Albert Camus.«

»Grüß ihn von mir. Kapuste und Rico Skasa auch.« Trottel genügte, ich wollte in Verenas Augen nicht zusätzlich noch als humorlos erscheinen.

60.

Die Nachtstunden verbrachte ich damit, einen herabrollenden Felsbrocken immer wieder einen Berg hochzuwälzen. Als ich aufwachte, fühlte ich mich nicht relativ glücklich, sondern ziemlich schlapp und durchgeschwitzt und hatte zudem eine weitere, auch nicht so einfache Aufgabe vor der Brust.

»Ist ein rabiater Bursche«, erklärte ich Kurt Heisterkamp am Telefon, »außerdem bist du als Polizist gefragt.«

Gegen Mittag, als Kurt dann endlich Zeit hatte, fuhren wir nach Walsum und ich erklärte ihm, was ich vorhatte.

Kallmeyer öffnete die Tür, eine Flasche Bier in der Hand, die Fahne flatterte ihm voran.

»Herr Kallmeyer, das ist Hauptkommissar Heisterkamp von der Duisburger Kripo.«

»Und?«

»Ein Taubenfreund, will sich mal Ihre Pokale ansehen«, erklärte ich.

Während sich Kurt vor der Vitrine aufbaute, ging ich mit Kallmeyer ums Haus. Ich zeigte ihm das Geld, er zählte es, ich nannte die Bedingungen, er nickte, dann gingen wir zurück und ich sagte: »Herr Kallmeyer möchte eine Aussage zum so genannten ›Taubenmord‹ machen.«

Kurt brachte seine Belehrung an, von wegen zur Wahrheit verpflichtet, und flocht noch ein, dass auch nicht eidesstattliche Falschaussagen strafbar seien.

»Ist klar, Herr Kommissar, bei der ersten Aussage war ich ein bisschen benebelt, ich trink schon mal ein Bierchen, und sauer war ich auch auf den Laflör, weil ich den lieben Vereinskollegen kurz vorher ja mal sozusagen erwischt hatte, wie der mit meiner Alten; also, ich konnte gerade noch sehen, wie er übern Gartenzaun da vorne flitzte, das Bier und meine Wut, die haben meine erste Aussage wohl ein bisschen beeinflusst; aber jetzt erinnere ich mich wieder ganz genau, wie die Sache an dem Tag abgelaufen ist.«

Das Geld hatte Kallmeyers Durchblick geschärft und sein Erinnerungsvermögen aufgefrischt. Nachdem er einen Schluck genommen und seinen Mund mit dem Ärmel abgewischt hatte, schilderte er den Hergang in aller Breite, würzte seinen Bericht mit Fachausdrücken über die Taubenzucht und kam zu dem Ergebnis: »Ja, nee, dass der Laflör gezielt geschossen hat, kann man wirklich nicht sagen, der wollte doch nur die Taube, die sich auf den Gewehrlauf gesetzt hatte, wieder abschütteln und dabei muss sich dann der

Schuss gelöst haben; ja, ich denke, so war das, Herr Kommissar, schuld war die Taube!«

»Schuld war die Taube«, wiederholte Kurt, als wir in meinem Wagen saßen, und schüttelte den Kopf. »Sag mal, wie hast du das denn hingekriegt?«

»Also ...«

»Nein, sag mir nichts«, unterbrach er mich. So inkonsequent konnten Polizisten sein.

Ich brachte Kurt zu seiner Dienststelle zurück. Wie eine Festung stand der Bau an der Düsseldorfer Straße; Kurt ließ seinen Blick über die Front mit den verrußten Backsteinen schweifen, er lächelte wehmütig, als müsste er ins Kloster, während draußen das Leben tobte. Tatsächlich waren die Büros so etwas wie Klosterzellen, ich kannte sie ja, und hinter einem der kleinen Fenster wartete auf ihn der Stahlschrank mit den Aktenordnern, daneben der Schreibtisch mit dem Computer, der Kaffeetasse und dem gerahmten Familienfoto, in der Schublade darunter das Tonbandgerät, das morgen Kallmeyers Aussage aufnehmen würde.

»Und wenn dein Zeuge widerruft?«

»Tut er nicht. Er hat ...«

Er hob die Hand, wollte auch davon nichts wissen. Stattdessen fragte er, was ich denn nun so vorhätte. Ich sagte, dass ich jetzt gemütlich essen ginge, danach meine Siesta halten und eventuell noch ins Kino gehen würde, womöglich würde ich vorher noch mein Notizbuch durchstöbern, um nicht allein im Kinosaal zu sitzen.

»Tja, Kurt, was private Ermittler so mit einem angebrochenen Tag anfangen.«

»Mensch, Elmar, du hast es gut.«

Er schüttelte wieder den Kopf, berührte mich an der Schulter und stieg aus. Ich sah ihm nach, bis er hinter der Tür des Präsidiums verschwunden war, dann fuhr ich in mein Büro und starrte Löcher in die Luft.

Auch in den folgenden Tagen hatte ich nichts zu tun, stand die meiste Zeit am Fenster, sah den Tauben zu, die in der

Dachrinne Schutz suchten, und lauschte dem peitschenden Regen. Ein steifer Wind, der den Herbst ankündigte, wehte ums Haus. Hin und wieder meldete sich das Telefon, ein Anruf, ein Fax, aber nichts von dem, was ich erhoffte.

Eine Woche nach meinem Besuch bei Kallmeyer, es war schon dunkel, hörte ich ein Pochen an meiner Tür, das so zaghaft wie das Kratzen einer Katzenpfote klang.

Ich öffnete die Tür und da stand sie.

Marie Laflör, die Haare kürzer, das Gesicht noch hübscher, als ich es in Erinnerung hatte, die schönen, etwas schräg geschnittenen Augen, der leicht geöffnete Mund; wie bei ihrem ersten Besuch hatte sie ein rotes Nickituch um den Hals gebunden.

Wir brauchten keine Musik, kein Kerzenlicht, nicht einmal verschlabberte Milch als Vorwand. Wir zogen uns aus, stumm und in einer Windeseile, als müssten wir einen Rekord brechen. Streicheln, küssen, riechen, schmecken, wir wollten alles gleichzeitig tun, verknäuelten uns wie Aale, lagen schließlich Bauch an Bauch zunächst auf dem Boden, dann auf dem Bett, ich umfasste diese wunderbare Frau und drückte sie an mich, als wollte ich sie nie mehr loslassen. Wir liebten uns, die Welt war perfekt, unsere Sprache sehr reduziert:

»Ja, so ... mach das noch einmal!«

»Aber wir müssen doch ...«

»Nein, nicht aufhören ... mach weiter!«

Zum Aufhören war es auch längst zu spät, ich kam und kam; ich schwitzte und schnaufte und war glücklich, nicht nur relativ, sondern rundum, für Sekunden, vielleicht waren es gar Minuten, das ist nicht viel, aber länger wäre dieses Gefühl wohl auch gar nicht auszuhalten gewesen.

»Was hast du gesagt, Marie?«

»Morgen kommt Rainer aus dem Gefängnis.«

»Was heißt das?«

»Du weißt es.«

Ich wusste es, ich hatte es die ganze Zeit gewusst, das war ja mein Problem gewesen. Wenn ich dafür sorgte, dass Laflör aus der Untersuchungshaft entlassen wurde, musste ich auf Marie verzichten. Das war klar gewesen, aber jetzt so plötzlich, so endgültig ... Verdammt, es tat weh! Ich hatte einen Kloß im Hals, und als ich endlich sprechen konnte, war es kaum mehr als ein Krächzen: »Marie, ich weiß gar nicht, was ich sagen soll.«

»Sag einfach tschüs«, sagte sie und stand auf. »Nein, bleib liegen, kein Licht!«

Ich hörte ihr Atmen, das Knistern, als sie die Strümpfe anzog, das Rascheln, als sie den Rock glatt strich und sich das Wollcape umlegte.

›Sag einfach tschüs‹, hatte sie gesagt.

»Also, dann ...« Ich brachte es nicht heraus.

Ich hörte die Wohnungstür und dann die Eingangstür ins Schloss fallen und in dieser kurzen Zeitspanne lief zwar nicht mein ganzes Leben, wohl aber die Arbeit der letzten Wochen wie ein Film vor meinen Augen ab: das Gesicht des toten Taubenzüchters, die Ratten, das Ohr des Rockers, der Schuss auf der Fähre, die selbstzufriedene Miene des ehemaligen und die des neuen Staatssekretärs, das Siegeslächeln meiner Exfrau Verena, das Gesicht von Marie ...

Meine Augen brannten, ich wusste, dies war nicht das Ende der Welt, aber es war das Ende von etwas sehr Großem.

Ich versuchte mich durch Arbeit abzulenken – es ging nicht. Meine Gedanken drehten sich nur um sie. Immer wieder las ich den Brief, den sie mir beim Abschied auf den Tisch gelegt hatte:

Wenn man liebt, ist nichts klar und fest umrissen, und wie lang so eine Geschichte währt, weiß man schon gar nicht. Sie war kurz und es wird noch lange wehtun, es hat sich dennoch gelohnt.

Wenn das Telefon klingelte, hob ich nicht ab. Kurt sprach auf den Anrufbeantworter, Verena fragte, wie es mir gehe, Kapuste lud mich zu seiner Ausstellung ein. Es gab aber auch

Anrufer, die mir einen Job anboten, für eine Betriebskrankenkasse die Simulanten ausfindig machen, für einen Geschäftsmann einen Schuldner überprüfen, der sich nach Mallorca abgesetzt hatte. Alles nichts für mich, ich war traurig, ich war bequem, und in dem braunen Umschlag, den Verena mir gegeben hatte, steckten noch zehn große Scheine.

Und dann kam der Tag, an dem sich Rico Skasa meldete und mich ebenso freundlich wie bestimmt auf den nächsten Zahlungstermin aufmerksam machte.

Am anderen Tag ging ich zur Bank, griff mir am Stehpult die Vordrucke *Bareinzahlung auf fremdes Konto,* verschrieb mich und schob schließlich, nachdem ich mich ein zweites Mal vertan hatte, Formular und Geld durch den Schlitz in der Panzerglasscheibe dem Kassierer zu. Er war ein gesprächiger Mensch, der entweder meinen Gesichtsausdruck falsch deutete oder einfach nur seinen Standardspruch losließ, wenn er das Wort Finanzamt las: »Oh, das tut weh, Herr Mogge, nicht wahr?«

»Ja, sehr!«

Er zählte die Geldscheine.

Es war der letzte Rest des Ibiza-Honorars. Ich sah auf die Uhr, die hinter dem Kassierer an der Wand hing.

13.55 Uhr, Freitag, 22. September.

Herbstanfang. Höchste Zeit für einen neuen Auftrag.

Am besten im Süden.

Die schönsten
Biergärten
im Revier
Biergartenführer Ruhrgebiet

In München und Umgebung sind Biergärten eine Weltanschauung. Bringt der Frühling die ersten wärmenden Sonnenstrahlen, dann schwärmen die Freunde dieser einzigartigen Freiluft-Kultur aus. Unter Schatten spendenden Kastanien sind alle gesellschaftlichen Schranken aufgehoben. Studenten und Schlipsträger hocken beieinander, um bei Maß und Brotzeit über Politik, Fußball oder das Wetter zu diskutieren.

Inzwischen findet diese Art des „Dolce Vita" aber auch nördlich des Weißwurst-Äquators eine hohe Akzeptanz, immer mehr Freiluft-Schänken nach bajuwarischem Vorbild wurden in den letzten Jahren eröffnet. Vor allem im Ballungsraum Ruhrgebiet, wo die Menschen danach dürsten, irgendwo im Grünen ihr Bier zu genießen. Statt eines süffigen Hellen wird hierzulande ein herbes Pils bevorzugt, statt einer Schweinshaxe darf's auch eine Currywurst sein.

Wir stellen die schönsten Biergärten des Reviers in einem handlichen Führer vor, geben Tipps und Hinweise zur Anreise, zu den Angeboten und zu Ausflugsmöglichkeiten.